KB003866

체르니 킬러

야 화

오랫동안 소설과 영화 시나리오를 썼고 웹툰과 웹소설도 여러 편 연재했다. 필명으로 책을 내는 건 '너와 나의 미스터리' 시리즈가 처음.

권위를 지양하고 세속을 지향한다. 무엇이 옳고 무엇이 그른지를 가리는 일에는 늘 서툴고 별 관심도 없다. 그러나 아름답거나 추한 것들은 그것이 왜 아름답고 추한지 늘 관심이 많다. 그래서 이렇게 열심히 소설을 쓰나 싶다.

체르니 킬러

초판 1쇄 발행 2021년 5월 22일

지은이 야화

펴낸곳 도서출판 가쎄 [제 302- 2005- 00062호]
주 소 서울 용산구 이촌로 224, 609
전 화 070. 7553. 1783 / 팩스 02. 749. 6911
인 쇄 정민문화사

ISBN 979-11-91192-08-7 / 03810

값 14,800원

www.gasse.co.kr
berlin@gasse.co.kr
facebook.com/gassebook

체르니 킬러

야화 지음

gasse•가쎄

차례

작가의 말

이야기의 효용이 무엇일까 여러 번 고민해 보았습니다. 소설, 영화, 웹툰 등등 다양한 방식으로 이야기를 만드는 일이 직업인 사람으로서 응당 할법한 고민이죠. 스스로 여러 가지 답을 만들어보았는데 이 답이 제일 그럴듯했습니다.

이야기는 현실을 잠시 잊게 해주는 술 아닌 술이다.

술을 예로 들었지만, 산책이나 명상 혹은 춤이나 노래도 마찬가지. 우리는 종종 현실로부터 도피할 계기가 필요한데 이야기는 꽤나 효과적인 역할을 해줍니다. 이 책에 담긴 몇 가지 이야기들도 그랬으면 좋겠습니다.

첫 번째 이야기 <지옥에서 온 소녀>는 독한 배갈(고량주) 같은 소설입니다. 미래의 어느 날, 북한의 국경도시에서 벌어지는 활극을 그리고 있습니다. 젊다기보다는 앳된 킬러가 운명의 소용돌이에 휘말리는 내용이 담겨 있는데 앞뒤로 꽤나 많은 이야기가 이어질 수도 있겠습니다. 끄적거려놓긴 했는데 언제 세상에 나올지는 모르겠네요.

두 번째 이야기 <이상한 해피엔딩>은 괴짜 바텐더가 만든 칵테일입니다. 지난번 '너와 나의 미스터리 2'에서도 한 편 선보였던 카카오톡 대화 형식의 초단편 소설.

세 번째 이야기 <우리 집에 왜 왔니>는 쌀쌀맞은 보드카 한 잔. 예전에 발표했던 단편소설을 다듬어 실어보았습니다. 수학여행을 가서나 파자마 파티를 할 때 친구들이 '내가 진짜 무서운 이야기 해줄까?'라고 시작하는 이야기들 있잖아요. 그중에서도 약간씩 다른 버전으로 자주 들었던 괴담에서 영감을 받았는데 제법 섬뜩한 공포소설이 나왔어요.

네 번째 이야기 <똑바로 살아라>도 카카오톡 대화 형식의 초단편 소설입니다. 이 작품집의 표제작이자 가장 긴 분량의 작품으로 넘어가기 전의 막간극. 해장술이랄까요.

다섯 번째 이야기 <체르니 킬러>는 독한 위스키, 그중에서도 싱글몰트가 아닌 블렌디드 위스키 같은 소설입니다. 약간의 로맨스와 피아노, 그리고 과격한 액션을 블렌딩 해보았습니다. 맛이 어떠신가요? 80년대나 90년대를 주름잡았던 액션 배우, 그러니까 지금은 환갑 즈음의 배우를 캐스팅해서 할저씨 액션 영화로 만들면 어떨까 싶어요. 누가 떠오르나요?

저에게는 엄연한 현실의 결과물로 나온 이 책이 독자 여러분께는 잠시 현실을 잊을 수 있는 기회가 되어주기를 바랍니다. 더 재미있는 이야기와 함께 돌아오겠습니다.

지옥에서 온 소녀

양강도 episode 1

지옥에서 온 소녀

"저는 신을 믿지 않습니다."

"상관없네. 신이 자네를 믿으니까."

<몬테크리스토 백작> 중에서

구불구불한 골목을 걷다 보면 어김없이 그 냄새와 마주쳤다. 필로폰을 만들 때 생기는 특유의 악취. 시체 썩는 냄새와 비슷하다. 시체 썩는 냄새를 맡아본 사람만이 알 수 있는데, 나는 아주 많이 맡아봤다. 양쪽 다.

정확히 반으로 잘린 달이 한쪽 끝을 구름에 담그고 있다. 통일이 되고 북한도 많이 발전했다고 하지만 국경 지대는 여전히

허허벌판인 곳이 많다. 공기가 깨끗하다 보니 하늘도 맑고 밤에는 별도 많지. 아무래도 마약 만드는 공장은 냄새만 나고 매연은 뿜지 않아서 대기 오염은 시키지 않는 모양이야. 그렇지 않다면 이런 마약촌에서 이렇게 별이 잘 보일 수는 없잖아.

통일 전에는 북한 전역에 퍼져 있던 마약 조직들이 단속을 피해 숨어든 곳이 중국과의 접경지대였다. 특히 양강도는 중국과 러시아 양쪽으로 이동이 쉬운 탓에 마약 생산과 유통의 핵심지가 되었다. 경찰도 여기서는 힘을 쓰지 못한다. 이곳을 악마들의 세상이라고 부른다면, 나는 악마의 하수인쯤 되려나.

내 이름은 김태오. 나는 살꾼이다. 살꾼은 양강도 지역에서 킬러를 부르는 이름.

밤 열 시 반. 열아홉 살의 어린 살꾼은 가죽 재킷 안에 총을 숨긴 채 골목 끝 건물 벽에 몸을 숨기고 있다. 오늘 내가 죽여야 할 사람이 맞은편 집에 산다. 그가 뭘 하는 사람인지 모른다. 알려고 하지도 않았다. 늘 그랬다. 얼굴과 장소만 알면 된다. 가끔 고객이 이런저런 정보를 알려줄 때도 있었지만 귀담아듣지 않았다.

사실 어차피 다 비슷하다. 마약상이거나, 부자이거나, 권력자. 내 손에 죽은 자들은 셋 중 하나였다. 양강도에서는 마약을 팔지 않으면 부자가 될 수 없고, 부자가 되지 않으면

권력을 잡을 수 없기에 사실 세 부류는 같은 족속이나 마찬가지였다.

나는 의뢰를 하는 사람은 손님, 손님의 의뢰를 받아 죽여야 하는 사람은 목표라고 부른다. 오늘의 목표는 역시 마약상. 집 안에 일꾼들도 많이 거느리고 경호원들도 상주시키고 산다. 그러니 집에 들어가기 전에 차에서 목표를 해치워야 한다.

손님이 준 정보에 의하면 술집에서 거나하게 술을 마시고 밤늦게 들어올 예정이라고 했다. 자율주행으로 혼자 차를 타고 올지, 기사나 경호원이 차에 함께 있을지가 관건이다. 조용히 일을 처리하려면 죽일 사람의 숫자가 적을수록 좋으니까.

오늘은 1월 1일. 새해의 첫날부터 사람을 죽여야 한다는 사실은 크게 신경 쓰이지 않는다. 다만 날이 춥다 보니 밖에서 오래 버티기가 괴로울 뿐. 추위와 배고픔이라면 누구보다 많이 견뎌본 나조차도 양강도의 겨울은 영 익숙해지지 않았다. 정말 더럽게 춥다.

목표가 탄 차는 밤 열한 시가 넘어서 모습을 드러냈다. 특수 안경을 쓰고 열 감지 시스템으로 차 안을 확인했다. 운전석은 비어있고 차 뒤쪽에서 나란히 두 덩어리의 열이 감지되는 걸 보면 자율운전으로 오는 차의 뒷자리에 경호원을 대동했다는 뜻이다. 오늘 내 손에 죽을 사람이 하나 더 늘어난다는 뜻이기도 하다.

동선이 매우 짧다. 놈은 자기 저택의 개인 차고로 들어갈 테니, 그 전에 차를 멈추고 해치워야 한다. 보통 살꾼이라면 차에다 총을 갈길 테지만 나는 어린 나이에 비해 매우 신중한 편이었다. 차 유리가 방탄일 경우엔 문제가 생긴다. 경호원이 없다면 차를 막아서라도 수습할 수 있겠지만 경호원이 감지된 상황에서는 만약의 경우를 무시할 수 없다.

오늘은 포기하고 다음 기회를 노릴까? 나는 신중한 동시에 집요한 편이기도 했다. 다른 아이디어를 찾아냈다.

계획이 서면 재빨리 움직여야 한다. 스키마스크를 뒤집어쓰고 목표의 집 차고 옆에서 가장 가까운 어둠을 찾아 몸을 숨겼다. 목표가 탄 차가 다가오고, 차고 문이 열리는 순간 바닥에 몸을 굴려 차 뒤로 따라붙었다. 그렇게 차고 안으로 들어가는 데 성공했다. 놈의 눈에 띄지 않게 차 아래로 들어가 잠시 기다렸다.

속으로 숫자 열 개 정도를 셌는데 차 문이 안 열린다. 1분은 족히 지난 것 같은데 여전히 놈은 내리지 않고 있다. 들킨 걸까? 아니. 들키진 않았을 거야. 만약 눈치를 챘다면 경호원이 내려서 날 처치하려고 했을 텐데. 집 안에 있는 총잡이들을 부를 수도 있고. 침착하자. 겁먹지 마.

얼음장 같은 바닥에 누워 몇 분을 더 기다리다 보니 차 문이 열리는 소리가 났다. 이때다. 나는 차 밑에서 재빨리 나와 몸을 일으켰다. 소음기가 내장된 고성능 리볼버 권총을 양손으로 쥔 채.

경호원이 먼저 내렸을 거라고 생각했는데 의외였다. 차에서 먼저 내린 사람은 오늘의 목표물이었다. 쉰 살쯤 되어 보이는, 배가 몹시 나오고 땅딸막한 체형의 남자. 인기척을 느끼고 돌아본 그와 눈이 마주쳤다. 미리 사진으로 외워놓은 얼굴이 맞다. 목표를 확인했으니 망설임이 필요 없다. 나는 방아쇠를 당겼고 정확히 이마에 총알이 박힌 목표물이 쓰러졌다. 원샷 원킬.

아직 끝이 아니다. 바로 경호원을 처리해야 한다. 열린 차 문 안으로 총구와 시선을 동시에 들이밀었다.

"아..."

아직 스무 해도 살지 않은 인생이었으나 나는 백 년쯤 산 사람도 겪지 못할 경험을 많이도 했다고 자신한다. 특히 충격적이고 극단적인 경험들을 많이 했다. 눈앞에서 사람이 굶어 죽고, 찔려 죽고, 총에 맞아 죽고, 그냥 맞아 죽는 모습도 봤다. 눈 덮인 산에서 호랑이를 만난 적도 있고, 땅굴에서 며칠을 버틴 적도 있다. 산 사람이 죽은 사람을 뜯어 먹는 것도 보았다.

나도 시체를 먹어본 적이 있다. 내 손으로 사람을 죽인 적도 손에 다 꼽을 수 없지. 그래서 엔간히 놀라운 장면에는 눈도 깜짝하지 않아. 그런 나도 놀라지 않을 수 없었다.

차 뒷자리에 타고 있는 사람은 경호원이 아니었다. 알몸의 소녀가 축 늘어져 있었다. 차 안이긴 했지만 이 추운 겨울날, 말 그대로 실오라기 하나 걸치지 않은 알몸이었다. 숨 쉴 때마다 배가 부풀었다 꺼지는 모습을 보니 살아있다.

잠든 걸까? 아니면 약에 절어 있는 걸까? 아무래도 후자겠지. 짙은 화장을 했지만 나이는 기껏해야 열일곱? 열여덟? 나하고 비슷할 것 같다. 새하얀 몸 곳곳에 아무렇게나 새긴 문신이 흩어져있는 걸 보면 길지 않은 그녀의 삶이 얼마나 그로테스크했는지 짐작할 수 있다.

소녀의 얼굴과 가슴에 희멀건 정액이 흩뿌려져 있었다. 이마에 총을 맞고 죽은 아저씨가 차에서 금방 내리지 않았던 이유를 알 것 같았다.

나는 총을 내리고 뒷자리에 앉아 소녀의 팔목을 확인했다. 주사 자국이 선명했다. 술 냄새는 나지 않았다.

맙소사. 소녀가 게슴츠레하게 눈을 떴고 나와 눈이 마주쳐버렸다. 그리고 또 한 번 예상 못한 일이 벌어졌다. 그녀가 내 스키 마스크를 벗긴 것이었다. 너무 갑작스러워서, 혹은 뭔가에

홀린 기분에 난 그녀의 손을 막지도 못했다.

"누구세요?"

소녀는 흐느적거리는 음성으로 물었다. 얼굴과 얼굴이 거의 맞닿은 거리, 호흡과 체온마저 느껴진다. 겨우 1분도 안 되는 시간이지만 절대 잊지 못할 순간, 잊지 못할 얼굴.

조금 전까지만 해도 소녀를 살려줄 수 있었지만 이제는 어쩔 수 없다. 내 얼굴을 봐버렸다. 현장에서 얼굴을 본 사람을 살려둬선 안 되는 것이 살꾼의 수칙이고 난 지금까지 한 번도 그 수칙을 어긴 적이 없다.

다시 스키 마스크를 쓰고 차에서 내렸다. 천천히 총구를 올려 소녀에게 겨눴다. 수많은 사람을 쏴봤지만 알몸의 소녀는 처음이었다. 어딜 겨눠야 할지, 어딜 쏴야 할지도 애매하다. 무엇보다 소녀는 지금 앞에 죽음의 신이 서 있다는 사실조차 인지하지 못하고 있다.

그래. 이 정도로 약에 절어 있다면 날 봤다는 사실조차 기억하지 못할 거야.

"씨발 새끼야. 너 누구냐고..."

소녀는 나를 향해 흐느적거리는 손을 뻗었다. 소녀의 질문에 대답하지 않고 차고를 떠났다.

왜 처음 보는 애한테 욕을 먹어야 하지? 빌어먹을 새해 첫날이군.

*

1년 후. 2038년 12월 31일.

내일이면 서기 2039년, 통일 원년 5년이 시작된다. 이제 나는 스무 살이다.

통일 이후 한반도의 변화는 급류를 탔다. 좋은 쪽으로 변한 지역도 있지만 빛이 있으면 그늘도 있는 법. 원래도 무법천지였던 양강도의 치안은 더욱 손 쓸 수 없는 지역으로 변해갔다. 도시에 하수구가 필요하듯, 이곳은 통일 한국이라는 나라의 하수구나 마찬가지였다. 국가도 포기한 곳이라는 표현으로는 모자라서 신도 포기한 곳이라는 표현도 종종 언론에 등장했다. 관광지로 특화된 백두산 주변은 비교적 안전했지만 마약상들이 활개 치는 이곳 혜산시는 수년째 여행 위험 지역으로 지정될 정도였다.

통일이 되기 한참 전, 무려 2010년대에 지어진 낡은 상가건물 2층이 내가 사는 집이다. 상가건물에 식료품 가게와 편의점이 있어 살기는 편했다. 물론 싸구려 술집도 있고 공창 성매매업소도 있다. 창녀들의 교성은 방음장치에 걸러지지만 시비가 벌어지거나 싸움이 나면 악다구니가 벽을 타고 들렸다. 그것마저 이제 익숙해졌다.

우리 옆집에도 창녀가 살았다. 20대 후반쯤에서 40대 초반 사이 어디쯤, 도통 나이를 짐작할 수 없는 그녀는 공창에 소속되어있어서 약은 할 수 없었지만 늘 술에 취해있다. 나를 볼 때면 항상 같은 소리로 인사한다.

"꼬마야 한 번 놀러 오라니까."

그녀가 일하는 곳. 시쳇말로 '떡집'이라고 불리는 매춘업소에 오라는 얘기다. 우리 집 바로 아래 1층과 지하에 걸쳐 업소가 있지만 한 번도 간 적이 없다. 나는 돈을 내고 여자를 산 적이 없다. 술과 마약을 하지 않는 것과 같은 맥락에서, 내 나름의 룰이었다. 자연스럽게 굳어진 룰.

언제나처럼 빈속에 진한 아이스커피로 하루를 시작한다. 커피를 들고 테라스로 나가 담배를 피웠다. 니코틴과 카페인의 조합은 언제나 옳다.

하늘은 깨질 듯이 파란색이다. 일기예보에서는 겨울치고는 따뜻한 날씨라고 했지만 그래도 영하의 날씨다. 그렇다고 담배를 서둘러 피지는 않는다. 침낭 수준의 패딩을 껴입어서 견딜 만하다. 요즘은 피우는 사람이 거의 없는, 일반 궐련 담배를 깊이 빨았다. 하늘에 인사를 건네듯 위를 보며 길게 연기를 뿜었다.

"꼬마야 안녕."

난데없는 목소리로 돌아보니 옆집 테라스에 여자가 나와 있었다. 화장기 없는 얼굴에 헝클어진 머리, 나처럼 두꺼운 패딩을 입고 입에는 전자담배를 물었다. 커피가 아닌 위스키 잔을 손에 들었다. 아침부터 술이라니.

"안녕하세요."

나는 간단하게 인사하고는 고개를 돌렸다.

3년 전, 이 집에 처음 이사 왔을 때부터 그녀는 옆집에 살았다. 가끔 마주치면 이야기를 나눴지만 여전히 서로에 대해 자세히 알지는 못한다. 그럴 필요도 전혀 못 느끼고. 다만 오늘은 한 마디 해주고 싶은 말이 있었다.

"이제 꼬마라는 호칭은 그만해주시죠."

"왜? 자존심 상하니?"

"내일 2039년 새해가 시작되잖아요. 저 그럼 스무 살이에요."

"하하하. 스무 살이 꼬마지. 그럼 어른이니?"

순순히 말을 들어 먹을 거라고 생각한 내가 잘못이지.

대화를 포기하고 담배 연기를 깊게 들이마셨다가 내뿜었다.

"하긴 담배는 어른처럼 피우네. 그거 독해서 어떻게 피우니?"

"그렇게 독한 술은 어떻게 마시세요?"

"이게 왜 독해? 얼마나 단데. 마셔볼래? 집에 놀러 오면 한 잔

대접해줄 용의는 있지."

사양한다는 표현도 할 필요 없는 헛소리라고 생각해서 반응하지 않았다.

"꼬마야. 한번 놀러 오라니까."

또 그 소리. 이번에도 나는 반응 없이 담배만 피웠다. 평화롭게 하루의 첫 담배를 즐기려고 했는데 괜히 옆집 누나와 마주쳐서 망했다. 얼른 몇 모금 더 빨고 들어가야겠다.

"누나 다음 달에 일 그만둬."

이번에는 늘 듣던 소리가 아니었다.

"그래요?"

다시 그녀를 돌아보았다.

"돈도 좀 모았고. 나이도 있다 보니 자꾸 이상한 손님들만 맡게 되고."

통일 후 남북한의 법을 싹 재정비하는 과정에서 매춘이 제한적으로 합법화되었다. 공창을 설치하면서 몇 가지 안전책을 제도적으로 마련했다. 몸을 파는 여자들도 손님을 가려 받을 수 있게 했다. 그러다 보니 어리고 예뻐서 인기가 많은 여자들은 비교적 상태가 괜찮은 손님을 선택할 수 있고, 그렇지 못한 여자들은 내키지 않더라도 피하고 싶은 남자들을 상대해야 했다. 만취했거나, 노인이거나, 거칠거나, 지나치게 거구이거나,

한눈에 봐도 몸이 닿기 싫은 그런 족속들.

"축하해요."

"축하할 일이니?"

"원치 않는 남자들 때문에 고생하지 않아도 되잖아요."

"먹고사는 일이 걱정이지."

"돈 많이 모아놨다면서요."

"안 궁금하니? 내가 무슨 일을 할지?"

"술집?"

누나는 깔깔대며 웃다가 기침까지 했다.

"떡집 그만두고 술집이라."

"술 좋아하시잖아요."

"니 말 듣고 보니 술집도 좋겠다."

"뭘 하실 건데요?"

"식당을 할 거야. 찌개 전문 식당. 아주 멀리 가서. 평양이면 제일 좋겠고. 신의주도 괜찮고. 양강도는 지긋지긋해."

"여기가 지긋지긋하다는 건 알겠는데, 왜 하필 찌개에요?"

"니 말대로 내가 술을 좋아하잖아. 그래서 매일 낮에 내가 해장국을 끓여 먹었거든. 국 끓이는데 선수가 되었달까."

"그럼 해장국 식당을 해야죠."

"물론 메뉴에 해장국도 넣어야지. 비장의 무기로."

나는 집에서 요리를 해 본 적이 거의 없다. 오직 라면뿐. 요리를 싫어해서가 아니었다. 살꾼의 삶이란 이른바 '보통 사람'과의 교류가 전혀 없는 생활이기에, 그나마 식당에 밥을 먹으러 가서 다른 사람들을 구경하기라도 해야 실감이 났다. 내가 아직 살아있다는 실감. 특별한 일도 없으면서 가끔 백두산 관광특구나 함흥에 가서 돌아다니다가 오는 것도 같은 맥락에서였다.

"무슨 찌개를 잘 끓이는데요?"

"김치찌개."

그 말을 듣는 순간, 입맛이 확 당기며 침이 고였다. 그걸 눈치챘는지 누나가 물었다.

"누나가 한 번 해줄까? 먹어보고 평가 좀 해줘."

이건 공창 업소에 오라는 것과는 다른 초대다. 3년을 옆집에 나란히 살면서 없었던 초대.

"네. 그럴게요."

"정말?"

그녀는 눈을 반짝이며 반가워했다.

"네. 돈도 낼게요."

"에이 그럴 필요까진 없고. 고맙다 꼬마야. 난 니가 날 싫어하는 줄 알았어."

"제가 누나를 왜 싫어해요?"

"늙은 창녀를 싫어하는데 특별한 이유가 필요하니?"

그녀는 잔에 남은 위스키를 비웠다.

"저 누나 싫어하지 않아요. 김치찌개 끓이는 날에 초대해 주시면 맛있게 먹겠습니다."

"지금 끓여줄까? 점심으로?"

"출근을 해야 해서요."

"아하. 무슨 일을 하는데? 매일 어디 나가는 거 같긴 하더라."

"그냥 뭐. 시내에서 알바해요."

"그럼 내일 새해 첫날에는 쉬겠네? 아, 첫날에는 가족하고 떡국을 먹으려나."

"가족은 없어요. 내일 점심 괜찮겠네요."

"새해 첫날이니까 떡국 끓여줄까? 김치찌개는 나중에 끓여줄게."

"그래도 좋고요."

"고마워."

그녀의 짧은 말에 진심이 가득 담겨 있었다.

"제가 고맙죠."

"보답하는 의미에서 이제 꼬마라고 부르지 않을게. 너 이름이 뭐니?"

잠시 망설였다. 사람을 만나는 일이 없다 보니 이름을 얘기하는 일도 낯설다. 하지만 이제 곧 먼 곳에서 새 출발을 하는 늙은 창녀에게는 실명을 알려줘도 괜찮을 것 같다.

"태오에요. 김태오."

"내 이름은 소희야. 인소희. 작을 소에 기쁠 희. 아빠가 지어준 이름인데, 예쁘지 않아?"

"네. 예뻐요."

"내일 낮에 집으로 와. 떡국 맛있게 끓여 놓을게. 알았지?"

"네. 그럴게요."

담배를 다 피우고 누나와 눈을 맞춰 인사했다. 그녀는 어딘가 들떠 보였다. 이름을 가르쳐주길 잘했다는 생각이 들었다.

혜산시 마약촌의 거리는 어둠이 내려야 기지개를 켰다. 마약상들은 뱀파이어와 비슷하다. 죽을 때까지 누군가의 피를 빨아먹는다는 점에서도 그렇고, 낮에는 자고 밤에 활동한다는 점에서도 그렇다.

살꾼들은 다르다. 사람을 죽이는 일이 매일 있는 것도 아니고, 고작 일 년에 몇 번이니까 다른 일이 있는 경우가 대부분이었다. 물론 다른 일이라고 해봤자 마약을 팔거나 술집에서 돈을 뜯어내거나 하는 일이었지만.

나는 도서관 사서로 일했다. 혜산 시립도서관의 계약직 관리직원. 통일 한국 정부가 열다섯 살 고아를 위해 베풀어준 혜택이었다. 얼굴이 많이 팔려서는 안 되는 살꾼에게는 최적의 직업이라고 할 수 있다. 도서관을 찾는 사람은 극히 적었고 그나마도 컴퓨터로 검색해서 책을 찾아보지, 나를 찾는 사람은 하루에 서너 명도 되지 않았다. 같이 일하는 직원이 있는 것도 아니고, 어떤 날은 사람 얼굴 한 번 마주치지 않고 퇴근하는 날도 있었다.

나는 어쩔 수 없이 독서광이 되었다. 어릴 때 제대로 교육을 받지 못해 겨우 글자만 읽을 줄 알았던 나는 하루 종일 책을 보며 배움의 갈증을 채웠다. 어떤 의미에서 도서관은 천국이었다. 종이책을 펼치고 읽고 페이지를 하나씩 넘기는 행위가 익숙해지자 오히려 핸드폰 화면이나 영상이 불편해졌다. 홀로그램 게임을 하는 것보다 발자크의 소설을 읽는 쪽이 더 좋은, 이상한 아이가 되어버렸다.

오늘도 하루 종일 책을 읽다가 퇴근했다. 몇 년 전에 인류 최초로 화성에 다녀온 우주인이 쓴 책이었다. 화성 곳곳을 직접 찍은 사진을 보고 있노라면 어린 시절 아빠와의 추억이 떠올랐다. 우리 집이 몰락하기 전, 아빠는 겨우 열 살이 될까 말까 했던 나에게 철학적인 이야기를 들려주시곤 했다. 군에서 일했던 아빠는 고배율 망원경을 갖고 있었는데 화성의 모습을 보여준 적도 있었다.

- 우리 가족은 아직 북한에 있지만 곧 통일이 될 거야. 우리 인류는 아직 지구에 있지만 곧 이 붉은 별에 발을 딛는 사람이 나타날 거야.

통일과 화성 착륙은 1년 차이로 이루어졌다. 아빠는 인류 역사에 길이 남을 두 개의 이벤트 중 어느 쪽도 보지 못했다.

어둠이 내린 혜산시 마약촌으로 향했다. 한 해의 마지막 날. 원래도 밤마다 흥청망청 들썩이는 거리는 12월 31일이라는 특별한 날의 분위기까지 더해져서 더욱 요란했다. 술과 마약, 매춘이 동시에 이루어지는 클럽들이 잔뜩 모인 메인스트리트는 초저녁부터 사람들로 들끓었다.

멀쩡한 사람들은 혜산시의 클럽에 오지 않는다. 훨씬 더 화려하고 안전한 클럽들이 서울이나 평양에 널렸다. 여기서 멀지 않은 함흥만 가도 클럽에서 사람이 죽어 나가는 일은 없다. 혜산시의 메인스트리트에는 쾌락과 목숨을 바꿀 자신이 있는 사람들을 위한 소굴들이 모여 있었다.

그중 한 곳. 클럽 '소돔'의 문을 열고 들어갔다. 어두침침한 실내는 몽롱한 비트로 흔들렸고, 어지러운 레이저 조명이 더욱 혼란을 가중시켰다. 자정이 넘어가야 제대로 분위기가 오르는 것이 보통인데, 아무래도 한 해의 마지막 날이라서 그런지 일찍부터 손님들이 꽤 있었다. 이곳 '소돔'에서도 해가 넘어가는 파티를 열 텐데, 보나 마나 퇴폐적이고 광란의 끝까지 치달을 테다. 나는 이곳에 없을 테지만.

"혼자 오셨습니까?" 웨이터가 다가와서 물었다

"지 회장님하고 약속이 되어 있습니다."

웨이터는 무전으로 연락을 취하더니 나를 안내했다. 불이라도 나면 아무도 빠져나갈 수 없을 것 같이 복잡한 복도를 한참 지나 밀실로 향했다.

"회장님이 기다리고 계십니다." 웨이터가 문을 열어주었다.

밀실 안에는 세 명이 있었다. 지 회장으로 추정되는 나이든 남자가 앉아있고, 검은 양복을 입은 덩치 큰 보디가드 두 명이 양쪽에 서 있었다.

"오호. 자네가 태오인가?"

지 회장은 앉은 채로 손을 들어 인사했다.

"처음 뵙겠습니다."

나는 옆으로 가서 정중히 인사했다.

지 회장의 소문은 익히 들어서 알고 있다. 블라디보스토크를 본거지로 하는 마약조직에 있다가 몸집을 키워 독립했다고 들었다. 지 회장이 빠른 시간 내에 양강도의 큰 손이 될 수 있었던 이유는 특유의 잔혹함이라고들 했다. 자기 사업에 방해가 된다면 아들 목도 능히 칠 사람인데, 다행히 아들이 없다고.

잔혹하다고 다 성공할 수 있는 건 아니다. 그렇다면 마약촌에 있는 사람은 다 성공해야 한다. 지 회장은 필로폰 계열의 마약이 판치는 양강도에 헤로인 계열의 마약을 들여와 대성공을 거두었다. 가격은 좀 더 비쌌지만 전에 경험하지 못한 새로운 자극에 목말라 있던 약쟁이들의 지갑을 열기에는 무리 없는 수준이었다.

겉으로는 최고 수준으로 정제했다고 광고했지만 사실 다 거짓말이었다. 그랬다면 그 가격에 나올 수가 없다. 질 나쁜 마약을 고급 마약으로 둔갑시켜 파는 것. 그게 지 회장 비즈니스가 급격하게 성장하게 된 핵심 원동력이었다.

약도 안 하는 내가 어떻게 이런 걸 다 아느냐고? 내 고객 중에 마약상들이 많은데 그놈들이 지 회장 욕을 엄청 했거든. 물론 내가 보기엔 다 똑같은 놈들이지만.

"자리에 앉지. 술도 한잔하고."

나는 지 회장이 권한 자리에 앉아 빈 술잔을 거꾸로 엎었다.

"술은 안 마십니다."

"그래? 어린 친구가 정확해서 좋네."

지 회장은 혼자 보드카를 마셨다. 잔을 기울이면서도 눈은 나를 보고 있었다. 눈빛이 섬뜩하다. 그는 재킷 주머니에서 사진을 여러 장 꺼내 건네주었다.

"시간은 얼마나 필요한가?"

"상황을 봐야지요."

"여긴 주소."

지 회장은 손글씨로 주소가 적힌 쪽지를 건네주었다.

"혼자 살고 있으니 어렵지 않을 거야."

목표에 대해 자세히 물어보지 않는 대신 내가 꼭 물어보는 질문이 있다.

"회장님 부하를 안 시키고 저를 찾은 이유가 뭔가요?"

그는 잠시 생각하다가 입을 뗐다.

"우리 애들을 못 믿어서가 아니라 내가 연관되어 있다는 사실을 최대한 숨기고 싶어서 그래. 자네는 여길 나가는 순간 나하고는 상관없는 사람이 되니까."

고객 대부분은 이런 이유로 나를 찾는다. 심지어 조직 내의 누군가, 혹은 이인자가 자기 조직의 보스를 제거하기 위해 나를 찾는 경우도 있다. 상관없다. 이 바닥에서 살꾼은 복수의 대상이 되지 않는다. 우린 총 그 자체나 마찬가지다. 아버지가 총에 맞아 죽었다고 총을 분해해 버리지는 않듯이 암살자에게 복수를 하는 사람은 없다. 그것이 룰이다.

"알겠습니다. 며칠 살펴본 뒤에 연락드리죠."

"그렇게 하게. 그리고 이건..."

지 회장은 두툼한 봉투를 내밀었다.

"착수금이네. 성공하면 그만큼 더 주도록 하지."

2038년에 현금의 존재는 도서관에 보관된 종이책의 존재와 흡사하다. 가치로서 존재할 뿐 쓰이지는 않는다. 아마 현금이 실제로 가장 많이 쓰이는 지역이 양강도, 그중에서도 이 지역일 것이다.

"고맙습니다."

"가능하면 빨리 작업해주게."

"알겠습니다."

봉투를 챙겨서 나오는 내내 이상한 기분을 느꼈다. 보통 작업을 의뢰하는 손님들은 나를 유심히 살피지 않는다. 그런데 지 회장은 집요할 정도로 나를 관찰했다. 대화를 나눌 때 눈을 마주 보는 건 물론이고, 봉투를 집어 드는 내 손동작과 일어서서 나오는 등 뒤에서도 그의 시선이 붙어있는 끈끈함이 느껴졌다. 뭘까? 기분 탓일까? 어쨌든 몹시 불쾌한 인간인 것만은 틀림없었다.

밀실에서 나온 뒤에야 지 회장의 시선으로부터 벗어날 수 있었다. 들어올 때는 웨이터의 안내를 받았는데 혼자 복도를 빠져나가려니 너무 복잡했다. 쾌락의 미로랄까. 생존본능이 극대화될 수밖에 없었던 탓에 눈썰미가 발달해서 다행이었다. 헷갈리지 않고 미로를 잘 빠져나가고 있는데 걸음을 딱 멈춰버릴 수밖에.

길을 잃어서가 아니었다. 여자 때문이었다. 꼭 1년 전, 2038년 새해 첫날 작업 현장에서 마주친 소녀. 약에 절어서 차 뒷자리에 쓰러져 있던 소녀. 작업 현장에서 내 얼굴을 보고 살아남은 유일한 사람.

넌 나에게 누구냐고 물었지. 나는 대답하지 않고 떠났고.

다시 너와 마주칠 줄 알았다면 난 널 죽였을 거야.

그때는 아이라고 생각했는데 제대로 화장을 하고 장신구를 달고 화려한 원피스까지 입으니 제법 어른 여자 같다.

난 한눈에 알아봤지만 이 여자가 날 기억할 리가 없다. 그때는 자기가 죽을 뻔했던 줄도 모르고 나한테 욕까지 할 정도로 약에 취해 있었으니.

- 씨발 새끼야. 너 누구냐고...

믿을 수 없는 재회를 뒤로하고 스쳐 지나가려는 순간,

"잘 지냈어요?"

맙소사. 내가 잘못 들은 거지?

또 걸음을 멈출 수밖에 없었다. 이미 몇 걸음 지나친 그녀를 돌아봐야 할까?

"나 기억 안 나요? 난 당신 확실히 기억하는데. 나 기억하죠? 그러니까 아까 그렇게 쳐다봤겠지."

이렇게까지 말하는데 어쩔 수 없다. 젠장. 난 몸을 돌려 그녀와 마주했다.

"이렇게 또 만날 줄은 몰랐네요."

이럴 줄 알았으면 당신을 죽였을 거라는 말은 하지 않았다.

그녀는 말없이 나를 가만히 보고 있다가 빙긋 웃었다.

"다행이네요. 고맙다는 말을 할 수 있어서."

"뭐가 고마워요?"

"살려줘서?" 그녀는 어깨를 으쓱하며 말했다.

"!"

"그때 당신은 날 죽일 수도 있었잖아요. 그런데도 살려줬잖아요."

기억하고 있다. 내 얼굴뿐만 아니라, 모든 걸 다 기억하고 있다. 아주 정확하게.

"아니다. 고마워할 일은 아닌 거 같아. 차라리 그때 날 죽여주는 게 더 나았으려나?"

그렇게 말하는 그녀의 얼굴엔 색으로 치자면 잿빛의 미소가

드리워져 있었다.

나는 더 이상 할 말이 없었다. 왠지 모르게 이야기를 더 나누고 싶은 마음도 들었지만, 그런 마음은 위험하다.

나는 가볍게 고개를 끄덕여 인사하고는 다시 걸음을 옮겼다. 등 뒤에서 그녀의 목소리가 들렸다.

"킬러 아저씨. 새해 복 많이 받아요."

아저씨? 이제 겨우 스무 살인데. 그래도 꼬마보단 낫네.

나는 새해 인사를 건네지 않고 그대로 클럽을 빠져나왔다.

어둠이 내린 거리에는 12월 31일에만 느낄 수 있는 들뜬 분위기가 가득했다. 잠시 고민했다. 아무 술집이나 가서 모르는 사람들 틈에서 새해를 맞을까? 카운트다운도 같이하고, 낯선 사람과 건배도 하고. 됐어. 뭐 하러. 아무래도 그 여자애 때문에 괜히 센티멘털해진 모양이야. 일이나 하자.

아까 지 회장에게 받은 주소를 찾아가 보았다. 고객이 서둘러 달라니, 주문대로 해줘야지.

북한 땅에서도 가장 낙후된 지역이었던 양강도 지역은 통일이 되고 나서야 최소한의 교통 시스템이 갖춰졌다. 버스 라인도 제대로 없던 혜산시에도 몇 년 전에 트램이 생겼다. 시내 곳곳을 다니는 지상 전차를 타고 이번 작업의 목표가 사는 집을 찾아갔다.

의외였다. 지금까지 작업한 사람들은 거의 다 단독주택에 살았는데, 이번 주소는 아파트다. 혜산시에서 얼마 안 되는 중산층이 모여 사는 가장 안전한 주거지랄까. 이런 곳에서 작업을 할 수 있을까? 내일부터 동선을 파악해봐야겠다. 아, 내일은 새해 첫날이구나. 뭐 어때. 내일부터 시작하자. 손님이 급하다잖아.

다시 트램을 타고 집으로 향했다. 창밖으로 스치는 별과 어둠은 새해 따위에 흥분하는 법이 없다. 수천만 번, 수억 번의 새해를 겪었을 테니. 한 해를 보내고 새로운 한 해를 맞이하는 일도 숨 쉬는 것과 비슷하겠지.

트램에서 내려 집으로 걸어오는 길은 흥분한 유흥가와 달리 썰렁했다. 1층의 성매매업소 입구도 한산했다. 평소 같으면 남자들이 드나드는 모습이 보이는데. 모자를 푹 눌러쓰고 혼자 오는 사람들, 호기롭게 친구들과 몰려온 사람들, 잔뜩 취해 비틀거리는 사람들, 저 나이에도 여자 생각이 날까 싶은 노인들도 오늘은 없었다. 아무래도 한 해의 마지막 날까지 돈을 줘가면서 성욕을 해소하는 사람은 많지 않나 보다.

옆집 누나도 오늘 같은 날은 손님이 없겠네. 새해의 마지막 날에 모르는 남자에게 몸을 파는 기분, 혹은 팔고 싶지만 팔지 못하는 기분은 어떨까? 자기가 죽일 사람의 집을 미리 둘러본 기분과 비교하면 어느 쪽이 더 스산할까?

집에 올라오니 딱 열 시였다. 2038년이 두 시간 남아 있었다.

담배를 갖고 테라스로 나갔다. 이 집을 고르게 된 결정적인 계기가 바로 이 테라스 때문이었다. 술도 안 마시고, 사람도 안 만나는 나에게 거리를 내다보며 피는 담배 한 개비는 유일한 낙이니까.

몇 년째 잘 쓰고 있는 구식 지포라이터로 불을 붙이고 깊게 한 모금 머금었다. 한 해를 돌아본다. 하필 마지막 날이 올해 전체에서 가장 특별한 날이다. 몇 년 동안 눈인사나 하던 옆집 누나의 식사 초대를 받아들였고, 몇 달 만에 작업 의뢰를 받았고, 1년 전에 마주쳤던 의문의 소녀와 재회했다. 평소에는 거의 매일 똑같은 일상이 반복되는데, 이 모든 일이 같은 날에 일어났다니 믿기지 않는다.

그러지 않으려고 했는데 어쩔 수 없이 생각이 난다. 그 소녀. 마약상의 차에 알몸으로 실려 왔던 그 아이는 어디서 왔을까? 그리고 어떻게 다시 나타났을까? 우리의 재회는 우연이겠지? 이번이 마지막이겠지? 알 수 없다.

더운물로 샤워를 하고 침대에 누웠다. 새해의 첫 태양이 나를 깨워주겠지. 누나 집에서 떡국이나 먹어야겠다. 안녕 2038년.

다음 날 아침, 나를 깨운 건 햇살이 아니었다. 요란한 소리가 나를 깨웠다. 복도도, 창밖의 거리도 소란했다. 심지어 누군가 초인종을 누르고 있었다. 초인종이라니!

이 집에서 산 지 3년 동안 초인종 소리는 처음 들어봤다. 정신을 차리고 대충 옷을 꿰어 입고 나갔더니 경찰이 서 있었다. 살꾼에게 경찰은 본능적인 경계 대상이다. 나를 잡으러 온 건 아니다. 그랬다면 보자마자 제압했겠지.

"무슨 일이죠?" 나는 태연하게 물었다.

"여기 사시는 분이죠?"

뭘 그런 당연한 소릴. 그러니까 여기 있겠지.

"네. 주민인데요."

"옆집에서 살인사건이 있었습니다."

옆집이라면? 살인사건이라면?

누나의 마지막 모습이 섬광처럼 각막에 맺혔다. 우린 어제 서로의 이름을 주고받았고 오늘 떡국을 먹기로 했다. 새해를 함께 맞이하기로 한 거지. 이 무심한 도시에서 타인이 아니라고 할 만한 거의 유일한 대상이 되었는데. 바로 어제 말이야. 그런 그녀가 죽었다니.

"인소희 씨 말씀하시는 겁니까?"

"네. 인소희 씨가 어제 살해당했습니다."

아무 말도 할 수 없었다. 내 모든 절망과 슬픔은 열다섯 살 때 끝났다. 보통 사람이 평생 걸쳐도 다 받아낼 수 없는 고통을 몇 년 만에 받아내느라 감정이 닳아 없어진 줄 알았는데. 어느새 다시 감정이라는 것이 생겼나 보다. 이런 아픔은 너무 오랜만이어서 똑바로 서 있기조차 힘들었다.

"왜죠? 왜... 누나가 왜..."

"인소희 씨가 밑에 있는 업소에서 일한 건 알고 계시죠?"

"네."

"어제 마지막으로 받은 손님하고 시비가 있었나 봐요. 그 사람이 유력한 용의자입니다. 업소에서 본 사람들도 있고요, 일을 마치고 집에 들어오는 인소희 씨를 따라서 올라온 모습도 CCTV에 찍혀 있습니다. 지금 쫓고 있는데, 혹시 어젯밤에 보고 들은 게 있나 해서요."

"어젯밤이라면... 몇 시쯤인가요?"

"글쎄요. 아직 사망 추정 시간은 안 나와서요. CCTV에 용의자가 찍힌 시간은 11시 반쯤입니다. 말씀해주실 게 있습니까?"

"저는..."

차마 입이 안 떨어졌다. 그냥 자버렸다고. 그 말을 하기가 누나에게 너무 미안했다. 두 시간만 더 깨어 있었더라면 누나를 지켜줄 수 있었을까? 뭔가 소란스러운 소리는 들을 수 있었겠지?

내가 나가서 막을 수 있었을까?

"혹시 기억나는 게 있다면 나중에라도 연락 주십시오."

경찰은 자기 명함을 주고 돌아섰다.

하루 만에 범인은 검거되었다. 1층 편의점 주인에게서 전해 들었다.

서울이 고향인 범인은 폭력 전과만 7범이었다. 송유관 공사장에서 일하던 그는 술에 잔뜩 취해 업소를 찾았다. 어리고 예쁜 여자를 불러 달라고 난리를 쳤지만, 한 해의 마지막까지 일하는 아가씨가 몇 명 없어서 소희 누나가 그를 받았다. 여자가 마음에 안 든다며 행패를 부리던 그는 소희 누나에게 가학적인 요구를 했고, 결국 누나도 남자를 거부했다. 남자는 물러나지 않고 업소 밖에서 기다렸다. 다른 날보다 일찍 일을 마치고 집에 들어가는 누나를 따라 들어가 집 안에서 강간하고 죽였다.

통일 한국 최악의 범죄도시에서 이 정도 사건은 단신 뉴스로도 나오지 못한다. 총격전으로 서너 명이 몸에 구멍이 숭숭 뚫린 채 거리에 널브러져야 기사가 될까.

나 역시 그랬다. 그날 아침 그녀와 마주치지 않았다면, 그래서 그녀의 예쁜 이름을 몰랐다면, 아버지가 지어주신 그 이름을 그녀가 좋아한다는 사실을 몰랐다면, 그리고 곧 업소를 나와 식당을 차리겠다는 그녀의 계획을 몰랐다면... 나는 슬프지 않았을 것이다.

새해의 시작을 슬픔에 잠겨 보냈다. 그녀를 애도하고, 사과하고, 기도했다. 이 비정한 도시를 저주했다.

사람마다 슬픔을 잊는 방법은 다르다. 나는 아무 일도 없었던 것처럼 작업을 준비했다. 동선을 확인하고 계획을 세우고, 점검하고, 파기하고, 또 새로운 계획을 세우고 점검했다. 그 과정에서 몇 가지 불편한 사실이 드러났다.

이번 목표는 예전과 달랐다. 마약상도 아니고 폭력조직의 일원이나 사채업자도 아니었다. 그 반대였다. 박동호. 그는 양강도 검찰청으로 출퇴근하는 사람이었다. 그렇다면 검사일까? 이런 정보들을 알면 오히려 냉정하게 작업을 하는데 방해가 되지만, 아파트에 살면서 검찰청에 출근하는 사람을 죽이는 일은 확실히 내키지 않았다. 어쩔 수 없이 지 회장을 다시 찾았다. 그의 설명은 간단했다.

"자네가 그런 것까지 신경 쓰는 줄은 몰랐네. 맞아. 검사야. 몹시 타락한 검사라고 해두지. 어쩌면 우리 같이 약장사 하는 사람들보다 더 악랄한 존재. 그러니 죄책감 때문에 머뭇거리는 거라면 그럴 필요 없다고 말해주고 싶네."

사실은 께름칙한 이유가 한 가지 더 있었다. 잘은 모르지만 검사라는 직위를 가진 사람을 죽여도 뒤탈이 없는지, 그것도 신경이 쓰였다. 그렇다. 나는 살꾼으로서 갈림길에 선 것이다. 목표를 가리고 뒷걸음질 치면 난 그저 하찮은 범죄자들이나 죽이는 부류에 머무를 것이다. 그렇다면 난 내 진짜 목표를 이룰 수 없을 것이다.

내 머릿속을 읽은 것처럼 지 회장이 훈계하듯 말했다.

"어린 친구야. 잘 들어봐. 자네가 이번 일을 해내면 어떨까? 자네는 검사든 국회의원이든 재벌이든 가리지 않고 작업을 수행해낸다는 평판을 얻겠지. 그리고 지금 자네가 받는 돈의 열 배는 더 벌 수 있을 거야. 자네도 꿈이 있겠지. 평생 사람을 죽이면서 살 거야? 난 눈빛을 보면 그 사람의 열망을 볼 수 있어. 아마도 자네는 충분히 돈을 모아 여길 뜨고 싶겠지. 자네에게 엉겨 붙어있는 가난과 불행, 비극의 손아귀에서 벗어나고 싶겠지. 어쩌면 자네에겐 그 이상의 특별한 목표가 있는지도 모르지. 자네의 눈에서 읽을 수 있어. 그 목표를 이루기 위해선 이 일을 해야 해."

클럽 '소돔'의 밀실에서 지 회장은 연극배우처럼 일장 연설을 했다. 기분 나쁜 인간이긴 하지만 그의 말만큼은 틀리지 않았다.

맞다. 나에게도 간절한 꿈이 있다. 소희 누나에게 꿈이 있었던 것처럼. 우물쭈물하다간 그 꿈을 이루지 못하고 죽을 것이다. 올해 마지막 날에는 경찰이 내 시체를 발견할 수도 있다. 어쩌면 소희 누나가 주고 간 교훈일 수도 있다.

훈계만 갖고서는 성에 차지 않았는지 지 회장은 한 뭉치의 돈을 더 내밀었다.

"이 돈이면 자네의 꿈에 조금 더 다가갈 수 있을 거야. 이번 작업에 성공하면 더욱 그렇겠지."

태오야. 아직도 모르겠어? 니가 겪은 그 끔찍한 일들을 다 잊었어? 차라리 죽고 싶었던 시절을, 그때 가슴에 새긴 결심을 다 잊을 거야? 여기서 주저앉을 거야? 너도 알잖아. 이 구렁텅이에서 나갈 수 있는 방법은 오직 하나뿐이라는 걸.

나는 정신을 차리고 돈뭉치를 집어 들었다.

"작업하겠습니다. 빠르면 내일. 늦어도 이번 주 안에는 될 겁니다."

지 회장의 얼굴이 환해졌다.

"내가 사람을 제대로 봤네. 자네는 거물이 될 거야. 그리고 새로운 삶을 살 수 있을 거야."

또 일장 연설을 하려면 집어치우라고 말하고 싶었는데,

지 회장은 그쯤에서 입을 닫고 악수를 청했다. 그의 손은 악마의 비늘에 덮인 듯 두껍고 거칠었다.

집으로 돌아와서 잠시 누워있었다. 아까 지 회장을 만나느라 저녁을 제대로 안 먹었더니 허기가 졌다. 나가서 간단하게 뭐라도 사 먹으려고 하는데 초인종이 울렸다.

또 초인종이야? 3년 내내 안 울리던 초인종이 왜 며칠 사이 이렇게 울리는 걸까. 이번에는 또 누굴까? 날 해치려는 사람이라면 벨을 누르진 않았을 테지만 그래도 조심해야 한다.

침대 아래에서 리볼버 권총을 빼 들고 현관문으로 다가갔다. 모니터 화면에 떠 있는 사람은 그녀였다. 이름도 모르는 그 소녀. 두 번이나 상상도 하지 못한 장소에서 나타난 그녀가 또...

눈을 감고, 하나 둘 셋 세고 심호흡까지 한 뒤에 문을 열었다.

"안녕."

그녀는 작은 얼굴에 비해 너무나도 큰 눈을 껌벅이며 인사했다. 짙은 향수 냄새가 나를 포위했다.

"문을 열어줬다는 건 들어가도 된다는 뜻이죠?"

내가 허락하기도 전에 그녀는 집으로 들어왔다. 그리곤 소파에 털썩 앉아서 다리를 꼬았다. 처음에는 알몸, 그다음에는 클럽 의상, 그리고 오늘은 나이에 어울리지 않는 모피 코트다. 입술은 동맥에서 막 뽑어져 나온 피처럼 붉게 칠했다. 등 뒤의 창으로 짙게 내려앉은 밤하늘이 그녀의 망토 같았다.

"뭡니까? 여긴 어떻게 알고 왔어요?"

나는 일부러 총을 감추지 않고 그녀 앞에 섰다.

"목마른데, 맥주라도 줘봐요."

"맥주 없어요."

"그럼 뭐 아무거라도. 소주든 양주든 상관없어요."

냉장고에서 오렌지 주스를 꺼내주었다.

"술은 없습니다."

"하아. 오렌지 주스라니."

목이 마르다고 해놓고선 그녀는 주스를 그냥 놔두었다. 느긋하게 집 안을 쓱 둘러보았다.

"집 예쁘네요? 살꾼 주제에 깔끔하게 해놓고 사네."

그러는 넌? 살꾼이라는 걸 알면서 함부로 지껄이네.

나는 총을 잡은 손을 일부러 움직였다. 그녀는 총 따위 신경도 안 쓰는 듯했다.

"보답을 하러 왔어요."

처음부터 끝까지 알 수 없는 아이다. 대체 무슨 말을 하는 건지도 모르겠다. 그냥 들어보자.

"당신이 내 목숨을 구해줬잖아요. 지금 당신 목숨을 구해 주러 왔다고요."

"제 목숨은 제가 챙깁니다."

"이번엔 그러지 못할 텐데. 당신 지양호 회장한테 일거리 받았죠?"

미치겠다. 너도 지 회장을 알아? 이번 일도? 대체 어떻게?

"박동호 검사를 죽일 계획이잖아요. 그런데 당신도 죽어요. 지 회장이 박 검사를 왜 죽이려고 하는지는 알고 있어요?"

그녀의 설명에 따르면 이랬다. 박동호 검사는 혜산시를 주무대로 하는 마약조직으로부터 몇 년째 엄청난 돈을 받아왔다. 그런데 지 회장이 새로 들어와서 빠른 속도로 성장하면서 기존의 마약조직들을 위협했고, 지 회장을 견제하기 위해 기존의 조직들이 박 검사에게 읍소했고, 박 검사는 지 회장을 잡아넣기 위해 치밀하게 작전을 짜는 중이었다. 그 사실을 알게 된 지 회장이 나를 고용해 박 검사를 없애려 한다는 얘기였다.

"거기까지는 알겠어요. 그런데 왜 내가 죽습니까? 난 그저 살꾼일 뿐인데."

"지 회장은 세상에서 제일 의심이 많은 인간이에요. 당신이 박 검사를 죽이고 나서, 자신이 청부했다는 사실을 완전히 은폐하려고 당신도 죽이겠다는 심산이에요. 당신이 작전을 성공하고 돌아오는 날 밤에 바로 여기로 킬러를 보낼 계획이라고 들었어요."

아찔했다. 머리가 팽팽 돈다. 침착하자. 태오야 침착하자.

"당신이 하는 말을 어떻게 믿죠?"

"이미 믿고 있잖아요."

그녀는 날씨를 알려주는 사람처럼 대수롭지 않게 말했다.

"생각해보면 알 텐데. 내가 왜 쓸데없이 여길 와서 이런 얘길 하겠어요? 내가 당신을 속여서 뭘 얻겠냐고."

"당신은 어떻게 그런 걸 다 알죠? 여긴 또 어떻게 알았고?"

"자꾸 당신 당신 하니까 좀 그렇다. 제 이름은 지오에요. 윤지오. 김태오 씨 맞죠?"

그녀는 악수를 청했고 나는 악수를 받을 수밖에 없었다.

"우리 같은 사이를 가리켜서 운명이라고 하지 않나요?"

"두고 봐야 알겠죠."

"지금까지만 봐도 충분히 운명 아닌가?"

"대답해요. 당신이 어떻게 다 알고 있는지!"

"태오 씨 몇 살이에요?"

"스무 살입니다."

"오호. 오빠네. 난 올해 열아홉이니까."

"미치겠다. 당신... 대체 어디에서 왔어요?"

"저는 지옥에서 왔어요."

짧은 대답에 나는 움찔했다. 나야말로 지옥에서 왔으니까. 그 어떤 삶도 내가 살아남은 지옥에서의 계절에 비하면 사치스러운 삶이다. 나는 감히 지옥이라는 표현을 쓴 그녀의 삶을 들어보았다.

"고향은 함경북도 무산. 열네 살 때 중국 군인들에게 집단으로 강간을 당하면서 제 인생은 시작해요."

그녀는 눈 하나 깜짝하지 않고 말했다.

"엄마가 마약을 사려고 저를 중국 장교한테 팔아넘겼죠. 저는 몇 차례나 더 험한 꼴을 당했고 도망치다가 잡혀서..."

그녀는 화려한 모피코트를 열어젖혔다. 아찔하게 짧은 원피스 아래위로 지저분한 문신들이 삐죽삐죽 드러나 있었다.

"이게 다 중국 욕이에요. 놈은 날 더 비싼 돈을 받고 러시아 마약상에게 팔아넘겼어요. 제가 열다섯 살 때죠. 그놈은 강제로 술을 마시게 하고 싸구려 마약을 주사했어요. 그리고 밤낮으로 저를 짓밟았죠. 불곰같이 생긴 자기 친구들에게도 저를 돌렸어요. 떼 지어 저를 강간하기도 했고. 놈들도 기록이라도 남기듯 제 몸에 낙서를 했고..."

그녀는 다시 코트를 젖히고 허벅지의 문신을 보여주었다.

"이건 러시아어. 기쁨이라는 뜻이라네요. 아까 보여준 중국어 문신은 쓰레기라는 뜻인데. 문신에 일관성이 없어 씨발. 그런데 참 웃기죠? 나이가 들면서 전 점점 더 예뻐졌어요. 짐승 같은 놈들에게 그렇게 당하고 약을 하고 얻어맞았는데도, 밟을수록 더 예뻐지는 거야. 타고났나 봐. 하긴 아빠 얼굴은 몰라도 우리 엄마는 진짜 예뻤거든."

나보다 더 끔찍한 어린 시절을 보낸 사람은 지금까지 만난 적이 없었는데, 이 아이가 처음으로 근접하고 있다.

"열일곱 살 때 러시아 놈한테서 탈출할 수 있었어요. 내가 어떻게 했는지 말해줄까? 칼을 품고 있다가 그놈이 나를 덮칠 때 죽여 버렸어요. 나중에 재판받을 때 알았는데 서른한 번을 찔렀더라고. 상반신에 더 찌를 데가 없을 정도로. 깔끔하게 한 번에 보내고 튀었어야 하는데. 당신같이 훌륭한 킬러 소질은 없나 봐요."

피투성이 침대 옆에 칼을 들고 서 있는 그녀의 모습이 실제로 본 장면처럼 연상되었다.

"차라리 감옥에 가서 다행이라고 생각했는데 정말 어이없지. 웬 변호사가 나타나서는 무료변론을 자처하더니, 정당방위로 몰고 가서 날 꺼내준 거예요. 그렇다고 그 사람이 백마 탄 기사였느냐? 그럴 리가. 그 새끼도 결국 약쟁이였고 내가 탐나서 가진 거지. 사실 그놈이 제일 싫었어. 정말 최악의 씨발 변태 새끼였거든. 내가 죽이려고 했는데 당신이 죽여줘서 얼마나 고마웠는지."

"내가 변호사를 죽였다고?"

"1년 전에 오빠가 죽였잖아. 그때 나하고 처음 만났고."

어느새 오빠라니.

"그 사람은 마약상이었는데?"

"맞아요. 변호사라는 놈이 아주 체계적으로 마약 비즈니스를 했지. 법을 잘 아니까 자기 경쟁자들을 잘도 감방에 집어넣더라고. 당신한테 의뢰했던 사람도 그놈한테 당한 사람이었을 거예요."

"그럼 지 회장은 어떻게 당신하고 연결되는 겁니까?"

"그놈이 죽고 난 뒤 사업체를 인수한 사람이 지 회장이었어요. 저는 재활병원에 있다가 지 회장 손에 넘어갔죠. 그놈은 자기 마음에 드는 여자들한테 살 곳을 얻어주고 들락거리는데, 지금도 그놈이 불러서 가는 길이에요. 종종 술자리에서 지 회장 옆에 앉아 있다가 사업 이야기를 듣는데 우연히 오빠 이야기를 듣게 됐죠. 이미 지 회장은 다른 살꾼한테 여기 주소를 넘겼어요. 저도 그때 쪽지를 훔쳐보고 주소를 알게 됐고요. 이제 오빠가 궁금한 건 다 풀렸죠?"

믿어지지 않지만 믿을 수밖에 없는 이야기였다. 문제는 이제 어떻게 하느냐는 것.

그냥 지금 도망칠까? 아니면 박 검사를 죽이고 도망쳐? 아니면 박 검사를 죽인 뒤에 킬러를 처리해?

"오빠가 지금 무슨 생각을 하는지는 모르겠는데..."

지우는 테이블에 놓인 내 담배를 집어 들더니 한 대 꺼내 불을 붙였다. 한 번에 최대한 깊이 연기를 빨아들였다가 천천히 연기를 흘렸다.

"도망칠 생각은 하지 마요. 지 회장은 절대 그냥 넘어가는 법이 없으니까. 아마 오빠가 박 검사 의뢰를 거절했다고 해도 오빠를 죽였을 거예요. 오빠가 이미 알게 되었으니까."

나도 담배를 물었다.

"그럼 어떻게 해야 되냐?"

무례한 아이 앞에서 나 혼자 예의를 차릴 필요는 없지. 이제부터는 반말이다.

"피할 수 없다면 즐겨야 하는데... 지금은 도저히 즐길 수는 없으니... 피할 수 없다면 죽여라?"

"뭐라고? 지 회장을 죽이라고?"

"오빠가 살 방법은 오직 그것뿐이에요."

말도 안 된다. 그놈은 초저녁에 미팅을 할 때도 보디가드들을 옆에 달고 다니는 놈이다. 지독하게 의심이 많은 타입. 집 안에도 부하들이 있을 테지. 그놈이 잘 때도 부하들은 지키고 있을 거야. 그런 놈은 아무리 돈을 많이 받아도 죽이지 못한다. 작업이 불가능한 목표랄까.

내 마음을 읽은 걸까. 지우는 붉은 입술로 연기를 동그랗게 말아 뱉었다.

"자기가 악당이라는 걸 잘 알아서 그런지 철통방어를 하는데, 딱 한 가지 방법이 있긴 하죠."

나도 모르게 총을 쥔 손에 힘이 들어갔다.

"그게 뭔데?"

"오늘 밤에 제가 그 집에서 자요."

겨울비가 내렸다. 통일 한국에서 가장 추운 지역인 양강도에는 1월에 눈 대신 비가 내리는 경우가 흔하지 않다. 대신 빗줄기는 눈보다 더 차가웠다.

오늘은 둘 중 하나인 하루다. 새로운 인생의 시작이 되거나, 내 생의 마지막 날이 되거나.

나는 지금 지양호 회장의 저택 앞에 와 있다. 구린 데가 많은 놈답게 시내에서 멀리 떨어진 들판에 요새 같은 저택을 지어 놨다. 자정이 넘어가자 집 근처에는 인적은 물론 동물의 움직임도 보이지 않는다. 온통 어둠, 그리고 요란한 빗소리.

저택의 담은 높은데다가 움직임을 탐지해 침입자를 알려주는 시스템으로 둘러싸여 있다. 절대로 몰래 들어갈 수 없다. 하지만 오늘만큼은 안에서 문을 열어줄 사람이 있다.

그녀의 작전은 간단하면서 동시에 지독했다. 지 회장은 약에 잔뜩 취해 광란의 섹스를 즐기고 잠들곤 하는데, 오늘만큼은 좀 더 깊이 그를 재우겠다고 했다. 그녀가 문을 열어주면 내가 들어가서 야간에 집을 지키는 경호원들을 처치한다. 지 회장도 죽이고 그녀와 함께 도주한다. 끝.

그녀의 작전이 그럴듯해서 따르는 건 아니었다. 이 방법밖엔 없기 때문이다.

차에 앉아서 지오의 연락을 기다리고 있다. 쏟아지는 비를 멍하니 보고 있자니 그날이 떠오른다. 오늘처럼 겨울비가 쏟아졌던 운명의 그날. 그날 이후 내 인생은 통째로 바뀌었다. 천동설에서 지동설로 우주의 질서가 바뀌듯 평양 최고위층의 아들이었던 나는 북한에서도 가장 끔찍한 지옥으로 떨어졌다.

나는 너무 어린 나이에 살꾼이 되었다. 그럴 수밖에 없었다. 처음 사람을 죽였을 때, 그 끔찍하고도 기이한 순간이 생생하다. 대체 무슨 심리인지 알 수 없지만 감정 없이 누군가를 죽이는 과정에서 평화를 얻었다. 더 이상 악몽을 꾸지 않았고 가슴을 짓누르던 죄책감도 사라졌다. 너무 큰 죄를 저지르면 사소한 죄는 가려지는 효과일까? 나는 사람을 죽이고 또 죽였다.

그렇게 지금 여기까지 왔다. 겨울비 속에서, 나는 또 한 번의 죄를 짓기 위해서 기다리고 있다. 살아남기 위해 누군가를 죽이는 일은 죄일까 아닐까?

회상의 늪에 한 발을, 철학적 질문의 늪에 한 발이 빠져 허우적대고 있는데 지우에게서 전화가 걸려왔다.

"지금 문 열게요. 준비됐어요?"

"지 회장은?"

"만취에 녹초가 되어 잠들었어요. 내일 아침까지는 뺨을 때려도 못 일어날 거예요."

"경호원들은?"

"그것까지는 모르죠."

몇 명인지 모르겠다고? 미치겠다. 저 멀리 저택 안에 대체 몇 명의 경호원이 있을까? 자칫하다가 암살이 아니라 전쟁으로 번진다.

"알았어. 들어갈게."

전화를 끊고 무기를 챙겼다. 권총 두 자루에 경량 라이플 하나. 내가 가진 총기의 전부였다. 집에 있는 총알을 싹 쓸어왔는데 전부 합쳐 80여 발. 이걸 다 쓸 일은 없겠지? 없어야 한다.

차에서 내렸다. 있는 힘껏 빗속을 달렸다. 지우가 잠금장치를 해제해 둔 현관문을 밀치고, 악마의 아가리 같은 저택으로 들어갔다.

우려는 현실이 되었다. 나는 가져간 총알을 다 썼다. 경비를 서고 있던 경호원 두 명을 죽이고, 난리 통에 잠에서 깬 경호원 다섯 명을 더 죽였다. 총알이 떨어졌고, 죽은 경호원들의 총을 들어 마지막으로 두 명의 경호원을 더 죽였다.

벽과 바닥을 하얀 대리석으로 깔아놓은 저택은 온통 피를 뒤집어썼다. 도서관에서 읽은 책 중에서 미국 추상화가 잭슨 폴록의 그림을 본 적이 있는데, 그날 내가 만든 피바다가 꼭 그랬다. 나에게도 피와 살점이 튀었다. 피 냄새가 나를 흥분시켰고, 나는 괴성을 지르며 총을 쏴댔다. 전부 다 죽인 다음에야 겨우 진정할 수 있었다.

거울에 비친 내 모습은 괴물이었다. 지금까지 살꾼으로 사람들을 죽이면서 이 지경이 된 적은 처음이었다. 전쟁을 치렀다. 아마 비가 오지 않았더라면, 제법 멀리 떨어진 마을에서도 총소리를 듣고 사람들이 신고했을 것이다.

2층 침실에서 지오가 기다리고 있었다. 지 회장은 여전히 잠든 상태. 나는 놈의 얼굴에 총을 겨눴다.

"깨워 봐."

"네?"

"깨우라고."

"왜 깨워요? 그냥 쏴요!"

"난 지금까지 잠든 사람을 죽인 적이 없어."

"지금 그럴 여유가 있어요?"

"그러니까 빨리 깨워!"

내 의지를 확인시켜주기 위해 지오에게 총을 겨눴다.

"씨발 좀 빨리 깨우라고 빨리! 빨리!!"

그녀는 어쩔 수 없이 지 회장을 흔들어 깨웠다. 돼지 같은 놈이 얼마나 술을 마셨는지, 피비린내를 뚫고 술 냄새가 날 지경이었다.

"안 깨잖아요! 그냥 쏴요!"

놈을 흔들어 보기도 하고 꼬집어도 보았지만 일어나지 않자 지우가 소리를 질렀다. 그래도 꿈쩍하지 않았다.

"비켜."

나는 놈의 오른쪽 허벅지를 쐈다. 그제야 놈이 비명을 지르며 일어났다. 피가 콸콸 흘러나오는 모습을 보니 대동맥이 터진 모양이다.

"이 새끼... 너 뭐야!"

지 회장은 나와 지우를 번갈아 보았다. 지우는 머리를 쥐어뜯으며 한숨을 토하다가 방에서 뛰쳐나가 버렸다.

"지양호 회장님. 왜 그러셨어요?"

"뭐가 인마! 왜 이래! 아악. 나 죽는다!!"

"저를 죽이려고 하셨다죠? 그런데 저는 못 죽습니다."

"이 미친놈이 지금 무슨 소릴 하는 거야! 빨리 구급차 불러! 빨리!"

그는 침대에서 내려오려다가 굴러떨어졌다. 으흐흑 신음을 흘리며 기어 다녔다. 벌레 같은 새끼. 나는 총상을 입은 놈의 다리를 밟았다. 놈은 목이 터져라 비명을 지르고는 더 이상 움직일 생각을 못 했다.

"살꾼한테 살꾼을 붙이려고 하셨습니까?"

"태오 이 새끼야. 너 지금 무슨 소릴 하는 거야? 일 잘할 것 같아서 거둬주려고 했더니... 빨리 구급차 불러줘! 빨리!"

싸한 느낌이 박쥐처럼 퍼덕인다. 지 회장이 거짓말을 하는 것 같지 않은데... 뭔가 이상하다. 이게 아닌가...

"오빠. 그냥 쏴요."

방에서 뛰쳐나갔던 지우가 문 앞에 서 있었다. 총을 나에게 겨눈 채.

"너 뭐야..."

그제야 나는 알아차렸다. 지 회장은 날 속이지 않았다. 나를 속인 건 이 아이다.

"윤지우! 너 나한테 거짓말했어?"

그녀는 긍정도 부정도 하지 않았다. 말도 안 되게 큰 눈을 깜박일 뿐이다.

그녀가 했던 말들 중에서 90퍼센트쯤은 사실이었을지도 모른다. 그러나 적어도 지 회장이 나를 죽이려고 했다는 말은 거짓말이다. 반대로 이 아이가 나를 이용해 지 회장을 죽이고 도망치려는 계획이었겠지. 자기 혼자서는 지 회장을 죽일 수 있어도 경호원들까지 처리하고 탈출할 수는 없으니...

깜박했다. 이 소녀가 지옥에서 왔다는 사실을. 씨발.

그녀가 총을 겨눈 채 다가왔다.

*

많은 사람들은 이런 식의 질문을 받으면 쉽게 대답하지 못한다. 제일 좋아하는 게임이 뭐예요? 혹은 노래는? 가장 감명 깊게 본 영화는? 나는 다르다. 도서관에서 일하면서 읽은 수많은 책들 중에서 한 권을 꼽으라면 선뜻 대답할 수 있다. 몬테크리스토 백작. 300년 전 프랑스 작가 알렉상드르 뒤마가 쓴 소설이다. 주인공의 삶이 꼭 내 얘기 같아서. 그렇지 않다 해도 그렇다고 믿고 싶다. 나도 화려하게 복수하고 싶으니까.

"당신의 눈은 강하고 날카로워 무서워 보이지만, 나쁜 사람은 아니군요."

여주인공 하이데가 처음 몬테크리스토 백작을 만났을 때 하는 말이다. 내 옆에 앉아있는 지우를 보니 이런 생각이 든다.

너의 눈은 연약하고 부드러워 보이지만, 착한 사람 같진 않아.

하이데와 지우는 닮은 데가 꽤나 있다. 하이데는 오스만 제국의 그리스 총독인 알리 파샤의 딸이었다. 알리 파샤의 직책은 총독이었지만, 사실상 왕이나 다름없었기에 그녀는 그리스의 공주라고 할 수 있다. 어쨌든 고귀한 신분이었던 하이데는 아버지가 그리스 독립을 도모하다가 실패하여 죽으면서 참담한 처지로 바뀌었다. 겨우 4살의 나이에 어머니와 함께 노예로 팔려 간다. 어머니마저 일찍 죽고, 하이데는 비참하게 노예 생활을 하다가 13살이 되던 해에 몬테크리스토 백작을 만난다.

지우의 말을 믿어준다면, 그녀 역시 태어날 때는 꽤나 괜찮은 집안의 딸이었다. 그러다가 돈 몇 푼에 팔려 갔고 성노예로 짓밟히다가 나를 만났다. 몬테크리스토 백작의 힘을 빌려 하이데가 복수에 성공했듯이 지우는 내 힘을 빌려 복수했다.

지 회장을 죽이기 전, 지우는 그와의 질긴 악연을 실토했다.

남편이 사고로 죽은 뒤 상심해 있던 지우의 어머니에게 접근해 마약을 권하고 중독자로 만들어 버린 사람이 지 회장이었다. 그는 지우의 어머니를 마약 중독자로 만든 것으로 모자라 몸을 팔게 하고 나중에는 어린 딸인 지우까지 팔게 했다. 지 회장이 지우를 찾은 것이 아니라 지우가 지 회장을 찾아낸 것이었다.

지 회장은 그가 파멸시킨 수많은 사람들 중 누군가의 어린 딸이 복수를 할 것이라고는 상상도 못한 채 살아왔다. 그는 죽는 순간에야 자신의 악행이 부메랑으로 돌아왔음을 어렴풋이 알아차렸다. 지우는 지 회장에게 총을 겨누고 엄마 이름을 말했다.

- 기억해? 니가 망가뜨린 여자야. 나는 그 딸이고.

그는 그 이름을 기억해내지 못했다. 더 이상 설명해 줄 필요를 느끼지 못하고 지우는 총을 들었다.

- 이건 우리 엄마의 복수야.

지 회장의 팔 한쪽이 나가떨어졌다. 거기서 멈추지 않았다.

- 그리고 이건 나의 복수야.

그녀는 지 회장의 입에 총구를 쑤셔 박고 방아쇠를 당겼다. 사람의 얼굴이 피와 골수와 뼛조각으로 분해되어 제각각의 색으로 흩뿌려졌다. 나조차도 그 광경 앞에서 눈을 돌렸다.

지우는 다 끝났다며 총을 버리고 내 앞에 섰다. 나를 이용해서 미안하다며 용서를 구했다. 나에겐 기회가 있었다. 나를 속인 그녀를 벌할 수 있는 기회가. 나는 벌을 주는 대신 두 번째로 그녀를 살려 주었다.

지 회장의 침실 옷장에는 보석과 금괴가 널려 있었다. 금고에는 더 많은 것들이 있었겠지만 그렇게 큰돈은 우리가 감당할 수도 없기에 열려고 시도도 하지 않았다. 지금 백팩에 가득한 보석과 금괴만 해도... 더 이상 사람을 죽이지 않아도, 내가 그토록 원하던 새 인생을 살 수 있게 되었다. 결국 이렇게 되었다.

우리는 동해안 철도를 탔고, 이제 두 시간 뒤에 강릉이라는 도시에 도착한다.

"처음이에요. 이렇게 남쪽으로 내려와 보는 건."

하염없이 창밖을 보던 지우가 중얼거렸다.

나도 처음이다. 내 인생은 평양에서 시작해 양강도에 갇혀 있었으니까.

"몇 번이나 그냥 죽어버리고 싶었어요. 그런데도 악착같이 살아남은 이유가 뭔지 알아요?"

난 대답하지 않았다. 아직 나를 속인 그녀에 대해 화가 다 풀리지 않았다. 그리고 그녀를 믿지도 못하겠다.

“엄마 때문이에요. 엄마는 약에 취하면 늘 저를 때리며 저주했거든요. 죽어버리라고. 어디 가서 콱 죽어버리라고. 그래서 악착같이 살아남았어요. 엄마의 저주를 깨려고. 사실 지 회장에게 복수하겠다는 생각은 다음이었어요.”

“나하고 반대네. 난 아빠의 유언을 들어드리려고, 복수를 하려고 지금까지 살아있는데.”

“심심한데 오빠 이야기나 해봐요. 난 내가 살아온 이야기를 다 해줬잖아요.”

“그걸 어떻게 믿어?”

“속고만 살았나.”

“너한테 속았잖아.”

“그러지 말고 얘기해줘요. 너무 궁금하니까.”

“나중에. 좀 더 너를 믿게 되면.”

“좋아요. 곧 들을 수 있겠네. 내가 도와줄게요.”

“뭘 도와줘?”

“오빠가 내 복수를 도와줬으니까, 나도 오빠 복수를 도와줘야죠.”

“됐어. 나 혼자도 할 수 있어.”

“그런데 대체 누구한테 복수하겠다는 거예요?”

나는 대답하지 않았다. 그 이야기를 해주려면 역시 시간이 더 필요할 것 같다. 지우는 캐묻지 않았다.

“지금 생각해보면 악착같이 살아남길 잘 한 거 같아. 오빠 같이 좋은 사람을 만난 걸 보면.”

“내가 좋은 사람 같아? 살꾼인데?”

“오빠의 눈은 강하고 날카로워 무서워 보이지만, 나쁜 사람 같진 않아요.”

해맑게 웃으며 창밖을 구경하는 그녀를 보며 궁금해진다.

너를 어디까지 믿어야 할까? 우리는 어떻게 될까? 계속 함께 일까?

모르겠다. 일단 남쪽으로 간다. 행운이 함께 하길.

이상한 해피엔딩

이상한 해피엔딩

어느 화창한 오후, 윤정에게 이상한 메시지가 도착했다

김프로	창현이 엄마 되시죠?
윤정	누구세요?
김프로	ㅋㅋㅋ
윤정	???
윤정	누구신데요?
김프로	저로 말씀드릴 것 같으면 창현이를 납치한 사람입니다.
윤정	네? 창현이를 납치했다고요?

-잠시 후-

김프로　창현이한테 전화해봤자 소용없어요. 지금 제 옆에서 전화기가 울리고 있으니까요. 설마 보이스피싱인 줄 알았어요? ㅋㅋㅋㅋㅋ

윤정　창현이 옆에 있나요? 창현이 좀 바꿔주시겠어요?

김프로　옆에 있기는 한데... 창현이는 지금 전화를 받을 수 없습니다.

윤정　오 주여! 제발... 제발요... 저희 창현이에게 무슨 일이라도 생긴 건가요?

김프로　아직은요. 지금 창현이는 움직이지도 말을 하지도 못하는 상태랍니다. 제가 밧줄로 묶어놓고, 입은 막아뒀거든요. 뭐, 지금 현재 상황 정도는 보여드리죠.

윤정에게 아들 창현이의 사진이 도착했다.
창현은 꽁꽁 묶인 채 창고 구석에서 떨고 있었다.

윤정　창현아! 창현아!! 왜 이러세요? 우리 창현이한테 왜 이러세요?

김프로　왜일까요? 왜가 중요할까요? 하하하하하.

윤정 시키는 건, 원하는 건 뭐든지 할게요. 제발 창현이 해치지는 말아주세요!

김프로 긴말 안 하겠습니다. 현찰로 현금 1억. 검정 쓰레기 봉투에 담아서. 여의나루역 6번 물품보관함에 넣어두세요. 내일까지입니다.

윤정 으흐흑. 내일까지 구하긴 힘들어요. 시간을 더 주세요.

김프로 아이 목숨이 달려 있는 문제인데 그깟 1억을 못 구해요? 저는 어릴 때부터 타협하는 걸 싫어했어요. 무조건 내일까지입니다.

윤정 저기요! 선생님! 제발... 당장 내일이라면 5천까지는 어떻게 해보겠는데 이틀만 시간을 더 주세요. 제발요.

김프로 내가 아무 조사도 안 하고 다짜고짜 이러는 거 같아? 당신 의사잖아. 치과의사가 돈 1억 구하는 게 어렵나? 당장 은행 달려가서 대출하면 되잖아?

윤정 구할게요. 구하겠습니다! 그럼 일단 내일까지 절반을 드리고 창현이를 무사히 돌려받으면 나머지 절반을...

김프로 반 토막씩 주겠다? 그럼 나도 창현이도 반 토막 내서 내일 반, 모레 반 보내주리? ㅋㅋㅋㅋㅋㅋ 아줌마. 정신 차려요. 난 물건 팔려고 전화한 게 아니에요. 하나밖에 없는 아들 창현이가 죽게 생겼다고.

윤정 으흐흑. 제발 살려주세요.

김프로 타협은 싫어하지만 동정심은 조금 있지. 그래요. 일단 내일까지 5천.

윤정 감사합니다, 감사합니다.

김프로 지금부터 잘 들어요. 내일 오후 5시까지 돈을 보관함에 넣어둬요. 5호선 여의나루역 보관함 28번. 보관함은 사용 중일 텐데 비밀번호는 0118. 허튼짓은 말아요. 이 전화도 대포폰이라서 추적이 불가능하고, 경찰에 신고를 한다든지, 보관함 보면서 잠복한다든지, 어떤 식이든 허튼짓을 하다가는 창현이 목숨이 위험할 거예요.

윤정 예. 알겠어요. 알겠습니다! 제발 창현이만은 해치지 말아주세요. 돈은 내일까지 넣어두겠습니다.

김프로 굿. 저는 약속은 잘 지키는 편입니다.

윤정은 바로 남편에게 전화를 했다. 남편은 사업차 미팅 중이어서 전화를 받지 못했고, 카톡으로 윤정이 납치범 이야기를 전해주자 바로 남편이 전화를 걸어왔다.

아빠 이런... 이런! 왜 이런 일이!!! 신고는 했어?

윤정 신고하면 창현일 가만 안 두겠다잖아요!

아빠 원하는 게 뭐래?

윤정 처음에는 현금 1억이었는데 일단 처음에는 5천만 주기로 했어요. 나머지는 창현이를 돌려받은 다음에. 내일까지에요.

아빠 미치겠네... 여보. 일단 신고부터 하자.

윤정 안 돼!!! 애한테 일이라도 생기면 어떻게 해요?

아빠 신고 안 한다고 괜찮으리라는 법도 없어. 아이 유괴하는 비겁한 새끼들이 약속은 지킬까 봐?

윤정 그래도...

아빠 아냐. 경찰에 신고하는 게 그래도 제일 안전해.

윤정 여보. 괜찮을까? 난 창현이에게 무슨 일 생기면... 으흐흐흐흑. 나도 죽어버릴 거야.

아빠 침착하자 우리. 그 새끼한테 또 연락 없었어?

윤정 네. 그 뒤론. 은행 쪽에 통화는 했어요. 내일 들르기로 했고요.

아빠 미안해. 이런 상황에서도 당신한테 짐을 지우고.

내가 못나서 눈물이 난다....

윤정 울지 말아요. 지금 돈이 문제가 아니잖아요. 그깟 돈이야... 창현이만 살아 돌아온다면 해피엔딩이에요.

아빠 일단 신고부터 하자.

윤정 당신이 그놈 목소리를 못 들어봐서 그래요! 창현이가 울부짖는 소릴 못 들어서 그렇다고요! 아까 잠깐 통화도 했는데 그놈, 피도 눈물도 없는 목소리... 만에 하나라도 신고한 걸 알게 되면 눈도 깜짝 안 하고 창현이 해칠 것 같았다고요!

아빠 후우... 미치겠다... 창현 엄마.

윤정 네...

아빠 아무리 생각해봐도 그냥 놈이 시키는 대로 하기엔 너무 위험해. 경찰에 신고하는 게 제일 안전하겠지만 당신이 죽어도 그렇게 못하겠다면 내가 숨어서 보관함을 지켜볼게.

윤정 위험해요!

아빠 만약의 경우 놈들이 창현이를 안 돌려준다면 창현이를 어디에 가뒀는지는 알아내야지. 놈들 말만 믿고 있다가 손 놓고 당할 거야? 내가 우리 창현이

데리고 올게.

윤정 여보...

아빠 걱정하지 마. 별일 없을 거야. 창현이만 무사하면 되잖아. 그럼 해피엔딩이잖아?

윤정 그럼요. 창현이만 괜찮으면... 해피엔딩이에요.

같은 시간. 서울 외곽의 허름한 모텔. 바닥에는 먹다 남은 피자 박스가 널려있고 공기 중에는 담배 연기가 돌아다녔다. 열일곱 살 소년 두 명이 짝- 소리가 나게 하이터치를 했다.

창현 앗싸. 진짜 믿는 것 같은데? 크크

정호 이 형님이 또 한 연기하잖냐.

창현 그런데 씨발 아무리 그래도 우리 엄마한테 너무 막말한 거 아냐?

정호 그럼 씨발 납치범이 존나 공손하게 말하냐? 고딩 티 내냐?

창현 하긴. 근데 5천만 원을 어디다가 다 쓰지? 5백만 있어도 cbr125는 사는데.

정호 아 이 새끼 진짜 감각 존나 떨어지네. 의사 아들을 납치해놓고 5백을 부르냐? 고딩 티 내냐고 병시나!

창현 그치. 그건 또 그래. 넌 무슨 색 살 거냐?

정호 남자는 블랙이지.

창현 난 빨간색. 까만색은 관리하기 힘들어.

정호 맨날 닦아줄 거니까 괜찮아. 으흐흐.

창현 막상 저지르고 나니까 좀 미안해지네. 나중에 갚으면 되겠지?

정호 그럼. 그리고 이미 주사위는 던져졌어. 니네 엄마 돈 잘 번다며.

창현 아빠는 이 사업 저 사업 다 말아먹었는데 엄마는 치과의사니까. 한 달에 천만 원도 넘게 벌걸?

정호 용돈 크게 받는다고 생각하자.

창현 그래. 나중에 효도하면 되지 뭐. 크크.

정호 남수 형한테 전화해야겠다. 오토바이 내일 저녁에 픽업 간다고 말해야지.

창현 그래야지. 존나 간지 나겠다. 이 세상 그 어느 고딩이 cbr을 타겠어?

정호 은정이 태우고 존나 달려야지!

창현 나는 cbr에 누굴 태울까? 크크. 생각만 해도 설렌다. 너도 여기서 같이 자자. 맥주 마실까?

정호 난 안 돼. 오늘 집에 들어가야 돼. 과외도 있고.

창현 미친 새끼! 이런 심장 쫄리는 미션을 하면서 과외 받을 생각을 하냐?

정호 의심을 안 사려면 평상시처럼 행동해야지 난.

창현 에이 씨. 혼자 밤새도록 모하냐? 피방 가서 게임 좀 하다 갈래?

정호 눈에 띄면 안 된다고 몇 번을 말해 미친놈아.

창현 알았어 새끼야. 심심하니까 그렇지.

정호 해피엔딩으로 끝나겠지?

창현 당연하지. 걱정 마. 돈 꺼낼 때가 제일 고난이도인데 이미 실습 해봤자나. 택배 아저씨처럼 헬멧 쓰면 절대 못 알아봐.

정호 그래! 내일 보자.

창현 cbr과 함께.

정호 cbr과 함께! 부다다다다다!!!!

다음 날 저녁. 돈을 전달해주기로 한 창현의 아빠에게 카톡이 도착했다.

김프로 창현이 아버님이시죠? 좋은 아침입니다.

아빠 저로선 도저히 좋은 아침이라고 할 순 없군요.

김프로 아들을 되찾는 날인데 좋은 날이지요. 돈은 준비되셨습니까?

아빠 지금 제 차 트렁크에 있습니다. 오만 원권으로 100장짜리 묶음 열 개.

김프로 좋아요. 지금 여의나루역으로 가요. 28번 보관함에 넣어요. 비밀번호는 0118.

아빠 아니요.

김프로 네?

아빠 돈은 계속 제 차 트렁크에 있을 겁니다.

김프로 뭐야? 미친 거야? 창현이가 죽어도 상관없단 겁니까? 이렇게 비협조적으로 나오면 창현이 안전을 보장 못해줍니다.

아빠 알 게 뭐야 병시나.

김프로 뭐? 시발... 뭐 하자는 거야?

아빠 이 말을 너무 해주고 싶었어. 고맙다고.

김프로 뭐?

아빠 만날 사고만 치고, 밥만 축내는 골칫거리를 아주 시원하게 해결해줄 수 있는 기회를 줘서 존나 고맙다고. 어린 노무 새끼가 담배나 처피우고 오토바이나 타고 다니고 아주 징글징글한 사고뭉치 데리고 살면서 고생고생 했는데... 니 덕분에 10년 묵은 체증이 내려간다. 고마워. 진심으로.

김프로 거짓말 하지 마. 그래도 자기 자식인데....

아빠 큭큭큭. 좆도 모르는 소리 하고 자빠졌네. 창현이 내 새끼 아니야.

김프로 뭐?

아빠 내가 창현이 엄마 만났을 때가 전 남자친구하고 끝난 지 얼마 안 되었을 땐데 나랑 만나고 몇 달 안 있어서 갑자기 애가 생겨서 결혼을 했거든. 별로 의심은 안 했는데 몇 년째 둘째가 안 생기길래 병원에 가봤더니 내가 원래 불임이라는 거야. 몰래 유전자 검사를 해봤더니 친자일 확률이 0.002 퍼센트. 니가 내 차 트렁크에 있는 돈을 받을 확률이지.

김프로 거짓말 마....

아빠 와이프가 날 만나고 나서도 전 남친과 몰래 만났고 아이까지 생겼으니 도저히 용서할 수 없는 일이지. 뭐 이미 다 지난 일이고 결혼한 뒤로는 너무 열심히 살아줬고 무엇보다 돈을 팍팍 벌어주니 그냥 덮어주기로 했지만 창현이 그 새끼가 골치였어.

어이 왜 말이 없냐? 당황했어?

김프로 창현이 엄마는 다를걸?

아빠 애 엄마가 어떤 입장인지 알 게 뭐야. 이혼하면 남이야. 물론 이혼하긴 아까운 여자지. 애새끼는 병신 같지만 와이프로서 그 여자는 최고니까. 지도 뭔가 찔리는 게 있어서 그런지 용돈도 사업자금도 팍팍 대주고

김프로 쓰레기 같은 새끼.

아빠 납치범이 할 얘기는 아닌 거 같은데? 이제 넌 결정만 하면 돼. 아이를 풀어주고 아무 일 없었던 것처럼 살거나 아니면 아이를 해치고 평생 경찰의 추격에 도망 다니면서 살거나. 난 어느 쪽이든 상관없어.

김프로 이런 미친....

아빠 알지? 경찰 신고를 피할 수 있는 길은 딱 하나야. 아이한테 아무 말도 하지 않고 돈은 받은 걸로 하고, 얌전히 풀어주는 거. 괜히 지금 내가 한 얘기를 아이한테 지껄여서 귀찮게 만들면... 애가 사지 멀쩡히 돌아와도 신고한다. 날 귀찮게 한 대가를 치러야 하니까. 난 지금 내 삶을 사랑하거든. 그냥

이대로 사는 게 좋아. 그러니 애한테 입이라도 뻥긋해봐.

김프로 이런 씨발....

아빠 잘 생각해보고 신속히 결정해. 째깍째깍 시간이 가고 있어요오~~~ 째깍째깍ㅋㅋㅋㅋㅋ

한 시간 후. 두 친구의 카톡.

정호 야. 우냐?

창현 아니야 새끼야.

정호 씨발 이제 어떡하지? 정말 너무한다.

창현 시발새끼. 씨발 좆 됐어.

정호 진짜 벌써 신고했을까?

창현 아빠... 아니 그 새끼 성격상... 아냐. 모르겠다. 씨발 진짜 모르겠어.

정호 있잖아. 우리가 할 수 있는 일이 없는 거 같아. 이쯤에서 포기하자. 집에 들어가.

창현 걸리면 어떡하지? 엄마도 날 용서 안 할 거 같은데?

정호 그럼 먼저 털어놓을까? 솔직하게 고백하면 봐줄 수도 있잖아.

창현 아 씨발. 진짜 좆됐네. 남수 형한테는 또 뭐라고 하지?

정호 지금 그게 문제냐? 우리 진짜 좆 될 수도 있어. 내가 볼 땐 당장 집에 들어가는 게 그나마 최선이야. 괜히 니네 아빠한테 어색하게 티 내지 말고! 경찰에 신고라도 해서 우리 짓이라고 발각되고 우리 집에까지 연락 오면... 그땐 진짜... 나 진짜 아빠한테 죽어ㅠㅠ 아무것도 모르는 것처럼 행동해. 알았냐? 알았냐고 이 새끼야!! 왜 말이 없어!!!!!!!

창현 시발. 안 가.

정호 정신 차려 병신아!

두 시간 후. 윤정에게 전화가 걸려왔다.

창현 엄마... 나 풀려났어.

엄마 창현아! 창현아!

창현 엄마...

엄마 오 주여. 어디 다친 데 없어?

창현 네.

엄마 정말 다행이다!!! 지금 어디니?

창현 집에 들어가는 길이에요.

엄마 그놈들이 보내줬어?

창현 네.

엄마 아 정말 다행이다. 많이 무서웠지? 응?

창현 괜찮아요...

엄마 다친 데 없고 무사히 돌아왔으니, 그걸로 됐다!!!! 아빠도 진짜 걱정 많이 하시고 마음고생 많이 하셨어.

창현 아빠가요?

엄마 그럼! 당연하지! 놈들한테 돈 건네주신 것도 아빠야. 그래서 놈들이 널 풀어준 거야.

창현 네... 놈들한테 들었어요.

엄마 우리 아들이 돌아왔어! 내 아들... 그걸로 다 된 거야. 해피엔딩이라고! 엄마가 앞으로 더 잘해줄게. 너무나도 사랑한다. 얼른 집에 오렴. 엄마 아빠의 품으로

그리고 창현에게 아빠, 적어도 어제까지는 아빠라고 알고 있었던 자의 카톡이 도착했다.

아빠 창현아!

창현 아...아빠...

아빠 괜찮은 거야? 어디 다친 데 없고?

창현 네 아빠... 놈들한테 돈을 건네주셨다고... 저 때문에 고생 많으셨어요.

아빠 괜찮다. 니가 무사하니!!!

창현 네...

아빠 해피엔딩이야! 이보다 더 좋을 순 없지! 무사해줘서 고맙다! 내 새끼!

창현 아빠...

그날 밤. 세 식구는 창현이가 제일 좋아하는 꽃등심으로 파티를 했다.
그리고 다음 날. 아빠의 카톡창.

아빠 자기야~~~

요미♥ 오빠오빠~~~

아빠 모하고 있어쪄요?

요미♥ 음... 오빠야 생각?

아빠 우왕!! 구래??? 우리 이쁜 애기 상 줘야겠다!

요미♥ 진짜? 무슨 상이요?? 헤헤...

아빠 오빠야가 샤넬 백 하나 질러줄까?

요미 뭐? 진짜?? 짝퉁 말고 진짜요?

아빠. 쪽팔리게 짝퉁이 뭐야... 오빠야가 프로젝트 하나 땄어.

요미♥ 진짜 진짜? 완전 추카추카!!!!!!

아빠 돈 들어왔으니깐 갤러리아에서 백 질러줄게.

요미♥ 백?!!! 진짜 백백백??!!!!! 우왕~~~!!!!!!!!!!!!!!!!

아빠 내일 저녁에 시간 돼?

요미♥ 당연히 돼지 꿀꿀! 무조건 돼지 꿀꿀!!!!

아빠 ㅋㅋㅋㅋㅋㅋㅋㅋ기여워. 아트 호텔에서 만나.

요미♥ 우왕!!! 콜콜!!!!

아빠 꼭 안고 뒹굴 거리다가 쇼핑하러 가자!!!!!!!!!!

요미♥ 지여니는 암 쏘 해피해피해요♥

아빠 오빠야도 해피해피해요♥♥♥

우리집에 왜 왔니

불청객은 누구인가?

우리 집에 왜 왔니

세상에는 한 가지 일만 잘하는 사람도 있고 이런저런 일을 다 잘하는 사람이 있다. 현호는 후자였다. 그는 뛰어난 광고 기획자이면서 동시에 능수능란한 말재주도 있었다. 잘 생기고 똑똑하고 유머러스하기까지 한 그의 진가는 프레젠테이션을 할 때 빛을 발했다. 30대 후반의 나이에 국내 최고 광고대행사의 이사 직함을 눈앞에 둔 승리자답게, 임원들 앞에서 프레젠테이션을 진행하는 목소리에는 힘이 넘쳤다.

"마켓 셰어 2등이라는 위치는 이미지 서베이에서도 그대로 나타납니다."

직속상관인 김 상무는 고개를 갸웃했다.

"제이컴에서 했던 캠페인도 톱 모델 캠페인이었잖아? 별로 재미 못 본 걸로 아는데?"

현호는 망설임 없이 반박했다.

"전략의 문제가 아니라 크리에이티브의 문제입니다. 이번 비딩의 관건도 모델 전략보다는 구체적인 크리에이티브 콘텐츠가 될 것 같습니다. 저에게 비밀병기가 있습니다."

"그게 뭔가?" 사장이 물었다.

"개봉박두. 다음 회의 때 공개하겠습니다."

그의 말에 회의 참석자들이 웃음을 터뜨렸다.

임원들을 대상으로 한 프레젠테이션이 끝나면 바로 크리에이티브 팀과의 실무 미팅이 기다리고 있었다. 아까 회의에서 호언장담한 비밀병기를 점검하기 위한 회의였다.

현호의 하루 일과 중 유일하게 느긋한 시간이 있다면 퇴근 시간이었다. 업무 시간 중에 마음 편히 쉴 수 있는 시간은 하루에 30분도 되지 않았다. 그는 점심시간도 업무에 갈아 넣는, 그러면서도 전혀 불평 없이 신나게 일하는 그런 종류의 인간이었다.

업무를 끝내고 퇴근하는 길에는 항상 카스테레오의 볼륨을 한껏 높이고 바그너를 들었다. 현호는 고전 음악의 거장들 중에서 특히 바그너를 좋아했다. 바그너의 음악에는 승리의 에너지가 넘쳐흘렀다. 현호에게 바그너의 음악을 듣는 행위는 에너지를 충전하는 의식인 셈이었다.

역삼동 주택가에 있는 현호의 집은 마당 딸린 2층 집. 차고 문이 열리고 그의 애마 포르쉐 카이엔이 들어가는 모습을 지켜보는 눈이 있었다. 골목 건너편 어둠 속. 붉게 충혈한 눈동자는 한참 동안 그의 집을 응시했다.

천장이 높은 거실로 들어오면서 현호는 아내와 가볍게 포옹했다.

"늦었네요. 밥은?"

아내 미선이 옷과 가방을 받아들었다. 일곱 살 어린 그녀는 결혼한 지 십 년이 넘도록 존댓말을 썼다.

"먹었어. 진우는 방에 있어?"

"네. 올라가 봐요."

현호는 2층에 있는 아들 진우의 방으로 올라갔다. 아이는 무표정한 얼굴로 그림책을 보고 있었다. 아빠를 보더니 쏙 고개를 돌려 버렸다. 그는 불쑥 치밀어 오르는 화를 겨우 억눌렀다.

"아빠 다녀오셨어요. 해야지."

"다녀오셨어요." 아이는 그의 얼굴을 보지 않고 중얼거렸다.

언제부터였을까. 아이의 입에서 '아빠'라는 말이 나오지 않았다. 그에게만 그러는 게 아니었다. 아이는 엄마에게도 입을 닫았다. 꼭 필요한 말만, 그것도 단답형 대답이 대부분이었다. 원래 그런 아이는 아니었다. 더 어릴 때는 애교도 많고 엄마 아빠와 더없이 잘 지냈다. 도무지 특별한 계기를 찾을 수 없었다. 결국 정신과 치료를 시작했다. 경과는 금방 나타나지 않았다.

아이를 보고 1층으로 내려온 그는 더운물로 샤워를 했다. 바디클린저의 거품을 헹구다가 다리 쪽에 이상한 기분이 들었다. 희멀건 허벅지를 타고 올라오는 벌레가 있었다. 열대지방의 벌레처럼 거대한 크기였다.

"으악! 이런 씨발!"

그는 비명을 지르고 손으로 벌레를 쳐냈다. 바닥에 떨어진 벌레는 다시 그에게 다가왔다. 집게벌레 모양이었지만 크기는 하늘소만큼 컸다. 그는 슬리퍼를 신은 발로 벌레를 밟아버렸다. 키틴질 껍질이 깨지는 소리와 함께 벌레의 내장이 튀어나왔다.

믿어지지 않았다. 저렇게 큰 벌레가 가정집 화장실에서 나올 수 있나? 물리지 않은 것이 다행이었다.

샤워를 마치고 침실에 들어가자 아내가 물었다. 그의 비명 소리를 들은 모양이었다.

"무슨 일이에요?"

"혹시 화장실에서 이상한 벌레 못 봤어? 집게벌레처럼 생긴 큰 벌레."

"아뇨? 바퀴벌렌가? 약을 놔야겠네."

"바퀴벌레는 아닌 것 같은데. 하여튼 기분 나빠."

현호는 이불을 덮고 누웠다. 아내는 침대 곁의 붉은색 스탠드를 켰다. 그리고 그의 가슴을 쓰다듬기 시작했다. 그의 미간에 주름이 졌다.

"오늘 좀 피곤한데." 한숨도 뒤따랐다.

"언제는 안 피곤해요? 의사 말 기억 안 나요? 겁내지 말고 적극적으로."

"담에 하자." 그가 아내의 말을 잘랐다.

"내 생각도 좀 해봐요."

"미선아, 저기 우리..."

아내는 입술로 현호의 입술을 덮었다. 그리고 한쪽 손으로 그의 아래를 어루만졌다. 그는 눈을 감고 마음을 여유롭게 하려고 애썼다. 바지를 벗겨내고 오럴섹스를 시도하는 아내의 뒤통수가 붉은 조명 속에 보였다. 결국... 흥분은 없었다.

아내는 긴 한숨을 쉬며 내려왔다. 그리고 몸을 웅크리며 돌아누웠다.

현호는 궁금했다. 돌아누운 아내가 지금 느끼는 감정은 무얼까? 그가 느끼는 감정은 열패감이었다. 어떤 분야에서도 실패하는 법이 없는 그가, 하필 아내와의 잠자리에서 실패하고 있었다. 원래 그러지는 않았다. 발기에 실패한 적도, 중간에 허물어진 적도 한번 없이 건강한 남성이었던 그에게 언젠가부터 문제가 생겼다.

병원에 가서 상담을 받아 봐도 몸에는 아무 문제가 없고 정신적인 문제라는데 아무리 생각해도 특별한 이유는 알 수 없었다. 확실한 건 문제가 시작된 시기였다. 아들 진우가 부모에게 눈과 입을 닫아버린 시기와 일치했다. 그때 대체 무슨 일이 있었던 걸까? 아무리 되짚어 봐도 특별한 일이 없었는데...

"지금 상황을 자폐로 보기엔 무리가 있어요. 물론 단순히 내면적인 성향이니까 걱정할 필요는 없다 이런 건 아닙니다. 검사 결과를 보면 또래 아이들보다 사회성, 친밀감 이런 부분들이 심하게 떨어지는 걸로 나오거든요."

진우의 상담 의사는 차분한 목소리로 의견을 이야기했다. 매번 상담할 때마다 비슷한 이야기에 엄마 미선은 초조해졌다. 진료실의 공기가 답답했다.

"상태를 좀 지켜봐야 합니다. 강제로 또래 집단에 섞어놓는 건 좋지 않고요. 아이가 스트레스에 시달릴 수도 있거든요."

정기적으로 다녀오는 상담을 마치고 집에 돌아오기가 무섭게 미선은 음악을 틀었다. '마음을 편안하게 해주는 선율'이라는 부제가 붙은 경음악 컴필레이션 앨범이었다. 마음은 편해지지 않았다. 그녀는 최대한 노력해서 부드러운 음성으로 진우에게 물었다.

"진우야, 지금 듣는 음악은 어때? 바흐라는 옛날 작곡가의 음악이야. 제목은 골드베르크 변주곡인데."

그때 현관문의 벨 소리가 들렸다. 주방에서 일하던 아주머니가 나갔다.

"누구세요? 네? 친구분이라고요?"

아줌마의 목소리가 심상치 않았다. 달려가서 인터폰 모니터의 화면을 확인한 미선은 소리를 지를 뻔했다. 괴이한 행색의 사내가 집 앞에 서 있었다. 노숙자의 입성에 머리는 산발. 한 달쯤 안 씻은 것 같은 사내는 초점 없는 눈빛으로 모니터 카메라를 보고 있었다.

어떻게 이런 사람이 집에 찾아왔지?

언제나처럼 바쁘게 돌아가는 사무실에서 현호는 아내 미선의 카톡을 받았다.

- 바빠요?

- 회의하러 들어가려던 참인데. 무슨 일?

- 이상한 사람이 집에 찾아왔어요ㅠ

- 이상한 사람?

- 행색이... 우리 동네 사람이 아니에요.

-그게 무슨 소리야?

-뭐랄까... 노숙자 같은 차림에... 덩치는 산만하고... 문신도 잔뜩... 눈빛이 부리부리하고 뭐랄까... 야수 같아요.

- 부랑자가 흘러들어왔나 부지. 신경 쓰지 말고 놔둬. 돌아가겠지. 계속 얼쩡대면 경찰을 부르던가.

- 나도 그러고 싶은데... 당신 친구라는데요?

- 뭐? 내 친구?

- 네. 고향 친구라는데.

- 무슨 헛소리야. 고향 친구 중에 요즘 만나는 놈 없어.

- 오태규라고... 알아요?

현호는 한참 동안 톡을 보내지 못했다. 그의 시선만이 길을 잃은 듯 액정 위를 떠돌 뿐.

- 여보? 진우 아빠? 왜 말이 없어요?

- 아... 잠깐 비서가 말을 시켜서. 계약 미팅 스케줄 때문에.

거짓말이었다.

- 오태규라는 사람 아냐고요.

- 태규...가 왔다고?

- 태규? 이 사람을 정말로 알아요?

- 친한 건 아닌데. 어릴 때 고향 친구였어.

- 헐... 지금 완전 노숙자 꼴이에요. 너무 무섭게 생겼는데.

현호는 길고 긴 한숨을 내쉬는 거로도 모자라 관자놀이를 주물렀다.

- 태규가 뭐래?

- 문을 열어 달래요.

- 절대 안 돼!!!

- 나도 들이기 싫어요!! 집에 나랑 이모밖에 없는데 이 사람이 무슨 짓을 할 줄 알고. 그런데 안 가는 걸 어떡해요?

- 나한테 전화하라고 해. 내 전화번호 알려줘. 아니면 나한테 태규 전화번호를 알려줘. 내가 전화한다고 해.

- 잠깐만요. 물어볼게요.

39초라는 시간이 흘렀다.

- 미치겠네. 이 사람 핸드폰이 없대요.

- 뭐? 폰이 없다고?

- 현관문 앞에 버티고 서서 자꾸 문을 열어달라고만 하는데...

- 안 돼! 절대 안 돼!

- 왜 그렇게 놀라요? 당신답지 않게.

맞다. 현호답지 않은 반응이었다. 그는 어떤 상황에서도 당황하지 않는 종류의 인간이었으니까.

- 하여튼 문은 절대 열어주지 마.

- 막무가내에요. 문 열어줄 때까지 안 가겠대요.

현호는 다시 톡을 멈췄다. 그의 시선은 더욱 불안하게 휘청거렸다.

- 여보? 어떡해요? 계속 벨을 누르는데. 이모도 인터폰 화면 보더니 무섭다고 난리예요. 진우 아빠? 경찰을 부를까요?

현호는 아랫입술을 잘근잘근 씹었다.

- 진짜 미친 사람처럼 10초마다 벨을 눌러요. 돌아버릴 것 같다고요!!!!!!!!!! 경찰을 부를게요.

- 안 돼! 경찰은 절대 안 돼!

- 왜요? 별로 친한 친구도 아니라면서요?

- 그래도 경찰은 안 돼.

- 그럼 어떡해요? 계속 저렇게 놔둬요?

- 내가 일찍 퇴근할게.

- 그때까지 어떻게 기다려요?

- 내가 곧 간다고 해.

- 집에 들어와서 기다리겠대요.

현호는 톡을 멈추고 중얼거렸다.

"미치겠네. 미치겠네." 같은 말을 반복했다.

- 곧 진우 올 시간이에요. 진우가 이 사람하고 마주치면 어떡해요!

안 된다. 그것만은 안 된다!

- 애한테 해코지라도 하면 어떡해요. 경찰을 부를게요.

- 안 돼! 안 된다고. 그건 절대 안 돼.

- 그럼 해결책을 줘 봐요! 어떡하냐고요!! 지금도 계속 벨을 누르고 있어요. 인터폰 화면 보면서... 히죽히죽 웃으면서. 기분 나빠 죽겠어요!!!!!!!!!!!!!!!!!! 어떻게 좀 해보라고요!

- 알았어. 그럼 지금 바로 갈 테니까.

- 당신이 아무리 빨리 와도 여기까지 30분은 더 걸리잖아요. 그 사이에 진우가 하교한다고요!!!!!!!!

- 진짜 미치겠네...

- 난 당신이 왜 이렇게 쩔쩔매는지 그 이유가 더 궁금하네요.

- 그냥 좀 불편한 고향 친구야.

- 어쨌든 난 저렇게 무섭게 생긴 사람하고 우리 진우를 마주치게 할 수 없으니까 경찰을 부를게요.

- 안 돼! 절대 안 된다고! 차라리... 문을 열어줘.

- 네?

- 문 열어주라고.

- 제정신이에요? 저렇게 무서운 사람을 집에 들이라고요?

- 태규가 순한 애였는데...

미선은 인터폰 화면을 찍어 보냈다. 태규는 덥수룩한 머리에 목덜미까지 문신이 꿈틀거렸다. 눈빛은 짐승처럼 이글거렸다.

- 이렇게 생긴 사람이 순한 애였다고요?

현호는 멍하니 사진을 보다가 중얼거렸다.

"많이 변했네."

- 지금도 계속 벨을 누르고 있어요.

그는 재킷을 들고 일어섰다.

- 나 이제 출발해. 20억이 걸린 계약 미팅을 미루고!

- 당신 도착할 때까지 못 기다려요! 곧 진우가 온다고요!!!!!!

- 일단 문 열어줘. 나쁜 짓은 안 할 거야.

- 제발... 그냥 경찰을 부를게요. 중요한 사람도 아니라면서요?

- 미선아. 부탁할게. 문 열어줘. 무슨 일 있으면 전화하고. 나 이제 운전하니까.

- 그럼... 일단 문 열어줄게요. 무슨 일 생기면... 당신이 책임져요.

사무실에서 뛰쳐나온 현호는 다급하게 차를 몰았다. 출발한 지 몇 분 되지 않아 아내에게 전화가 왔다.

"어. 어떻게 됐어?"

"문 열어줬어요."

"태규는 뭐 하고 있어?

"밥 먹고 있어요. 자기 멋대로 집 안을 둘러보더니 다짜고짜 밥을 달래서 이모가 밥을 차려줬어요. 짐승처럼 게걸스럽게 밥을 먹는데 벌써 세 공기째에요. 믿어져요?"

"차라리 잘됐네. 계속 먹을 걸 줘. 나도 20분이면 도착할 것 같아. 진우는?"

"아직 안 왔어요. 그 사람하고 안 마주치게 하려고 제가 지금 밖에 나와서 기다리고 있어요. 당신 올 때까지 놀이터에 데리고 있을게요."

"미안해."

"그 사람... 절 아래위로 훑어봤어요. 마치 술집 여자나 보는 시선으로... 음탕하게..."

"미안해."

"이모한테는 뭐라고 한 줄 알아요? 음식 솜씨가 좋다며. 요리 잘하는 여자가 그 짓도 잘한다며... 오십 넘은 도우미 아줌마한테 이런 소리를 하는 사람이 당신 친구라고요?"

"미안해."

"사과 말고 설명을 해줘요."

"내가 신세를 좀 진 게 있어."

"무슨 신세를 얼마나 졌길래 내가 이런 무례함까지 견뎌야 해요? 진짜 나를 보는 눈빛이... 날 어떻게 할 것처럼..."

"그만해! 그래서 미안하다고 하잖아."

"오자마자 당장 데리고 나가요."

"알았어. 곧 갈게."

현호가 집에 도착했을 때, 태규는 여전히 밥을 먹고 있었다. 손톱에 새카맣게 때가 낀 손으로 갈비찜을 뜯었다. 씹으면서 큰 소리로 떠드느라 입안의 음식물이 식탁 여기저기로 튀었다.

"오, 현호 왔냐? 오랜만이다 친구야!"

현호는 태규와 인사를 나눌 새도 없이 미선에게 손목을 잡혀 침실로 끌려왔다.

"누구예요?"

"친구라고 했잖아."

"친구? 무슨 친구요? 당신한테 저런 친구가 어딨어요?"

"어릴 때 친구야."

"장난해요?"

"자세한 건 나중에 얘기해 줄게."

"그래요. 자세한 건 나중에 얘기해 주고, 일단 밖으로 데리고 나가요. 절대, 다신! 집에 들이지 말아요. 평생 세수도 안 한 거 같잖아요. 말하는 것도 그렇고 사람 보는 눈빛도 그렇고. 뭐 저런 막돼먹은."

거기까지 말하고 미선은 말을 멈췄다. 어느새 침실의 문을 열고 태규가 고개를 쓱 내밀고 있었다.

"야, 집 좋네. 이런 집은 얼마쯤 하노? 일억? 십억? 백억?"

태규는 성큼성큼 침실 안으로 들어오더니 갑자기 침대로 몸을 날렸다.

"배도 부르고, 이쁜 색시랑 떡이나 시원하게 치고 푹 자면 좋겠다!"

미선은 방을 나가버렸다. 그녀의 등 뒤로 태규의 끈끈한 시선이 들러붙었다.

현호는 동네 상가의 허름한 카페로 태규를 데리고 갔다. 태규는 글라스에 소주를 부어 마셨다. 그는 태규가 술 마시는 모습을 잠시 보다가 물었다.

"그동안 어떻게 지냈냐?"

"알면서 와그라노?"

"내가 어떻게 알아?"

"친구한테 관심이 없구만. 내 배 탄단 얘기 몬 들었나? 니 배

안 타봤재? 배 타믄 말이다. 거기 있는 놈들 절반은 기소 중지고 절반은 전과자다. 모 나도 그랬지만. 배 타다가 나오니까 뭐 할 게 있나? 배 타면서 알던 형들 따라댕깄다."

그의 시선이 태규의 팔로 향했다. 조악한 문신들이 낙서처럼 그려져 있었다. 태규는 담배에 불을 붙이고, 소주 두 잔을 연거푸 마셨다.

"빵에 두 번 갔다 오고."

"왜?"

"첨에 강도 상해, 그 담엔 특수 강도강간. 지난달에 나왔다."

태규는 또 소주를 글라스에 콸콸 따랐다. 현호가 태규의 팔목을 잡았다.

"너... 왜 이렇게 됐어?"

태규는 그의 코앞까지 얼굴을 들이밀었다.

"니 몰라서 묻나? 니가 이렇게 만들었잖아. 안 글나? 니 고향에는 그 뒤에 가본 기가?"

현호는 대답하기가 껄끄러운 듯 술집 벽에 매달린 TV로 시선을 향했다.

"못 가봤겠지. 내 같애도 거긴 차마 못 간다. 안 글나? 크크..."

태규는 기분 나쁘게 웃으면서 담배 연기를 뿜어냈다. 현호는 담배 연기를 고스란히 얼굴에 뒤집어쓴 채로 제안했다.

“돈이 필요하면, 좀 만들어줄게.”

“와아... 니 지금 모라캤노? 내한테 돈을 준다고? 돈으로 나를 쫓아 보내겠다? 와 씨바 기분 진짜 좆같네!”

“오해하지 마. 나는...”

“니야말로 오해하지 마라. 나는 다른 생각 없이 니 보러 온 기다. 나도 모르는 어떤 힘이 너를 찾아오게 한 기다. 그게 바로 우정의 힘인가? 하하.”

“헛소리 집어치우고 이 새끼야. 내가 어떻게 해주면 되냐?”

“그냥 니하고 좀 얘기도 하고. 앞으로 어떻게 살지 고민도 좀 해보고. 니는 내가 아는 제일 똑똑한 놈이니까 좋은 얘기 마이 해주라.”

현호는 술을 벌컥벌컥 마셨다. 태규가 계속 떠들어댔다.

“그리고 생각해보니까... 어릴 때는 내가 왜 너한테 쩔쩔맸는지 모르겠다. 키도 덩치도 내가 너보다는 한참 크고 힘도 더 쎈데 그저 니가 반장이라고. 공부 잘한다는 이유로... 니 꼬붕으로 살았네.”

“후우. 태규야. 일단 오늘은 늦었으니까 들어가자. 적당한 호텔 잡아줄게.”

“치아라. 호텔은 뭐할라꼬. 니네 집도 넓드만. 그런 집은 얼마나 하노? 십억? 이십억?"

"애도 있고. 집에 재우기는 좀 곤란해."

"와? 내가 니 애한테 해꼬지라도 할까 봐?"

"그런 게 아니라…"

"제수씨가 싫어할까 봐?"

현호는 잔에 남은 술을 다 마셔버렸다.

"현호야. 혹시 아나? 니 애나 니 색시가 나를 마음에 들어 할지?"

"너 이 새끼…"

"니는 어디서 그런 이쁜 색시를 얻었노? 젖도 빵빵하고. 궁둥이도 팡팡하고! 색기도 줄줄 흐르는 거 같은 게 아주…"

"그만해 이 미친놈아!"

현호가 벌떡 일어섰다.

"나가자. 내가 최고급 호텔 잡아줄게."

"니 집에서 재워줘라."

"곤란하다고 했지? 애가 아프다고 인마!"

"애가 왜?"

"애가 갑자기 입을 닫아버렸어."

"자폐나 뭐 그런 기가?"

"처음부터 그런 건 아니고. 어릴 때는 멀쩡했는데… 어느 날 갑자기 얘기를 안 해. 몇 번을 물어봐야 겨우 들릴까 말까 네네... 병원에 데려가 봤는데 자폐도 아니라고 하고. 하튼 지금 좀 심각한 상황이다. 그러니까 집에서 지낼 생각은..."

"잠깐만. 내가 좀 유식한 말 해보까? 칼자루는 내가 쥐고 있는 거 같은데?"

태규는 느긋하게 술잔을 채웠다. 마음이 급해진 현호 앞에서 느긋하게 술을 마셨다.

술자리가 파한 것은 자정이 다 되어서였다. 현호는 잔뜩 취한 태규를 부축해서 집으로 데리고 와 손님방에 데려가 눕혔다. 정말 긴 하루의 끝이었다. 터벅터벅 거실 소파로 가서 앉으려는데 아내 미선이 팔을 잡아끌었다.

"당신 미쳤어요? 우리 집에서 재울 거예요?"

그때였다. 만취해서 잠든 줄 알았던 태규가 어느새 방에서 나와 미선의 손목을 콱 잡았다.

"꺄아악!!!"

그녀는 비명을 지르며 손을 빼려고 했지만 태규의 완력에는 어림도 없었다.

"놔요. 이거 놔!" 미선이 안간힘을 썼다.

태규는 기어코 미선과 눈을 마주치고 씩 웃어 보인 후였다.

"이 미친 새끼가..."

현호는 태규를 겨우 떼어내 다시 방에 집어넣었다. 질기고 질긴 밤은 끝날 줄을 몰랐다.

토요일 아침 식사에 새로운 손님이 앉았다. 미선이 준비한 메뉴는 잘 구워낸 식빵으로 만든 토스트와 계란이었다. 샤워를 했는데도 태규는 씻지 않은 사람처럼 지저분해 보였다. 산발한 머리와 제멋대로 자란 수염은 비현실적으로까지 보였다. 엄마 아빠하고는 눈도 안 마주치는 진우가 웬일로 태규를 힐금힐금 쳐다보았다.

"니는 엄마 닮았나, 아빠 닮았나?"

진우는 대답하지 않았다. 그러나 태규에게서 눈을 떼지는 않았다.

"이거 받아라."

태규는 주머니에서 뭔가를 꺼내 진우에게 건넸다. 현호와 미선의 시선도 그 물건에 집중되었다. 나무를 깎아 만든 말 인형이었다.

"선물이다. 아저씨가 직접 만든 거야."

"정말요?"

진우는 선물을 받은 여느 아이처럼 눈을 반짝이며 물었다.

진우의 그런 적극적인 반응에 현호와 미선은 깜짝 놀랐다.

아이가 대답을 하다니. 그것도 이렇게 살갑게!

"그럼. 나중에 만드는 거 보여주까? 아저씨는 그런 거 잘 만든다. 칼을 잘 쓰거든."

태규가 젓가락으로 칼을 쓰듯 휙휙 저어 보인다. 진우는 재미있다는 표정으로 웃었다. 아이가 웃었다. 이게 대체 얼마 만인가?

"또 뭐 만들 수 있는데요? 사람도 만들 수 있어요?"

"인마, 말보다 사람이 더 쉽지. 말은 다리가 네 개고 사람은 다리가 두 개잖아! 사람은 한 시간도 안 걸린다. 이따 만들어 주까?"

"네!"

진우는 신이 났다. 태규는 친삼촌이라도 된 양 진우와 주먹까지 부딪쳤다.

말도 안 돼...

현호와 미선은 멍하니 그 광경을 지켜볼 뿐이었다.

기막히게 햇살이 좋은 일요일 낮. 정원에 놓인 파라솔에서 태규는 칼로 나무를 깎았다. 오래 걸리지 않아 사람 모양의 인형을 만들었다. 진우는 신기하다는 표정으로 구경했다.

아내 미선은 둘을 가만히 지켜보다가 집 안으로 들어갔다. 현호가 조심스럽게 제안했다.

"태규야. 지낼만한 데 알아봐 줄게. 호텔도 있고 오피스텔도 있고, 니가 원하는 곳으로 알아보자."

"내가 원하는 곳? 진짜로?"

"응."

"윤현호, 의리 있네. 그래 그럼 그렇게 하자. 내가 원하는 곳은 여기다."

현호는 할 말이 없었다.

"우리 진우하고 친해져서 딴 데 못 가겠는데?"

태규가 진우의 머리를 쓰다듬자 진우는 해맑게 웃었다. 정말 몇 달 만에 보는 아이의 웃음이었다.

"애 엄마가 좀 불편한가 봐. 서울도 좋고 지방도 좋으니까 내가..."

"현호야. 난 여기가 좋다. 이 집. 꼭 내 집같이 편하다."

태규는 더 이상 그 문제에 대해선 이야기를 나눌 생각이 없는 듯했다. 그는 완성된 나무 인형을 진우에게 건넸다.

"어떻노?"

"와 멋있어요. 얘는 이름이 뭐예요?"

"음, 슈퍼맨."

“슈퍼맨? 근데 왜 날개가 없어요?”

“진짜 슈퍼맨은 그런 거 필요 없거든. 이거 꼭 갖고 있어라. 그럼 아무도 니 못 건드린다. 슈퍼맨이 우리 진우를 지켜줄끼다.”

진우는 나무 인형을 들고 정원을 뛰어다니기 시작했다. 현호는 그런 아이에게서 시선을 떼지 못했다. 아이의 변화를 눈으로 보고도 믿을 수 없었다. 하필 아이가 마음을 연 대상이 태규라는 사실 때문에 더욱 인정하고 싶지 않았다.

잠깐 저러는 거겠지. 애들은 낯선 사람에게 끌릴 때가 있으니까.

“올라가서 TV나 볼란다.”

태규가 따분한 표정으로 일어섰다.

“사우나 안 할래? 근처에 좋은 데 있는데. 끝나고 옷도 좀 사 입고.”

“와? 제수씨가 그러더나? 내가 구질구질해서 싫다고?”

“아니 그런 게 아니라...”

“그럼 오랜만에 때 좀 벗겨보까?”

태규는 의외로 순순히 제안을 받아들였다.

사우나에서 모습을 드러낸 태규의 몸은 도시인들의 밋밋한 육체와는 차원이 달랐다. 헐벗은 야수의 몸뚱아리였다. 배 위에서 탄 검은 피부에 우락부락한 근육. 그 위로 어지럽게 흩어져있는 싸구려 문신들. 키도 덩치도 태규가 한 체급씩은 더 컸다. 그리고 페니스는 불법으로 수술을 한 듯 울퉁불퉁 흉측한 모습이었다.

"와? 징그럽재? 빵에 있을 때 작업했다. 다마도 넣고 칫솔대도 박고. 심심해서. 원체 내 자지가 크기도 하고. 가시나들 첨엔 아프다고 지랄하재? 근데 한번 맛보고 나면 아주 환장한다. 킥킥킥."

사우나를 마치고 미용실과 백화점을 차례로 들렀다. 이발과 면도를 하고 옷까지 최신 트렌드의 캐주얼을 걸친 태규는 다른 사람으로 변해버렸다. 패션 잡지에 등장하는 근육질의 터프가이들처럼, 태규는 야성적인 페로몬을 강하게 발산했다.

집으로 돌아왔을 때, 테이블 파라솔에서 잡지를 읽던 미선은 멍한 표정으로 태규를 바라보았다.

"제수씨 맘에 들라고 때 빼고 광냈다 아입니까. 맘에 듭니까?"

미선은 대답을 하지 않고 집 안으로 들어갔다.

"제수씨는 뒷모습도 섹시하네. 엉덩이도 아주 푸짐하고."

입맛을 다시는 태규의 팔을 현호가 움켜잡았다.

"말조심해 인마."

"와? 섹시하다는 말은 칭찬 아이가? 제수씨도 좋아할 낀데?"

태규가 큭큭 소리 내어 웃었다.

하루 종일 현호는 머리가 복잡했다. 저녁을 먹고 밤이 될 때까지도 어지러웠다. 뭔가 일이 벌어질 것 같은 불안감. 마치 동물들이 기상의 변화를 미리 알아채고 날뛰듯이, 신경이 날카롭게 곤두서서 신호를 보내는 것 같았다.

잠을 청하려고 누웠을 때 아내가 다시 그의 몸 위로 올라왔다. 비뇨기과에서 신경성 발기 부전이라는 진단을 받고 약을 먹은 지 한 달. 아내는 꾸준히 시도를 하라는 의사의 충고를 충실히 이행 중이었다. 그러나 현호는 이미 지쳤다. 오늘은 더.

"그만해."

미선은 대답을 할 수 없었다. 이미 그의 페니스를 머금고 혀로 애무하는 중이었으니까. 그는 포기한 채 눈을 감아버렸다. 그녀는 정성껏 의식을 거행했다.

침실 커튼 사이로 누군가 지켜보는 이가 있었다. 자정이 가까운 시간에 정원에 서서 침실 안을 엿보는 눈동자. 미선과 눈이 마주치자 태규는 혀를 길게 내밀며 윙크했다. 미선은 현호의 몸에서 내려와 커튼을 닫았다. 현호는 상황을 아는지 모르는지 돌아 누워버렸다.

미선은 화장실로 들어왔다. 변기에 앉았다. 눈을 감고 자위행위를 시작했다. 입을 꾹 다물고 신음소리를 참았다. 미칠 것 같은 흥분, 온몸이 젖어 드는 느낌이었다.

그녀는 보지 못했다. 화장실 벽을 타고 기어 다니는 집게벌레를. 한 마리가 아닌 두 마리. 그리고 그녀는 알지 못했다. 태규도 정원에서 자위를 하고 있다는 사실을.

달은 점점 보름달로 차오르고 있었다.

블루 먼데이. 현호는 개운치 않은 기분으로 월요일을 시작했다. 크리에이티브 팀과 회의 중에도 다른 곳에 정신이 팔려 있었다.

지금 집에서는 무슨 일이 벌어지고 있는 걸까?

언젠가부터 거실 소파는 태규의 차지였다. 그는 아침을 먹고는 거실 소파에서 낮잠을 잤다. 골프 연습을 하러 가던 미선의 눈에 그가 잠든 모습이 들어왔다. 반팔 티셔츠에 헐렁한 트렁크 팬티 차림. 발기된 성기가 팬티를 밀어 올리며 우뚝 솟아있었다. 셔츠 아래로 드러난 팔근육과 난잡한 문신도 그녀의 시선을 잡아끌었다. 몸 전체가 단단하게 팽창해서 금방이라도 터질 것 같았다.

골프연습장에 간 미선은 드라이브 연습부터 시작했다. 팡- 소리와 함께 골프공이 튀어나갔다. 그녀는 입을 꾹 다물고 계속해서 스윙을 반복했다. 코치가 놀란 얼굴로 다가왔다.

"야아, 사모님. 언제 이렇게 힘을 키웠어요? 아주 쫙쫙 나가네."

코치의 말은 사실이었다. 미선은 예전보다 훨씬 더 강한 힘으로 공을 쳐내고 있었다. 어느새 그녀의 이마에는 땀이 맺혔다.

저녁이 되었지만 현호는 야근 때문에 들어오지 못했다. 태규와 진우, 미선 셋이 식탁에 앉았다.

한참 밥을 먹던 미선은 이상한 느낌이 들었다. 테이블 아래, 태규의 발이 그녀의 종아리에 닿아있었다. 그녀는 마취주사라도 맞은 듯 꼼짝도 할 수 없었다. 발끝으로 그녀의 종아리를 쓰다듬던 태규는 확 다리를 올렸다. 그의 거친 발은 홈드레스를 젖히고 그녀의 허벅지 안쪽을 깊이 파고들었다. 뱀처럼 움직이던 그의 엄지발가락 끝이 팬티 가운데 부분을 눌렀을 때,

"아흑."

그녀는 낮은 신음을 흘리고는 벌떡 일어났다. 부들부들 떨다가 부엌을 나가 버렸다.

"엄마가 입맛이 없나 보다... 크크."

태규는 진우를 보며 낄낄댔다.

현호가 회사에서 돌아온 시간은 밤 열 시가 넘어서였다. 태규가 정원에서 기다리고 있었다.

"친구야. 할 말이 있다."

"피곤하다. 할 얘기 있으면 내일..."

현호는 집으로 들어가려고 했지만 태규가 막아섰다.

"니 각시 한번 먹자."

태규의 말에 현호의 눈이 번쩍 떠졌다. 태규는 능글맞은 표정으로 그를 보고 있었다.

"이 새끼가 보자보자 하니까..."

"내가 지금 무리한 부탁 하는 기가?"

"야 인마. 어떻게..."

"니 다 잊어버렸나?"

"이 새끼...!"

현호가 태규의 멱살을 잡아 올렸다. 하지만 키도 덩치도 훨씬 더 큰 태규는 꼼짝도 하지 않고 내려다볼 뿐이었다.

"손님 대접 제대로 좀 해도. 어차피 니는 안 서잖아?"

"이 새끼가 뭐라고?"

"내 다 안다 킥킥킥."

"야 이 새끼야!"

현호가 폭발했다. 주먹을 날렸지만 태규의 손바닥에 막혀 버렸다. 태규는 씩 웃으며 손아귀에 힘을 주었다.

"아아아아..."

손목이 꺾인 현호는 고통스러운 표정으로 무릎을 꿇었다.

"아직 육 개월 더 남은 거 알재? 주말까지 얘기 없으면, 나도 어쩔 수 없다."

태규가 주먹을 놔줬다. 그는 휘파람으로 알 수 없는 멜로디를 흥얼거리며 집으로 들어갔다.

후들거리는 걸음으로 집에 들어온 현호는 따뜻한 물로 샤워를 하고 잠을 청했다. 내일 중요한 프레젠테이션 스케줄이 잡혀 있었다.

겨우 반쯤 잠들었다 싶었는데 또 신경을 거슬리는 소리가 들려왔다. 그는 몸을 일으켰다. 그런데.

아내가 없다.

침대엔 그 혼자였다. 멀리서 들리는 아내의 교성이 그의 귀를 파고들었다. 피곤에 눌려있던 그의 눈이 번쩍 뜨였다. 소리가 나는 곳을 따라 걸어갔다. 태규가 지내고 있는 손님방. 그는 방문 틈에 귀를 갖다 대었다.

"아파요. 아파..."

"아파? 그럼 빼뿌까? 응? 빼뿌까?"

"아니 아니... 빼지마... 계속... 아..."

"올라와 봐라. 그래. 잘한다 그렇치!"

퍽퍽, 살과 뼈가 부딪치는 소리들.

"엉엉... 죽을 거 같아... 엉엉..."

현호는 문을 열었다. 아내가 보였다. 태규의 몸 위에 올라탄 채 허리를 돌리는 아내의 모습은 격정과 만족감에 휩싸여 있었다. 이런 개 같은...

느긋하게 누워서 아내의 엉덩이를 주무르는 히죽거리는 태규와 눈이 마주쳤을 때, 현호는 잠에서 깼다. 새벽 세 시.

식은땀으로 침대 시트가 축축이 젖어있었다. 옆에 아내가 곤히 잠들어있다. 현호는 머리를 쥐어뜯었다. 한참 동안 아내의 숨소리를 듣고 있다가 몸을 일으켰다. 힘없는 발걸음으로 화장실에 들어갔다.

거울에 얼굴을 비춰보았다. 얼굴이 무너지고 있었다. 며칠째 잠을 설치고 극도의 스트레스에 시달렸더니 피부는 푸석

하고 눈은 움푹 들어갔다. 세면대에 물을 틀려고 하는데 버석, 뭔가가 밟혔다. 아래를 본 현호는 가슴이 내려앉았다. 지난번 화장실에서 본 것보다 더 큰 집게벌레가 슬리퍼에 밟혔다.

이럴 수가 있나. 반쯤 몸이 터졌는데도 불구하고 벌레는 집게를 움직이고 있다!

얼굴만 무너진 것이 아니었다. 일상생활도 회사업무도 엉망이 되어 버렸다. 밤에는 뜬 눈으로 지새다가 환청과 환상을 경험했고 낮에는 몽롱한 상태에서 일을 망쳐버렸다. 직속상관이자 경쟁자이기도 한 김 이사는 노골적으로 그를 무시했다.

"좀 쉬는 게 어때? 자네가 망친 프레젠테이션 때문에 날아간 돈이 얼마인 줄 알지?"

더 이상 견딜 수가 없었다. 스스로 이 문제를 해결할 자신도 없었다. 괴로운 하루하루가 흘러 한 달이 되어갈 무렵, 판단력이 정상이 아니라는 불안감마저 고조될 즈음에 변호사 친구인 M이 생각났다. 절친한 사이였고 충분히 믿을 만한 캐릭터였다.

현호는 M에게 전화를 걸었다. 늦은 밤에 은밀한 이야기가 가능한 술집으로 약속을 잡고 그를 만났다.

"얘기해봐. 천하의 윤현호가 이러는 거 처음 본다."

M은 그를 달래듯 부드러운 목소리로 말을 건넸다. 베테랑 변호사답게 묘하게 사람을 안심시키는 능력이 있는 친구였다.

현호는 엉뚱한 이야기만 늘어놓으며 술만 마셨다. 그만큼 어려운 고백이었으니까. 750ml짜리 위스키병이 절반으로 비고 나서야 M에게 고해성사를 시작했다.

현호는 시골, 그것도 섬 출신이었다. 초등학교 5학년까지 살다가 서울로 전학을 왔다. 그 뒤로는 한 번도 고향에 들리지 않다가 대학에 다니던 중에 고향의 초등학교에서 전화가 왔다. 시골 아이들에게 좋은 이야기를 들려달라는 일종의 초청 전화였다. 그는 10년 만에 고향에 내려갔다. 섬에서 제일 큰길 입구에 '서울대학교 경영학과 윤현호 선배님 모교방문'이라는 플래카드가 붙어 있었다.

모교에서 아이들에게 이런저런 이야기를 해주고 학교에서 나왔다. 태규가 기다리고 있었다. 어린 시절 현호의 곁을 졸졸 따라다니던 놈이었다. 덩치만 크고 바보 같은, 공부 잘하는 아이의 심부름을 하는 그런 아이였다. 태규는 10년이 지났는데도 변함이 없었다.

"현호 니 온다고 해서 며칠 전부터 내가 얼마나 기다렸는데. 피곤할 텐데 우리 집에서 자고 서울 올라가라."

오랜만에 고향에 오니 좀 더 섬을 둘러보면서 추억도 떠올려보고 싶은 마음도 들어서, 태규네 집에서 하루 자기로 했다.

현호가 섬을 떠나기 전에 수십 마리의 개를 키워 팔던 태규의 집은 많이 쇠락해있었다. 마당에서 키우는 개도 몇 마리 안 남았고 부모님도 계시지 않았다.

“아버지가 몸이 안 좋으셔서 뭍에 있는 병원에 갔다. 엄마도 아버지랑 같이 있고.”

태규의 표정은 우울했다. 현호는 더 이상 물어보지 않았다. 태규는 술상을 준비했고 두 친구는 마루에서 잔을 기울였다.

“서울에서는 모 하고 노는데? 대학생들은 모 하고 노나?”

“뭐 여자애들하고 미팅도 하고. 영화도 보고, 춤도 추러 가고.”

태규는 부러워하는 표정으로 입을 딱 벌렸다.

“거기야 놀 게 너무 많아 탈이지.”

“니는 인기 많겠네? 얼굴도 잘생겼고. 서울대학교 학생이잖아. 인기 진짜 많겠다. 여자애들하고 막 뽀뽀도 하고 그러나? 가들은 냄새도 되게 좋재? 김태희 같은 애들도 있나?”

“이쁜 애들이야 많지.”

“야아. 좋겠다. 그라믄 니... 해봤나?”

“으휴. 유치한 새끼. 당연하지. 혹시 너 아직도 총각이냐?”

"아니, 무슨. 여기서도 할 거는 다 한다. 이쁜 애들이 없어서 그렇지."

현호가 대학생활에 대해 이야기할 때마다 태규의 얼굴에는 부러운 표정이 가득했다. 클럽이라는 장소에 대해 한참 말해 주고 있는데 갑자기 개들이 요란하게 짖기 시작했다.

대문이 열리고 젊은 여자 한 명이 들어왔다. 시골에서 가끔 볼 수 있는, 약간 정신이 모자란 여자였다. 낡은 옷에 한참을 감지 않은 긴 머리, 얼굴에도 때가 꼬질꼬질했다. 현호는 갑작스러운 여자의 등장에 깜짝 놀랐지만 태규는 익숙한 듯 농을 건넸다.

"우리 은주 안 자고 모 하노~? 오늘은 오빠 바쁘니까 그냥 가라."

그러자 여자는 히죽히죽 웃었다.

"바쁘나? 오빠야 바쁘나?" 하면서 성큼성큼 툇마루로 걸어왔다. 결국 여자는 태규에게 소주 한 잔을 얻어먹었다.

태규는 여자가 바로 옆에서 듣고 있는데도 현호에게 이런 소리를 했다.

"바닷가 절벽 쪽에 사는 앤데. 쪼끔 헷갈린다. 흐흐."

그러면서 태규는 여자에게 뭔가를 시켰다.

"은주야, 오빠한테 인사해야지. 짬지 인사 한번 해봐라."

짬지 인사? 현호는 눈을 크게 떴다. 여자가 등장한 뒤로 놀라움의 연속이었다.

여자가 두 손을 내밀었다. 태규는 천 원짜리 몇 장을 여자에게 건네자 갑자기 여자가 치마를 훌러덩 걷어 보였다. 그리고는 땟국물이 흐르는 팬티를 쓱 내려버렸다. 오 마이 갓... 허연 속살에 거뭇한 음모가 고스란히 드러났다. 현호는 얼어붙어 버렸다.

"은주 짬지 만원. 만원이에요."

여자는 희죽 웃으며 다시 손을 내밀었다.

"야가 그냥은 안 해주거든. 꼭 만 원 받아야 해준다."

태규가 현호에게 설명을 해주었다. 현호는 더 이상 참을 수 없었다.

"야, 이제 그만하고 보내."

그러자 태규는 여자를 내보냈다. 새를 쫓는 농부처럼 훠이 훠이 손을 저으며.

"얼른 가라 미친년아. 저리 가라."

여자는 아쉬운 듯 뒤를 돌아보며 히죽히죽 웃는 얼굴로 떠났다. 현호는 여자가 완전히 사라지고 나서 태규에게 물었다.

"너도 아까 그 여자하고 해봤냐?"

"그럼. 이 섬에 좆달린 놈은 전부 가랑 해봤을끼다."

현호는 구역질이 몰려왔다. 여자는 사라졌지만 도저히 말로 설명하기 힘든 악취는 아직도 머물고 있었다. 어떻게...

다음 날 아침이 밝았다. 현호는 태규의 집 거실에 걸린 엽총을 발견했다. 맞다. 태규 아버지가 사냥을 했었지. 현호는 어릴 때 사냥을 해보고 싶어 했던 기억이 났다.

"우리 사냥 한 번 해볼까?"

현호는 내키지 않아 하는 태규를 설득해 사냥에 나섰다. 깊은 산속에서 뭔가가 움직이는 기척을 발견하고 방아쇠를 당겼다. 총소리가 만드는 메아리 속에서 현호는 달려가서 사냥감을 확인했다.

"이런 씨발..."

그 여자, 은주가 쓰러져 있었다. 총을 맞은 가슴에서 피가 콸콸 쏟아지고 있었다. 아직 여자는 살아 있었다. 경련을 일으키며 팔다리를 부들부들 떨었다. 심지어 그녀는 눈을 감았다가 떴다가를 반복하면서 현호를 보고 있었다.

날 기억하는 걸까? 어젯밤 태규의 집에서 만났다는 사실을 아는 걸까?

"현호야! 어떡하냐! 큰일 났다... 큰일 났어... 병원, 병원으로 옮기자!"

"병신 새끼야! 저렇게 피를 흘리는데, 옮기다가 죽지!"

"그럼 어떡하자고?"

"집에 가서 삽 좀 갖고 와."

"집에? 삽은 왜?!"

"시키는 대로 해!"

"현호야... 현호야..."

그 순간, 현호는 수많은 선택을 점검한 후 결정을 내렸다. 그는 태규의 멱살을 잡아 올리며 소리쳤다.

"아무도 모르는 일은 안 일어난 일이나 마찬가지야! 촌 동네 미친년 하나 없어진 거야! 아무도 관심 없다고!"

"현호야... 아무리 그래도 사람이..."

"사람? 사람이라고 다 같은 사람이냐? 미친년 때문에 우리 둘 인생 끝장나는 건? 그래도 괜찮아? 부탁한다, 진짜 부탁한다. 내 평생 니 신세 안 잊을게. 너 필요한 거 다 해줄게. 무슨 부탁이든!"

"무슨 부탁이든?"

"어. 너 잘 생각해라. 이거 알려지면, 나도, 너도 인생 끝나는 거야."

"내가? 내가 왜?"

"방조죄."

"방... 조죄? 그게 뭐냐? 난 그냥 보고만 있었는..."

"멍청한 새끼! 그게 방조죄야!! 사건 현장에 있었던 거, 그 자체로 죄라고!"

"아... 씨발... 그럼 어떻게 해야 되냐?"

"너 아버지 수술비도 없다면서? 너까지 들어가면 어떻게 되냐?"

"아 씨발... 현호야... 나 무섭다..."

태규의 눈에는 눈물이 그렁그렁했다. 현호는 안도의 한숨을 쉬었다.

됐다. 이제 완전히 넘어왔다.

"겁내지 마. 아무도 모르는 일은 안 일어난 일이나 마찬가지야."

결국 태규는 고개를 떨구고 일어섰다.

"삽 갖고 올게."

그 순간이었다. 바닥에 쓰러져 있던 은주가 갑자기 번쩍 눈을 뜨고는 벌떡 일어났다.

"으허허허허허."

그녀는 괴성을 지르며 현호의 팔을 움켜잡았다. 제대로 깎지 않은 손톱에 살점이 뜯기고 피가 날 정도였다.

"으악!!!"

현호가 비명을 질렀다. 그는 발로 은주의 머리를 걷어찼다. 그것으로도 마음이 진정되지 않아 몇 번을 더 차고 밟았다. 멀쩡한 사람이라도 이 정도로 머리를 걷어차이고는 살 수 없다. 은주는 축 늘어져 버렸다.

“그게 끝이야. 태규가 삽을 갖고 왔고 여자를 묻어버렸어. 난 서울로 올라왔고.”

고해성사를 마친 현호는 또 한 잔의 술을 마셨다. 마주 앉은 M은 도저히 믿지 못하겠다는 표정이었다.

“Fuck! 총은 어떻게 했냐?”

“바다에 던져 버렸어. 후우… 이거 법적으로는 어떻게 되는 거냐?”

“사건 발생 당시엔 과실치사로 봐야지. 하지만 사체 유기 때문에 문제가 복잡해. 사체 유기 자체도 형량이 있는 데다가 게다가 유일한 증인인 태규라는 친구가 어떻게 증언할지도 모르고. 어쨌든 재판으로 가면 실형은 못 피할 케이스?”

“뭐라고? 실형… 미치겠다…”

“아니 10년이 넘게 잠잠하다가 갑자기 그 일 때문에 니가 이렇게 됐다는 거야? 왜? 악몽이라도 꿔? 아니면 고향에서 여자 시체가 발견되기라도 했냐?”

"그런 게 아니라... 씨발... 그놈이 갑자기 찾아왔다고. 태규 그놈이!"

"그동안 연락하고 지냈어?"

"아니. 14년 동안 전화 한 번 한 적 없어."

"그런데 갑자기 왜 찾아왔어?"

"모르지. 그러니까 미치겠다는 거지. 불쑥 찾아와서 우리 집에 머문 지가... 벌써 한 달이야."

"한 달? 이런 미친... 그동안 뭘 했어? 진작 날 찾아왔어야지!"

"그게... 그놈이 내 약점을 쥐고 있다 보니 이렇게 됐다."

"태규라는 친구가 원하는 게 뭐야? 돈이겠지?"

"그럴 줄 알았는데... 아닌 거 같아. 적지 않은 돈을 제안해 봤는데... 안 받더라고."

"그럼 뭐지?"

"이 새끼가 온 뒤로 계속 이상한 일들이 생겨. 집 안에 집게벌레들이 들끓어."

"뭐? 집게벌레?"

"해충 방역업체를 불렀는데도 소용이 없어. 게다가... 후... 이건 진짜 이상한 일인데...."

차마 입을 떼지 못하는 현호의 손을 M이 잡아주었다.

"말해 봐."

"진우가 그놈하고만 얘기를 해. 엄마 아빠하고는 눈도 안 마주치고! 입도 뻥긋 안 하려고 하는 애가 그놈하고는 곧잘 얘기를 해. 심지어 웃기도 해."

진우의 자폐 증상에 대해서는 M도 이미 알고 있었다. 그래서 더 놀랐다.

"황당하네."

"그놈이 감방에서 배웠다면서 나무를 칼로 잘 깎아. 그걸로 진우 장난감을 종종 만들어줬는데, 내가 보기엔 볼품없는데 신기하게도 진우가 그런 것들을 좋아해. 슈퍼맨을 만들어주기도 했어."

"원래 진우가 장난감을 좋아했어?"

"아니. 전혀. 로봇이니 자동차니 공룡이니 내가 사준 것들은 손도 안 대."

"그래? 그럼 진짜 이상하네..."

"요즘은 슈퍼맨 인형을 하루 종일 들고 다녀. 그걸 들고 다니면 아무도 못 건드린다면서. 둘이 농담도 하고 장난도 치고, 씨발 누가 보면 그놈이 아빠 같아."

"그러면서도 진우가 너한테는 여전히 쌀쌀맞고?"

"예전이랑 똑같아. 말도 안 붙여. 화도 내고 어르기도 해봤지만 소용이 없어. 그러니 내가 안 미치겠냐?"

"태규가 무섭게 생겼다며? 애가 안 무서워해?"

"이놈이... 처음에는 부랑자 같았는데 씻고 머리 자르고 제대로 옷을 입으니까 그럴싸해. 체격도 좋고, 얼굴도 뭐... 더 큰 문제는..."

현호는 생각하기조차 싫은 듯 미간을 찡그렸다.

"와이프야."

"니 와이프? 미선 씨?"

"어. 와이프도 처음에는 태규를 질색하더니 요즘은 둘이 얘기도 곧잘 해. 깔깔거리며 수다도 떨더라니까. 너도 알지? 진우 그렇게 된 이후로 와이프하고 부부관계가 안 된다고. 하필 이런 와중에 그 짐승 같은 놈이 하루 종일 집에 떡하니 있으니... 씨발... 둘이 뭔가 있어."

"아이고 현호야. 제수씨가 그럴 사람이냐? 너무 넘겨짚지 말고..."

"넘겨짚는 거 아냐. 증거가 있어."

"무슨 증거?"

"지난 주말에 집에서 밥을 먹는데 태규 놈이 식탁 밑으로 발을 뻗어서 미선이 치마 속으로 집어넣는 걸 봤어."

"뭐? 이런 미친! 그걸 그냥 놔뒀어?"

"내가 왜 아무것도 못했는지 아냐? 미선이가 킥킥대면서 가만있더라. 그런 더러운 장난을 한두 번 쳐본 사이가 아닌 거 같더라고!"

"현호야. 안 되겠다. 그 새끼 당장 쫓아내!"

"그 사건은 어떻게 하고? 태규가 자수하면 나도 실형까지 각오해야 한다며. 내가 감옥에 들어가면? 그놈이 와이프를, 우리 애를 가만히 내버려 둘까?"

"하아... 난감하네..."

"정말 미치겠다."

"이럴 때일수록 차분하게 생각해야 해."

"내 생각에는 미선이 그 새끼랑 벌써 잤어."

"야 인마! 그게 무슨 소리야?"

"지금 이 순간에도 두 년 놈들이 무슨 짓을 하고 있을지 몰라."

그렇게 말하는 현호의 턱이 부들부들 떨렸다. 반쯤 정신이 나간 사람 같았다.

"너 안 되겠다. 이렇게 해. 혐의를 입증할 증거가 있냐 없냐가 중요해. 그러니까 일단 섬으로 가서 시체를 없애."

"그러면 될까?"

"그러면 그 녀석이 신고해도 범행을 입증하기가 쉽지 않을 거야. 만약 재판까지 가게 된다면, 내가 맡을게. 승소 자신 있다."

현호는 멍하니 고개를 끄덕였다. 이미 그에게 재판은 중요한 문제가 아닌 듯 보였다.

며칠 뒤. 현호는 고향으로 향했다. 아내에게는 말도 안 되는 핑계를 댔다. 회사에서 단합대회 명목의 1박 2일 산행이 있다고.

머리가 너덜너덜해진 기분이었다. 환각과 환청 현상도 심해졌다. 멍한 생각에 잠길 때면 이상하게도 무당의 모습이 보였다. 알록달록한 옷을 입고 무구를 흔들어대는 늙은 무당의 모습. 대체 그런 모습은 어디서 봤을까?

섬에 도착했을 때는 어둠이 내린 뒤였다. 현호는 미리 준비한 손전등을 비춰가며 밤길을 걸었다. 인적이 드문 산길 아래로 군데군데 불이 켜진 시골 섬마을이 보였다. 기억을 더듬으며 천천히 산을 올랐다. 어둠 속에서 누가 따라오는 기분에 슬쩍 뒤를 돌아보았다. 아무도 없었다.

태규의 집으로 향했다. 삽 때문이었다. 미리 휴대용 삽을 등산배낭에 넣어오긴 했지만 큰 삽이 있으면 일이 더 수월할 테니.

태규의 집은 폐가가 되어 있었다. 마당에는 텅 빈 도사견 우리들이 아무렇게나 놓여있고 금방이라도 허물어질 것 같은 집 구석구석에는 거미줄이 가득했다. 우리에 갇힌 채 돌봐주는 이가 없어 굶어 죽은 개들의 뼈와 가죽도 나뒹굴었다.

창고에서 삽을 먼저 챙긴 후, 태규의 방문을 열어보았다. 놀라서 소리를 지를 뻔했다. 태규의 방에 사당이 꾸며져 있었다. 맙소사. 요즘 들어 그의 정신을 어지럽히는 환상 속의 공간이 바로 거기 있었다. 흉측하게 생긴 늙은 무당이 굿을 하는 바로 그 장소였다.

"하아..."

현호는 뒷걸음질을 쳐서 마당을 나오다가 뒤에 있는 누군가와 부딪혔다. 결국 비명을 지르고 말았다. 뒤를 돌아보자 수령이 백 년은 넘은 듯한 나무 한 그루가 그를 내려다보며 서 있었다.

"정신 차리자. 현호야. 정신 차리자..."

그는 초인적인 의지로 자신의 마음을 다독인 후 다시 걸음을 옮겼다. 오랜만이었지만 길을 못 찾을 리가 없었다. 절대로 잊을 수 없는 길. 어둠 속을 손전등 하나로 헤쳐나간 후 도착했다. 한 눈에 봐도 알 수 있는 커다란 바위 아래. 그녀를 묻었던 곳.

배낭에서 손전등을 하나 더 꺼내 바위 위에 올려 땅을 비추게 했다. 그리고 태규의 집에서 들고 온 삽으로 땅을 파기 시작했다. 어쩌면, 그녀를 묻을 때 썼던 삽일지도 몰라. 온몸에서 땀이 흐르고, 아귀 같은 산모기들이 떼로 달려들었다. 그는 감각이 마비된 것처럼 쉬지 않고 땅을 팠다.

어느 정도 구덩이가 파이기 시작했지만, 땅속에는 아무것도 없었다. 그럴수록 그의 마음은 더 급해졌고 삽질에도 힘이 들어갔다. 산모기들의 공격은 그칠 줄을 몰라서 얼굴마저 통통 부어 버렸다.

"이런 씨발..."

자신도 모르게 욕지거리를 내뱉는 순간, 누군가가 어깨에 손을 턱 걸쳤다.

"아아악!!!"

현호는 비명을 지르며 휘청거리다가 구덩이에 빠져 버렸다.

동트는 하늘을 배경으로 태규가 비릿한 미소를 지으며 서 있었다.

"둘이서 파던 거를 혼자 파려니까 힘들재?"

현호는 아무 말도 할 수 없었다. 태규는 구덩이 옆에 쪼그려 앉아서는 담배에 불을 붙였다.

"은주 여기 없다."

"뭐라고? 우리가 여기 묻었잖아?"

"그랬지. 그런데 니가 서울로 올라가고 얼마 안 있어서 며칠 뒤에 큰비가 왔다. 흙이 쓸려 내려가서 은주 시체가 삐져

나왔고, 동네 할매 하나가 은주 발을 본 기라. 경찰에서 조사에 나섰고 동네 머슴아들 전부 취조받았다. 은주하고 빠구리 친 새끼가 한둘이어야지. 근데 전부 무혐의인기라. 왠지 아나? 은주 손톱에서 가해자 혈흔이 발견됐거든. 살해 당시에 가해자에게 상처를 입히면서 손톱 사이에 가해자의 흔적이 남은 거지. 부산까지 보내서 DNA인가 뭔가 검사를 했는데 우리 중에는 임자가 없는 기라."

태규는 길게 연기를 내뿜으며 현호를 노려보았다.

"니는 그게 누구 껀지 알제?"

현호는 대답하지 않았다.

"결국 미제 사건 돼가꼬 덮었지. 그런데 그 뒤로 은주 귀신 나온다 캐서 섬에 아주 난리가 났었다. 은주랑 잤던 새끼들이 귀신을 봤다는 기라. 한 놈도 아니고 몇 놈이. 그 새끼들 전부 돌아뻈다. 헛소리하고, 이상한 짓 하다가 죽어삔 기라. 언놈은 목매달아 죽고 언놈은 절벽에서 떨어지고..."

"뭐라고? 너 지금 무슨 소릴 하는 거야? 너도 귀신을 봤어?"

"근데 다른 놈들이 다 봤단 그 귀신이... 내 눈에는 안 보이더라. 진짜 이상하지 않나? 씨발, 귀신이 내한테 제일 먼저 와서, 나부터 죽여야 되는 거 아이가? 지금 생각해도 이상하재. 그기 더 사람 미치게 하더라. 내 인생 요 꼬라지 된 게 다 그거 때문이다."

"태규야, 미안하다... 정말 미안하다. 내가... 내가... 어떻게 하면 되냐?"

"얘기했잖아." 태규는 차갑게 웃으며 말했다.

"니 각시 한 번만 먹게 해달라고. 그런데 그 부탁도 벌써 예전 부탁이고. 그 사이에 이자가 붙었다."

"이자? 너 지금 무슨 소릴 하는 거냐?"

"내가 미선 씨하고 떡 치는 거를 니가 지켜봤으면 좋겠다. 내가 모든 걸 덮어주는 대가로."

"야 이 미친 변태 새끼야! 그게 말이 되냐?"

"나 오래 못 기다린데이. 니 공소시효가 얼마 안 남았잖나?"

"왜? 왜 하필 우리 와이프야? 그리고 왜 나보고 그걸 보라는 거야?"

"좆 꼴린 대로 하는 거지. 나도 잘 모르겠다. 누군가 나를 조종하는 거 같다. 나도 모르게 니네 집으로 찾아간 기다. 지금 생각해보면 왜 진작 안 갔나 몰라. 흐흐흐."

"미안하다 태규야. 하지만 제발..."

현호는 태규의 다리를 붙잡고 애원했다. 태규는 꿈쩍도 하지 않고 중얼거렸다.

"내가 진짜 무서운 얘기 해줄까? 돌아삐린 동네 머스마들이...

하나같이 죽기 전에 모라 캤는지 아나?"

현호는 모기에 뜯겨 입술까지 퉁퉁 부은 얼굴로 태규를 바라보았다. 눈물이 절로 흘러나왔다. 어느새 하늘은 푸른 새벽빛으로 가득했다.

호텔 엘리베이터를 타고 올라가는 현호의 심장은 터져버릴 듯 쿵쾅거렸다. 오랜만에 가진 아내와의 외식에서 제안했다. 특별한 공간에서, 특별한 방식으로 해보는 게 발기부전의 극복에 도움이 될 거라는 의사의 거짓 전언을 빌미 삼아 호텔로 아내를 데리고 왔다.

강이 보이는 전망을 가진 904호가 오늘 의식을 치르는 제단이었다. 현호는 샤워를 하고 나온 아내의 눈을 수면 안대로 가렸다. 아내는 재미있어하는 눈치였다.

"은근히 흥분되네? 당신도 그래요?"

"응."

현호는 침대 기둥에 아내를 묶었다.

"이렇게까지 해야 해요?"

"이렇게까지... 해야 해."

현호의 목소리는 격랑을 만난 배처럼 출렁거렸다. 눈까지 가린 아내를 무방비 상태로 만들어놓고 현호는 천천히 침대에서 내려왔다. 옷이 다 벗겨진 채 묶여있는 것만으로도 아내는 흥분하는 것 같았다. 아내의 풍만한 가슴이 빠르게 오르락내리락했다.

현호가 뒤로 물러서자 태규가 모습을 드러냈다. 이미 예약한 호텔방 옷장에 미리 숨어있던 그 역시 문신을 제외하면 아무것도 입고 있지 않았다. 그는 현호에게 윙크 찡긋 보냈다. 그리고 침대 위로 올라갔다.

지켜보던 현호의 가슴이 터질 듯 고동쳤다. 스와핑이니 초대섹스니 하는 행위는 성도착증 환자들이나 하는 짓인 줄 알았다. 눈앞에서 다른 남자가 아내를 만지고 입 맞추는 장면을 보게 될 줄이야. 태규는 거칠게 애무를 시작했다. 금방 아내는 자지러지는 교성으로 반응했다.

"아, 자기야. 미치겠어. 아..."

현호는 수백 개의 못으로 십자가에 박힌 기분이었다. 꼼짝도 할 수 없이 침대 옆에 선 채 의식을 지켜볼 수밖에 없었다. 눈조차 감을 수 없었다. 손과 입으로 아내의 감각을 유린하던 태규가 마침내 삽입을 시도했다. 아내는 비명을 질러댔다. 동시에 현호의 사타구니가 뻣뻣해졌다. 언제 발기부전이었냐는 듯 그의 남성이 일어섰다. 태규가 허리를 움직일 때마다 아내는 자지러지는 교성을 내뱉었다. 그건 극강의 쾌락의 표현이었다.

아내는 눈물을 흘릴 정도로 좋아했다.

현호는 궁금했다. 아내는 눈치채지 않았을까? 지금 자기 몸에 들어온 사람이 남편인지 아닌지. 태규라는 사실을 알면서도 저렇게 좋아하는 것일까? 어쩌면... 기다렸던 것일까? 아내의 눈물은 감격의 눈물인가?

현호는 자신의 남성을 잡고 흔들기 시작했다. 그의 눈에서도 눈물이 흘러내렸다.

모든 것이 달라졌다. 태규는 이제 집안에서 없어서는 안 될 존재가 되었다. 진우뿐만 아니라 미선도 태규와 함께 웃고 떠들고 뒹굴었다. 함께 섞이지 못하고 혼자 어색한 사람은 바로 현호였다.

식사 자리에서도 그랬다. 한참 밥을 먹던 태규가 꺼억, 트림을 하자 진우가 장난스럽게 트림을 따라 했다.

"두 남자가 장기 자랑하니?"

미선의 말에 태규와 진우가 깔깔대며 웃고 결국 미선도 함께 웃는 식이었다. 현호는 하숙생처럼 고개를 숙이고 밥을 먹었다.

퇴근하고 집에 들어오면 거실 소파에서 태규, 미선, 진우 셋이 나란히 앉아 TV를 보고 있을 때가 많았다. 어느 날은 개그 프로그램을 보면서 셋이 깔깔 웃는 중에 현호가 집에 들어왔다.

아무도 신경 쓰는 사람이 없었다. 돌아보지도 않았다. 참지 못한 현호가 아들 진우 앞을 막아섰다.

"윤진우! 아빠 다녀오셨습니까 인사해야지!"

진우는 멀뚱한 표정으로 쳐다보기만 해다.

"아들! 아빠한테 인사 안 할 거야?"

하지만 인사 대신 차가운 대답이 돌아왔다.

"비켜요."

진우의 말에 태규가 큭큭거리며 웃었다.

"모 하노? 아가 비키라잖아?"

태규는 TV 화면을 가리키며 진우에게 물었다.

"진우야, 저 새끼가 제일 병신 같지?"

그러자 진우가 놀라운 대답을 했다.

"응, 저 새끼 존나 병신 같아. 제일 웃겨. 하하."

아들의 욕설을 옆에서 듣고서도 미선은 웃기만 했다. 현호는 도저히 참을 수 없어서 진우의 손을 잡고 방에 데려가려고 했다. 혼이라도 내주려고. 그러나 태규가 그를 밀쳐버렸다.

"애 겁먹게 왜 그래? 할 일 없으면 발 닦고 잠이나 자라 인마."

"태규야. 내 아들이야. 아빠로서 훈육을..."

"병신 같은 소리 하지 말고 비키라. 한참 재미있게 보고 있는데."

이런 식이었다. 완력으로도 안 되고, 공권력에 기댈 수도 없고, 가족들에게 호소를 할 수도 없었다. 눈앞에서 인생을 통째로 약탈당하고 있었다.

환청과 환상은 점점 더 심해졌다. 쿵쿵, 지하실에서 뭔가가 울리는 소리도 자꾸 들렸다. 침대에 누워 잠을 청하면 태규와 미선이 섹스를 하는 장면이 선명하게 그려졌다. 그 장면은 망상이 아니라 또렷한 기억이었다. 코앞에서 목격한, 소리와 냄새마저도 아직 생생한... 현호는 그 사건 이후로도 둘이 뒤엉켰다고 확신하고 있었다. 더 이상 현호에게 잠자리를 요구하지 않는 아내의 변화도 그 증거라고 생각했다.

그날 밤은 환상과 기억, 환청이 뒤섞여 폭발한 날이었다. 새벽 늦게까지 잠을 이루지 못하다가 침대에서 몸을 일으켰다. 아내 미선은 편안하게 자고 있었다.

"미선아. 일어나봐."

"아 왜 자꾸 그래?"

보통 존댓말을 쓰는 그녀가 반말로 짜증을 냈다.

"무슨 소리 안 들려? 쿵쿵거리는 소리."

"뭐가?"

"지금 들리잖아? 미치겠다. 정말 미치겠다..."

"나도 미치겠다 당신 때문에."

"그리고 화장실에 벌레들 좀 어떻게 해 봐! 방역업체에 전화 한 통이면..."

"알았어. 그런데 그게 이 새벽에 자는 사람 깨워서 할 얘기야? 당신 왜 그래 정말?"

미선은 등을 돌리고 이불을 덮어썼다. 현호는 분노가 치밀어 올랐다.

미친년! 개 같은 년! 더러운 년!

구역질이 몰려와 화장실로 향했다. 변기 앞에 무릎을 꿇고 구토를 하는데도 환청이 들렸다.

쿵. 쿵. 쿵. 쿵. 쿵.

한참 토악질을 하다가 고개를 들고 본 거울에는 그 여자, 은주의 모습이 비쳐있었다. 화장실 바닥에는 집게벌레들이 바쁘게 기어 다녔다.

"이것들을! 다 죽여 버릴 거야!"

그는 소리를 지르며 벌레들을 밟아 죽였다. 벌레들은 죽었지만 소리는 더 커졌다.

쿵. 쿵. 쿵. 쿵. 쿵.

현호는 소리의 근원지를 찾아 걸음을 옮겼다. 지하실로 통하는 계단을 내려가면서 소리가 점점 커졌다. 그렇다면 환청이 아니란 얘긴가? 여기다! 지하실이다! 뭔가 웅얼거리는 소리가 들리는 것 같기도 했다. 신음소리 같기도 하고. 현호는 지하실 문손잡이를 잡고 잠시 망설이다가 활짝 열었다.

"허억…"

숨이 멎는 것 같았다. 환각 현상 속에 가끔 나타났던 나이 많은 무당이 맞은편에 서 있었다. 짙은 무녀 화장에 무당의 옷까지 입은 노인. 그 뒤로 사당으로 꾸며진 지하실이 드러났다. 무당 할머니는 두 손으로 현호의 얼굴을 감쌌다.

"오랜만이구나."

무당은 태규의 어머니였다.

현호는 아내와 태규를 깨워서 정원으로 데리고 나왔다.

"태규야. 니가 설명을 좀 해줘야겠다. 씨발 이게 지금 무슨 상황이냐?"

"어머니 말이, 이 집에 귀신이 있단다."

"귀신이 있다면 너희 어머니겠지. 대체 지하실엔 언제 들어오신 거냐?"

"며칠 됐어."

대답을 한 사람은 놀랍게도 아내 미선이었다.

현호는 믿을 수 없다는 표정으로 돌아보았다.

"당신은 알고 있었어?"

"지난주에 찾아오셨더라고. 지하실에서만 계시겠다길래 그러시라고 했어."

"뭐? 그걸 말이라고 해? 나한테는 상의도 없이!"

아내의 뺨을 향해 나간 그의 손을 태규가 잡아 비틀었다. 아내는 비웃음이 묻은 표정으로 말했다.

"이 집, 우리 아버지가 물려주신 집이야. 그런데도 당신도 당신 맘대로 손님 불렀잖아."

"아이 씨이발! 나 미치는 거 보고 싶어? 엉?!"

"당신도 태규 씨 어머님하고 얘기해 봐. 좋은 분이야."

현관 앞에서 마귀와도 같은 모습으로 무당이 서 있었다. 현호는 그녀를 향해 소리쳤다.

"나가요! 내 집에서 나가요!"

애끓는 절규에도 그녀는 비웃듯이 미소를 지을 뿐이었다.

다음날 현호는 친구 M에게 전화를 했다. 퇴근하고 지난번에 만났던 바에서 M을 기다렸다. 그는 정확한 시간에 도착했고 현호를 보자마자 깜짝 놀랐다.

"야 인마! 변호사가 아니라 의사한테 가봐야겠다! 너 얼굴이 반쪽이 됐어. 이게 뭐야! 무슨 병에 걸린 사람 같잖아?"

현호는 눈을 꾹 감았다 떴다. 눈꺼풀 안쪽에 모래가 서걱거리는 느낌이었다. 눈은 피가 터졌나 싶은 정도로 붉게 충혈된 상태였다.

"잠은 제대로 자는 거야? 제대로 먹긴 해?"

"나... 자꾸 이상한 게 보인다."

"이상한 거?"

"보면 안 되는 것들이 보이고 들으면 안 되는 소리가 들려."

M은 현호의 뺨을 때렸다.

"정신 차려 인마! 너 지금 나랑 있을 게 아니라 당장 병원에 가봐. 응?"

현호는 조용히 고개를 끄덕였다. 차라리 경찰을 부를까 생각도 수십 번은 했다. 하지만 아무리 생각해봐도 결국 교도소에 들어갈 사람은 그 자신이었다.

아무도 도와줄 수 없다. 정말 아무도.

"오늘은... 술이나 마시자."

현호는 위스키 잔을 연거푸 비워댔다.

바에서 나온 현호는 고집을 부렸다. 이제 그만 집에 들어가라는 친구에게 딱 한 잔만 더 마시자고 간청해 결국 자정이 넘은 시간에 M과 헤어졌다. 오늘만큼은 술의 힘을 빌려서라도 푹 자고 싶었다. 안 그러면 죽을 것만 같았다.

그는 비틀거리는 걸음으로 집에 들어가서 씻지도 않고 침실로 향했다. 먼저 잠들어 있던 아내는 인기척을 들었을 법도 한데 몸을 돌려 현호를 등졌다.

씨발 이젠 상관없다. 일단 오늘은 잘 거야. 세상이 오늘 밤에 멸망하더라도 오늘은 잘 거야.

현호는 쓰러지듯 침대에 누웠다. 억지로 마셔댄 술 덕분인지, 그의 소원대로 금방 잠이 들었다. 그러나 그토록 바랐던 잠은 오래가지 못했다.

뭔가 볼에 툭툭 떨어지는 느낌에 눈을 떴다. 침대 옆의 스탠드 불을 올리고 뺨을 손으로 닦아 보았다. 피. 다시 뺨 위로 피가 떨어졌다. 눈을 떴다. 비가 새듯이 천장에서 피가 새고 있었다. 악몽일까?

현호는 침대에서 내려왔다. 아직 술에 취해있었지만 온몸의 감각이 선명한 걸 보면 꿈은 아니다. 피로 물든 천장에서 계속 피가 뚝뚝 떨어지고 있었고 하얀 침대에도 붉은 얼룩이 선명했다. 아까 분명히 옆에 잠들어 있던 아내는 방에 없다. 대신 화장실에서 기어 다니던 벌레들이 침실 바닥까지 들어와 있었다.

이제 아무래도 상관없다. 오늘 다 끝내버릴 테니까.

현호는 부엌으로 가서 독일제 식칼을 뽑아 들었다. 그가 제일 먼저 향한 곳은 지하실이었다. 문을 열자 제단 앞에서 방울을 짤랑거리고 있는 무당의 뒷모습이 보였다.

"그만해!" 그가 소리쳤다.

무당은 아랑곳하지 않고 계속 방울을 흔들었다. 오히려 점점 더 격렬해졌다. 현호는 성큼성큼 다가가서 식칼로 무당의 목을 찔러 버렸다.

"내 집에서 나가라고 했지?"

몇 번을 더 찔러 완전히 숨을 끊어놓고서 지하실을 나왔다. 그리고 2층 손님방으로 향했다. 이미 2층 복도에서부터 남녀의 흥건한 교성이 들려왔다.

내 이럴 줄 알았지. 개 같은 년놈들. 이 칼로 다 죽인다.

피 묻은 칼을 움켜쥐고 손님방 문을 열었다. 아내가 태규의 몸 위에 올라가 말을 타듯 출렁출렁 흔들고 있었다. 쾌락의 교성이 물결처럼 방 안에 출렁출렁했다. 아내도 태규도 행위에 열중한 나머지 현호가 다가오는 것을 눈치채지 못했다.

"좋냐 씨발년아?"

현호가 아내의 등을 찌르려고 하는데 칼끝이 아내의 등에 닿기 전에 멈췄다. 그의 손에서 칼이 툭 떨어졌다. 창밖에서 은주가 그를 지켜보고 있었다. 헝클어진 머리에 붉게 충혈된 눈동자, 피와 흙이 묻어있는 몸... 그녀를 구덩이에 묻을 때 모습

그대로였다. 창문이 천천히 열리고, 그녀가 방으로 들어왔다.

"안 돼... 저리 가!"

현호는 방을 뛰쳐나갔다. 급하게 계단을 내려오다가 넘어져 버렸다. 아픔도 모른 채 뒤를 돌아보니 은주가 어느새 계단 위에 서 있었다. 그녀는 천천히 계단을 내려왔다.

"오지 마! 저리 가라고!"

현호는 일어나려고 했지만 고꾸라져버렸다. 계단에서 넘어지는 통에 다리가 부러진 모양이었다. 그는 기어서 자리를 피했다. 염소가 사람을 피하기 위해 모래에 머리를 처박듯, 그는 거실 벽난로 안으로 들어갔다. 도망칠 수 없다면 그저 외면이라도 하고픈 마음이었다. 벽난로 안으로 머리를 집어넣고 가쁜 숨을 고르고 있는데, 갑자기 얼굴 위로 검은 머리채가 척 걸쳐졌다.

"흐억..."

굴뚝 아래로 드리워진 시커먼 머리채 가운데 은주의 눈동자가 빛났다. 현호가 비명을 지르며 다시 기어나갔다.

"미안해. 잘못했어. 미안해..."

흐느끼며 기어가던 그의 눈앞에 발목이 보였다. 하얗고 얇은 발목은 어른의 것이 아니었다. 고개를 들어보니 진우가 서 있었다.

"아저씨."

아저씨? 현호의 얼굴이 굳어졌다. 그는 무슨 말을 할지 몰랐다.

"엄마가 안 와요. 나 배고픈데. 엄마가 자장가 불러줘야 잘 수 있는데."

"진우야, 무슨 소리니?"

"아저씨. 우리 엄마... 왜 죽였어요?"

그 순간, 현호는 맥이 풀려버렸다. 지난주, 은주의 시체를 파내겠다고 고향마을로 찾아갔던 때 동트는 산속에서 태규가 했던 말이 떠올랐다.

- 내가 진짜 무서운 얘기 해줄까? 돌아 뻐린 동네 머스마들이... 하나같이 죽기 전에 모라 캤는지 아나? 얼라 귀신을 봤단 기라. 자고 있는데 얼라가 올라탔다는 놈도 있고, 화장실에서 봤다는 놈도 있고... 돌잡이 정도 된 얼란데 눈에 피눈물을 흘리면서 그래 울더란다. 아기 귀신 봤다는 놈들 얼마 안 돼서 다 죽었다.

현호는 모기에 뜯겨 부르튼 입술에 침을 바르며 무슨 얘기냐고 물었다. 태규가 대답했다.

- 우리가 그때 묻은 가시나... 은주... 가한테 얼라가 있었던 기라. 산 뒤쪽에서 혼자 사는 줄 알았는데, 가가 아를 하나 낳아

키웠던 기라. 누구 앤지는 아무도 몰랐다. 생각해보믄, 가가 예전에 배불러 다니는 걸 봤다 카는 사람도 있었던 거 같고. 하여튼... 은주... 동네 돌아댕기면서 돈 얻어 와서 지 아기하고 둘이서 그렇게 살았던 거라. 우리 둘이 은주 묻고 나서... 그 아기는 엄마 찾다가 방에서 혼자 굶어 죽은 기라. 경찰이 은주 방에 찾아갔을 때, 얼라 죽어서 다 썩은 거를 발견했다 카더라.

무당 할머니의 저주 같은 목소리도 귓가를 스치고 지나갔다.

- 이 집에 귀신이 있어. 한이 맺혀서, 백번을 다시 죽어도 풀리지 않는 한이 맺혀서, 구천을 떠도는 귀신이 있어.

"말해 봐요 아저씨. 우리 엄마 왜 죽였어요?"

진우의 다그침에 현호는 정신을 차렸다. 진우는 더 이상 그의 아들이 아니었다.

"그건... 실수였어. 벌써 오래전 일이야. 너희 엄마를 쏘려고 했던 게 아니었어. 장난삼아 사냥을 해 본 거였는데... 사고가 난 거야."

현호는 더듬거리며 변명했다. 진우는 그의 눈을 똑바로 쳐다보면서 더 무서운 이야기를 내뱉었다.

"그럼 우리 아빠는 왜 죽였어요?"

"너의 아빠를 내가 죽였다고?"

진우가 고개를 끄덕였다. 현호의 귓가에 태규의 목소리가 울렸다.

- 근데 다른 놈들이 다 봤단 그 귀신이... 그 얼라 귀신이 내 눈에는 안 보이더라. 아기 귀신이 지 엄마 원수를 갚는다 카면 내한테 제일 먼저 와야 되는 거 아이가? 얼라 귀신이 언제 나한테 찾아올지... 나는 그게 제일로 무섭다.

그랬구나. 그 아기는 태규의 아이였구나. 그리고 지금은...

진우는 현호를 노려보며 말했다.

"나가요. 우리 집에서."

슈퍼맨 인형을 손에 쥐고 진우는 현호를 떠났다. 2층으로 올라가는 아이의 모습이 점점 멀어졌다. 엄마 아빠에게 가는 것일까?

그래. 아저씨가 나갈게. 이 집에서 나갈게.

현호는 현관을 향해 기어갔다. 벌레처럼 꾸물거리는 그를 향해 진짜 벌레들이 몰려들기 시작했다. 새카맣게 불어난 벌레들이 그를 덮어버렸다. 그 모습이 무덤 같았다.

똑바로 살아라

위험한 고백

똑바로 살아라

늦은 밤, 고등학교 2학년 유다은에게 카톡이 도착했다.

영우 자?

다은 이영우? 오랜만이다. 갑자기 왜 연락했어?

영우 걍... 아까 너 봤는데ㅋㅋ

다은 날? 어디서?

영우 복도에서. 3교시 끝나고.
너 진성이랑 얘기하고 있더라

다은 어...ㅋㅋㅋㅋ 그냥 뭐 빌린다고 잠깐

영우 진성이랑은 잘 돼가?

다은 그냥 뭐...

영우 좋아 보이던데?

개가 너 엄청 좋아하는 것 같더라. 딱 보임.

다은 그냥 걔가 우리 반에 자주 오니까 그래ㅋㅋ

근데 무슨 일이야? 오랜만에 연락해서ㅋㅋㅋ

영우 그냥. 근데 유다은 너 무슨 안 좋은 일 있어?

다은 나? 아니. 왜?

영우 그래? 근데 느낌이 좀 그런 거 같아서.

아닌가?ㅋㅋㅋ

다은 뭔 소리얔ㅋㅋ 나 문제 1도 없어.

너 좀 이상해ㅋㅋ

갑자기 연락해서 무슨 일 있냐고 그러고ㅋㅋ

영우 아니면 다행이고ㅋㅋ

다은 근데 그거 물어보려고 말 건 거야?

영우 아냐. 그건 아닌데

아~~~~~~~~ 진성이는 좋겠다ㅎㅎ

다은 왜?

영우 니가 옆에 있잖아.

다은 뭐래..............

영우 부럽다고. 진심으로.

다은 야! 뭔 소리야ㅋㅋ

영우 ㅋㅋㅋ난 언제 너 같은 여친 생길까?

여소 좀 시켜주라

다은 ㅋㅋㅋ진짜 아무것도 모르네

영우 뭘? 내가 뭘 몰라?

다은 됐어.

영우 뭔데? 뭐가 됐어?????? 빨리 얘기해 봐.

다은 아 아무것도 아니라고ㅋㅋ

영우 아... 진짜ㅋㅋ 너야말로 아무것도 모르네.

아~~~답답하다ㅋㅋㅋㅋ

다은 뭔데ㅋㅋㅋㅋ 너 갑자기 왜 그랰ㅋㅋㅋㅋㅋ

영우 나 너 좋아하냐?

다은 미친ㅋㅋㅋㅋㅋㅋㅋㅋㅋㅋㅋㅋㅋ

야 이영우! 야!! 너 진짜야?

진짜 나 좋아해?

영우 어. 몰랐냐.

다은 아 장난치지 말고!

영우 사실 너 중학교 때부터 좋아했어

너랑 방송부 같이 할 때부터

다은 헐...

영우 뭐가 헐이야. 너 좋아하면 안 되냐?

다은 너 진짜 몰라서 그러는 거야? 아님 장난이야?

영우 뭐가?

다은 중학교 때 방송부 할 때

그때 막 내가 좋아하는 티 내고 그랬는데

니가 나 싫어했잖아!!

영우 나야말로 헐!!! 내가? 내가 언제??

니가 나 좋아했다고????

나한테 티를 냈다고??

다은 너 지금 연기하는 거지?

영우 무슨. 너야말로 연기하지 마. 사람 마음 갖고 장난 치지 말라고.

다은 안 믿는 거야?

영우 어. 안 믿어. 장난치지 마. 나 상처받아.

다은 참나ㅋㅋ 상처는 내가 받았거든?

영우 아 미친. 장난치지 말라고!!

나는 너한테 계속 고백 할라고 했는데

고백 못하고 중학교 끝나고 절망했다가

너랑 같은 고등학교 돼서 엄청 좋았어.

그래서 고백 할라 했는데

하필 진성이가 너랑 사귀고 소문내는 바람에...

진짜 나도 운도 없다.
다른 애도 아니고 일진 강진성이...ㅠㅠ

다은 뭐야. 나 진짜 몰랐는데
나는 니가 철벽 치길래 날 싫어하는 줄 알았거든.

영우 철벽??????? 내가 철벽 쳤다구?
내가 언제 철벽을 쳐. 그런 적 없거든!
증거 하나 말해 봐. 니가 언제 티 냈는데?

다은 너 진짜 기억날걸?

영우 난 하나도 기억 안 나는데?

다은 그때 우리 같은 반이었을 때
내가 니 책상에 커피 올려놓고 그랬잖아.
진짜 기억 안 나?

영우 뭐야... 그게 너야???
애들이 수진이라고 했는데??

다은 걔는 그냥 내 옆에 서 있었던 거고!!
그리구 나서 내가 너한테 커피 잘 마셨냐고
물어보기도 했었다고!! 기억 안 나?

영우 하...

다은 그때 니가 뭐라고 했는지 기억 안 나?

영우 어... 기억 안 나

다은 나 커피 별로.

영우 악ㅋㅋㅋㅋㅋㅋㅋㅠㅠㅠㅠㅠㅠ

근데 나 진짜 커피 못 마셔... 맛없어서.

근데 그게 너였어??

너였던 거 알았으면 바로 마셨을 텐데

그리고 고백 했을 텐데...

다은 됐어. 이제 와서 무슨

영우 아ㅠㅠㅠㅠ 이게 모냐

진짜... 개 억울하다ㅠㅠ 그런 거 아닌데

근데 너는

하필 사겨도 왜 진성이 그 새끼랑 사귀냐?

그런 스탈 좋아해?

다은 그냥 걔가 사귀자고 하길래 사귀는 거야.

영우 야 아무나 사귀자 그러면 다 사겨?

다은 음...... 걔랑 사귀면 3년 내내 편할 거 같아서?

몰라... 사실 좀 무서워

영우 무서워?

다은 첨엔 잘해줘서 그냥 사겼는데 집착 쩔어.

영우 집착? 진성이가?

다은 남자애들은 물론이고

그냥 여자애들도 못 만나게 하고
졸라 감시해ㅠㅠ

영우 진짜??
나는 진성이가 축구부 주장이고
그래도 잘 나가니까
엄청 시크할 줄 알았는데 집착이 있어?

다은 나도 몰랐어ㅠㅠ 첨엔 축구 하는 거 보고
걍 좀 멋있고... 걔랑 사귀면 인맥도 넓어지잖아.
그리고 걔가 남자답고 그럴 거라고 생각했는데
100일 지나고부턴가 집착이 점점 심해지더니
이제 내 카톡 검사까지 해.

영우 미친... 남자 새끼가 그런 찌질한 짓을 왜 해?

다은 너랑 카톡 한 것도 이따 지워야해ㅠㅠ

영우 진짜로 폰 검사를 한다고???
레알 미친 새끼네.
당장 비번 바꿔

다은 비번 바꾸면 막 뭐라 한다니까

영우 야..... 그런데도 걔가 좋아?

다은 아...ㅠㅠ 사실은......
이건 진짜 세상에서 제일 위험한 고백인데........

아니야ㅠㅠ
이건 진짜 말하면 안 될 거 같애

영우 다은아. 그냥 편하게 말해
아무한테도 얘기 안 해. 약속해.

다은 나 사실...... 니 생각 많이 했어
그래서 너한테 톡 왔을 때 놀랬어

영우 진짜야?
진성이 만나고 나서도 내 생각했다고?

다은 응. 니가 나 안 좋아하는 거 알면서도

영우 야!!! 그거 오해라니까ㅠㅠ
나 진짜 너 진지하게 좋아했어.

다은 아 몰라... 됐어!
너 왜 자꾸 복잡하게 만들어. 그만해

영우 지금도 너 좋아해

다은 뭐?

영우 너 좋아한다고. 지금도. 지금 이 순간도.

다은 장난치지 말라니까

영우 진짜야...

다은 진짜라고??

영우 그래. 나 지금도 너 좋아한다고.

눈치도 없냐 바보야.

다은 ......진짜야.....?

영우 어. 다 진짜야

다은 뭐야 이제 와서...

영우 그치...... 이제 와서...... 바보 같지ㅠㅠ

근데 나 뭐 하나 물어본다?

다은 그래. 물어봐.

영우 이건 만약인데... 만약에...

너 진성이랑 헤어질 수 있어?

다은 뭐??????

영우 니가 걔랑 헤어지면...... 나 너 만나고 싶어

다은 나랑 진성이랑 헤어질 수 있냐고???

영우 좀 힘들겠지?

다은 야 걔가 어떤 앤지 너도 잘 알자나ㅠㅠ

영우 그치. 널 가만 안 놔두겠지?

다은 나 진짜 학교 못 다닐지도 몰라ㅠㅠ

걔가 얼마나 무서운 앤데

영우 하긴 걘 학주도 포기했으니깐..

좀 힘들겠지?

다은 어...... 아ㅠㅠㅠ 너도 잘 알잖아.

영우 그럼...... 갑자기 말고

티 안 나게 자연스럽게 헤어지는 건 어때?

다은 하...................... 나도 그러고 싶은데......

근데...... 너 정말 나랑 사귈 거야?

영우 만약에 니가 진성이랑 헤어질 수 있다면

나 그때까지 기다릴 수 있어

나 진짜로 너랑 사귀고 싶어

내가 진짜로 좋아하는 애는 너뿐이야.

다은 알았어. 해볼게.

영우 진짜?? 진짜 그럴 수 있겠어??

다은 니가 진심이면.

영우 나 진짜 진심이야. 진짜진짜 진심.

다은 알았어. 나 해볼게.

영우 근데 너 진짜로 진성이한테 마음 없어?

다은 야. 내가 더 솔직하게 까볼까?

솔직히 나......

진성이 만나면서도 자꾸 니가 신경 쓰였어.

다른 여자애들이 너랑 친하고 그런 거 보면

솔직히 질투 나고 그랬어

영우 진짜? 근데 진성이 말로는

니가 자기 엄청 좋아하는 것처럼 얘기하던데??
막..... 너랑 키스한 얘기도 친구들한테 다 하고...

다은 헐 미친 새끼!!!!!!!
야 그거 걔가 억지로 한 거야!!

영우 뭐???????? 진짜??

다은 진짜 맹세해.

영우 진짜 개새끼네...... 그런 새끼랑은 헤어져라
그런데 넌 진짜 안 하고 싶었던 거야?

다은 뭘? 키스??

영우 응. 별로였어??

다은 응. 개싫었어.

영우 그렇구나...... 알았어.

다은 근데 너 왜 자꾸 민망하게 그런 거 물어봐?

영우 왜냐면......
나도 이제부터 위험한 고백 하나 할게.
솔직히 말하면...... 내가 진성이야.

다은 ....뭐??????????????? 먼 소리야......

영우 유다은. 이 씨발년아. 나 강진성이야.
니 남친이라고 개년아.

다은 뭐야...... 영우야...... 진짜 장난치지 마.......

나 무섭다고ㅠㅠ

영우 무서워해야지.

내 이름은 강진성. 생일은 6월 22일.

오른쪽 턱에 점 세 개 나란히 있고.

우리 집 프라임 아파트 103동 1034호

시발. 인제 믿겠냐???

이영우 이 새끼랑 너랑 눈빛이 수상해서

이 시발새끼 족친 다음 폰 뺏어서 톡했더니

와ㅋㅋㅋ 무슨 기다렸다는 듯이 홀랑 넘어가네??

존나 황당하네.......

너네 뭐하냐. 둘이 진짜

다은이는 1분이 넘게 답톡이 없었다.

이제부터는 진성이 자신의 핸드폰으로 톡을 했다.

진성 야

야!!!

대답하라고 이 씨발년아!

너 어디냐? 어디냐고?!

진성은 다은에게 전화를 걸었지만 받지 않았다.

진성　　아쭈. 전화 안 받어?
　　　　딱 기다려. 미친년 넌 뒤졌어

누군가에게는 지옥의 한 철과도 같은 세 시간이 흘렀다.

진성　　어이. 걸레. 계속 읽씹할거야?
다은　　진성아......
진성　　어디냐고. 전화는 왜 안 받아?
다은　　무서워서.
진성　　겨우, 무서워? 그게 끝?
다은　　미안해......
진성　　미안하다면 다야?
　　　　어차피 이제 너랑은 다 끝났고
　　　　딱 한 가지만 남아있지.
다은　　한 가지? 그게 뭔데?
진성　　복수. 존나 처절한.
　　　　개처절한...... 복수ㅋㅋㅋㅋㅋㅋ
다은　　날 때리기라도 하려고?

진성 어. 졸라 패줄 거야ㅋㅋㅋㅋ

다은 내가 잘못한 건 아는데 여자한테 폭력은......

진성 나 원래 그런 놈이야ㅋㅋㅋㅋ

씨발 남자고 여자고 안 가려ㅋㅋㅋㅋㅋㅋㅋ

다은 영우는 어떻게 했어?

진성 이 병신...... 아직 못 깨고 있네ㅋㅋㅋㅋ

하도 두들겨 패놨더니.

기다리다 보면 정신 들겠지.

다은 그러다가 무슨 일이라도 나면 어쩌려고?

진성 무슨 일?

다은 못 일어나기라도 하면 어쩌려고?

진성 이 시발련이 아직도 영우 걱정이냐?

진짜 뒈지고 싶어?

다은 자꾸 그러지 마......

진성 나 농담 아냐.

영우 이 새끼가 어떤 꼴인지 보여줘?

잠시 뒤, 다은의 핸드폰으로 사진 한 장이 도착했다.

피투성이가 된 채 쓰러진 영우의 모습이었다.

죽었다고 해도 이상할 게 없을 정도로 처참한.

다은 아!!!! 진성아!ㅠㅠ

영우 죽기라도 하면 어떡해!ㅠㅠ

진성 ㅋㅋㅋㅋ사람 그렇게 쉽게 안 죽어.

내가 애들 좀 많이 패봤냐?ㅋㅋㅋ

너도 딱 이 만큼만 패줄게ㅋㅋㅋㅋㅋㅋ

다은 제발...... 그러지 마.

진성 그럼 처음부터 까불지 말았어야지

넌 뒈질 일만 남았어ㅋㅋㅋㅋㅋ

다은 그렇게 폭력을 휘두르면 너한테도 좋지 않아

진성 와 시발 진짜 지금 니가 나 훈계하는 거?

이거 실화냐??????????????

너 같은 년한테 훈계 당하니까

진짜 개빡치네?

빨리 튀어 와.

늦게 올수록 더 많이 쳐맞는다.

다은 알았어..... 거기 어딘데?

진성 학교 옆에 재건축하느라 비어있는 아파트 있지?

거기 102동 옥상.

다은 영우도 거기 있어?

진성 또 그 새끼 얘기냐?

이년이 진짜 아주 화 돋구려고 작정했네.

영우 새끼 지금 내 옆에 있다고

아까 사진까지 보내줬잖아!

다은 알았어. 곧 도착해. 바로 근처니까.

진성 뭐야. 곧 온다고? 갑자기 용기가 생겼냐?

너 설마 부모님이나 쌤한테 일렀냐?

그래봤자 소용없어.

내가 너 가만히 안 둘 거니까.

아주 태어난 걸 후회할 만큼.

현수 새끼 알지?

쌤한테 꼬질렀다가 나한테 어떤 꼴 당했는지?

그 새끼 아직도 정신병으로 시달린대ㅋㅋㅋㅋㅋ

병신 약골 새끼ㅋㅋㅋㅋㅋㅋ

다은 부모님이나 쌤한테는 얘기 안 했어

진성 좋아. 빨리 와. 더 처맞기 전에.

다은 그런데...... 다른 사람한테 얘기했어.

진성 ??? 다른 사람???

다은 잽싸게 도망치는 게 좋을 거 같은데......

이미 늦은 거 같다.

진성 미친년이 뭔 개솔??????

다은　　부모님이나 쌤한테는 얘기 안 했는데

다른 분이 지금 내 옆에 계셔.

너에 대해 아주 흥미가 많은 분이지.

지금 내 옆에 계시니까

이제부터 둘이서 대화 나눠봐.

진성　　야! 유다은! 이 미친!!!!!!!

다은　　강진성군?

진성　　뭐야? 너 뭐야?

다은　　내 이름은 김혁준.

양천경찰서 여성청소년계 형사다.

진성　　이런 미친...... 야! 유다은! 너 장난치지 마!

진성의 핸드폰에 사진이 한 장 도착했다.

건장하게 생긴 형사의 얼굴이었다.

다은　　내 키는 183㎝. 몸무게는 90킬로.

강력계 형사 7년하고 작년에 청소년계로 넘어왔어.

진성　　형사님...... 오해가 있는 것 같은데......

다은　　이미 생생히 다 봤어.

니가 이영우 군을 무참히 폭행한 사진도 봤고

폭행을 행사했다는 진술도 이미 확보했고
유다은 양에게 협박을 일삼은 정황도......
빼도 박도 못하게 이 대화창에 기록되어있지.

진성 이런 씨......

다은 우리 다은 양의 용감한 신고가
앞으로 생길 뻔했던
수많은 다른 희생자들을 막은 셈이지.

진성 형사님 죄송합니다. 제가 감정이 격해져서......

다은 아니. 예전에도 너 학교 폭력으로
여러 번 신고 당했잖아.
그때마다 증거 불충분으로 풀려났지만
너한테 당하다가 자살 시도한 애도 있었지?
아까 니가 니 입으로 자백한...... 현수 말이야.
현수 사건이 내가 청소년 계로 넘어와서 맡은
첫 사건이었어.

진성 형사님!!!! 형사님!!!!!

다은 다른 애들 보는 데서 바지를 벗기고 무릎 꿇리고
얼굴 만신창이로 만들고 침 뱉고......
고막이 터질 정도로 때렸지?
강력계 기준으로 보면 너 같은 놈은

바로 잡아 처넣어도 이상할 게 없는데.
그놈의 청소년 법...... 그래 법은 지켜야지.
하지만 이번에는 증거가 넘쳐도 너무 넘치지.
쌩유 베리 감사하게도
현수 건도 니 입으로, 아니 손으로 자백했으니.
나는 이제 널 잡으러 갈 거야.
사실 다 왔어.
아까부터 다른 경찰 아저씨가 모는 차를 타고
움직이고 있었거든.
사이렌 소리 들리지?

진성 허어...... 잘못했습니다! 형사님!!

다은 아, 이 소리는 널 위한 사이렌은 아니야.
영우 군을 실어갈 앰뷸런스야.
넌 내 옆에 태울 거거든.

진성 아...... 안 돼!!!!!!

다은 곧 보자.

진성 아...... 제발!!!! 형사님!!!!!!!!!!!!!!!!

다은 진성아. 다시 나야. 다은이.
이제 넌 끝장이야.
형사님 말씀으로는

현수 건에 영우 폭행 건, 날 협박한 일까지......
아무리 좋은 변호사를 써도 실형은 못 피하고
너 정도면 최소 3년, 많으면 5년까지도 나온대.
난 그것도 너무 약하다고 생각해.
현수는 한쪽 눈이 멀고 자살 시도에......
니 말대로 지금도 정신이 온전치 않아.

진성 다은아......

다은 니가 소년원에서 벌받고 나올 때쯤이면
난 학교를 졸업하고 어른이 되어 있을 거야.
만의 하나, 나중에라도
나한테 앙갚음하려는 생각은
안 하는 게 좋을 거야
나한테 무슨 일이 생기면
오늘 일 때문에 니가 제일 의심받게 될 테니까.
그때 받을 벌은 가중처벌이야.
그러니 감옥에서 충분히 반성하고
새 삶을 살길 바란다.

진성 다은아....... 제발........

다은 똑바로 살아.

체르니 킬러

할저씨 폭주 액션

체르니 킬러

오랜 세월 아무도 찾지 않던 공간이었다. 빛조차 들지 않았던 밀실의 문이 묵직한 파열음과 함께 열렸다. 발길보다 손이 먼저 들어와 문 옆을 잠시 더듬다가 스위치를 올렸다. 잠들어 있던 괴물이 눈을 뜨듯이 불이 켜지고 비밀의 공간이 모습을 드러냈다.

그곳은 무기고였다. 밀리터리 덕후들이라면 환호성을 지를 만한 자동화기들이 가득했다. 권총과 라이플, 심지어 폭약까지. 무기의 생산연도가 1990년도에 멈춰있다는 점만 빼면, 시가전을 벌이고도 남을 정도로 무기도 탄환도 충분했다.

영원히 폐쇄될 운명이었던 비밀 무기고에 들어온 한 남자. 덥수룩한 수염에 장발을 묶은 머리는 흑발보다 백발이 더 많았다. 몸은 여전히 근육이 터질 듯했으나 얼굴에 패인 깊은 주름과 늘어진 피부는 중년을 넘어 노년에 접어드는 나이를 짐작게 했다. 그의 이름은 강민수.

아래위 모두 검은색 점퍼와 데님을 입고 검은 군화까지 신은 민수는 총을 고르기 시작했다. 수십 년 동안 배를 탄 어부가 그물을 다루듯 능숙하게 총을 만지고 상태를 확인했다.

베레타 92 권총을 들고 허공을 조준해보았다. 백열등 아래 빛나는 그의 시선은 총알처럼 치명적이었다.

사자가 백수의 왕이라는 사실을 굳이 설명할 필요 없듯이 베레타가 좋은 권총이라는 사실을 설명할 필요는 없다. 어느 책에서 읽은 구절을 떠올리며 권총 손잡이를 잡은 손에 힘을 주었다. 오랜만에 느끼는 감촉이 반갑다. 십수 년 동안 편안하게 늘어뜨려져 있던 신경의 고삐가 팽팽하게 당겨진다.

베레타 권총을 비롯해 여러 개의 총기류와 수백 발의 탄약을 챙긴 민수는 무기고를 떠났다. 구식 자물쇠로 철문을 잠그고, 벽으로 위장한 2중 문을 닫고 마지막으로 폐광을 빠져나왔다. 폐쇄된 지 반세기가 넘은 구리광산 입구는 따로 막아놓지 않아도 들어갈 마음을 싹 가시게 할 정도로 음험한 기운을 내뿜고 있었다.

민수는 무기고에서 갖고 나온 것들을 차에 실었다. 오프로드 전문 자동차 브랜드 지프 랭글러 중에서도 지옥의 강 루비콘마저도 건널 수 있다는 뜻에서 붙여진 차 이름 '루비콘' 검은색이었다. 33인치의 거대한 타이어는 돌투성이 산길도 거뜬히 오르내릴 수 있었다. 시동을 걸고 출발하기 전에 민수는 마지막으로 폐광 입구를 돌아보았다.

다시 올 일은 없겠지?

그는 전에도 그렇게 생각했다는 사실을 떠올렸다. 14년 전이었나? 다시 여기 올 일은 없을 거라고 믿었지. 이곳은 지구가 멸망할 때까지 영원히 감춰져 있을 거라고 믿었지.

시동을 걸었다. 루비콘의 심장이 뛰기 시작했다.

네 시간 후. 자정이 훌쩍 넘은 도시 속으로 검은색 루비콘이 질주했다. 운전대를 잡은 민수는 음악도 라디오도 듣지 않고 그저 가속페달을 밟을 뿐이었다.

콘솔박스에 놔둔 핸드폰이 또 울리기 시작했다. 선생님의 전화. 벌써 여섯 번째였지만 민수는 받지 않았다. 선생님의 전화를 받지 않은 건 오늘이 처음이었다.

산속에서 무기를 싣고 출발한 그는 서울을 가로질러 인천 외곽의 창고까지 내달렸다. '좌표'에 의하면 바로 이곳이 악마의 본거지다. 창고를 지키는 철문을 차로 밀어버리고, CCTV 카메라도 무시하고 민수는 계속 돌진했다.

창고 건물 앞에 멈춰선 뒤에야 그는 핸드폰을 들었다. 계속 전화를 받지 않는 그에게 메시지가 도착해있었다. 그는 잠시 메시지를 보고 있다가 답장을 남겼다. 그리고 핸드폰을 내려놓는 순간, 창고 밖으로 악마의 수하들이 튀어나오는 모습이 보였다. 몇몇은 총을 들고 있었다.

민수는 천천히 심호흡을 하고, 미리 장전해둔 우지 기관단총을 빼 들었다. 차에서 나가지 않고 핸들을 거치대 삼아 조준을 하고 방아쇠를 당겼다. 요란한 총소리가 밤의 장막을 찢어버렸다. 전쟁의 시작이었다.

*

1년 전. 민수의 일상은 평화로우면서 외로웠다. 그를 둘러싼 풍경, 그에게 일어나는 일은 어제도 오늘도 내일도 변화가 거의 없었다. 하루 종일 산책하고 운동하고 책을 읽다가 잠드는 날이 오래오래 이어졌다.

그날은 조금 특별했다. 병원에서 건강검진을 받았다. 피를 뽑고, 엑스레이도 찍고, 청력 검사도 하고, 시력 검사도 했다.

그는 어릴 때부터 유달리 눈이 좋았다. 노안이 올 나이가 훌쩍 지났는데도 시력은 떨어지지 않았다. 눈앞을 가리는 장애물만 없다면 보고 싶은 건 다 볼 수 있을 정도로.

"9, 4, 5, 2, 위쪽."

그는 시력 검사표에 있는 숫자와 방향을 정확히 짚어냈다. 시력 1.5 확보. 간호사는 혀를 내두르며 아래 라인을 짚었다.

"아버님. 이건 보이세요?"

민수는 거침없이 말했다.

"5, 1, 8, 4, 왼쪽."

"와, 아버님 진짜 눈 좋으시네요."

민수는 정색하며 중얼거렸다.

"아버님은 무슨. 자식도 없는데요."

간호사가 민망해하며 사과했다. 어쨌든 나이 60살에 시력이 2.0이다.

건강검진이 다 끝나고 민수는 병원 건물 지하의 죽 전문점 식당으로 향했다. 병원에서 준 식권으로 참치죽을 주문해서 먹었다.

그와 마찬가지로 건강검진을 마치고 식권으로 죽을 먹는 사람들이 여럿이었다. 다들 비슷한 모습이다. 고개 숙여 핸드폰을 보면서 죽을 먹는다. 서로 눈이 마주치는 일조차 없다. 오직 민수만이 석상처럼 꼿꼿이 앉아 주변을 둘러보고 있었다.

고독에 밀도가 있다면, 지금 느끼는 고독감이 혼자 집에 있을 때보다 두 배쯤 밀도가 높다. 언젠가부터 그렇게 느꼈다. 사람들은 보이지 않는 방어막을 가동시킨 채 산다. 각자 설정한 안으로 타인이 들어올 수 없도록. 그래서 타인 사이의 고독이 더 고독하다.

나도 방어막이 있을까?

민수는 스스로 물었다가 씁쓸하게 웃었다.

방어막이 필요 없다. 다가오려는 사람이 없으니. 나 역시 아무에게도 다가갈 일이 없고.

그렇게 생각하고 있는데 전화가 왔다. 스팸 전화 외에 전화올 데가 없기에 그는 의심스러운 시선으로 액정을 확인했다. 다행히도 요즘은 핸드폰이 똑똑해져서 스팸 전화는 미리 알려준다. 이번에는 스팸 경고 메시지가 없는 낯선 번호다. 그는 목소리 낮춰 전화를 받았다.

"여보세요?"

"안녕하세요? 제가 아까 전화를 못 받아서요."

전화를 건 사람은 여자였다.

내가 여자한테 전화를 했다고?

민수는 기억을 더듬어보았다.

아하. 오늘 아침. 건강검진을 받으러 오는 길, 아파트 현관에 붙어있는 피아노 레슨 전단지를 보고 전화했지.

"네. 제가 전화 드렸습니다. 피아노 레슨 때문에요."

"자녀분 레슨인가요?"

이번에도 아버님 취급인가?

"아니요. 제가 배우려고요."

"아, 그럼 취미로 배우시는 거군요."

"취미라..."

민수는 잠시 말을 끊었다. 피아노를 배우려는 목적이 취미의 범주에 해당하는 것 같지는 않았다. 그러나 전화로 자세히 설명하기는 어렵다.

"그렇다고 하죠."

"댁에 피아노는 갖고 계시고요?"

"네."

"집이 어디시죠?"

"대방동 삼성 아파트입니다."

"어? 저도 거기 사는데."

아하. 선생님이 자기가 사는 아파트에 레슨 전단지를 붙인 모양이군.

전화를 한 여자가 반색하며 물었다.

"잘 됐네요. 몇 동이세요?"

"102동입니다."

"정말요? 저도 102동 사는데? 몇 호신데요?"

"1109호입니다."

"와우. 진짜 대박사건이다. 저는 704호에요. 음, 한 번 찾아뵙고 상담을 할까요? 아니면 바로 수업을 할까요?" 여자는 쉬지 않고 물었다.

"저는 바로 수업을 하고 싶습니다."

그래야지. 시간이 없다.

"아, 그러실래요? 알겠습니다. 전 기본 50분 수업을 진행하고요. 레슨비는... 피아노는 좀 치셨어요?"

"아니요. 한 번도 친 적 없습니다."

"아. 그러시구나. 그럼 기초반은... 한 번에 12만 원입니다."

"알겠습니다. 계좌로 문자 보내주시면 입금하겠습니다."

"그럼 첫 수업은 언제로 할까요?"

발랄한 목소리를 가진 선생님과 이야기를 나누다가 민수는 깨달았다. 최근 몇 달 사이 이렇게 여자와 오래 이야기를 나눈 적은 없었다. 오늘은 무척이나 특별한 날임이 틀림없었다.

그렇게 첫 수업 날짜를 잡았다. 저녁 여섯 시 수업이었고, 민수는 사막여우가 어린 왕자를 기다리듯 다섯 시부터 거실 소파에 앉아 책을 읽었다. <니체의 말>. 니체의 잠언들을 엮어 만든 철학서였다.

그의 집은 가정집으로 보이지 않을 정도로 가구가 없었다. 보통 사람들의 거실을 차지하고 있는 TV나 오디오, 테이블이 없었다. 그저 소파뿐이었다. 그것도 1인용 소파.

벨 소리가 들리자 민수는 소파 팔걸이에 책을 놓고 현관으로 나갔다.

“누구시죠?”

“피아노 선생님인데요.”

목소리를 확인한 민수가 문을 열었다. 조금 놀랐다. 스무 살은 되었을까? 너무나도 앳된 얼굴의 소녀가 서 있었다.

맙소사. 이렇게 어린 선생님이라니.

민수를 빤히 보던 선생님이 인사를 했다.

“안녕하세요? 강민수 씨 맞으세요?”

“네. 윤소연 선생님?”

“네. 반갑습니다.”

선생님은 쉽게 들어오지 못하고 집 안을 살피기만 했다. 남자 혼자, 그것도 한참 나이가 많은 늙은이의 집에 들어오기를 머뭇거리는 모습이었다. 차라리 민수의 외모가 푸근한 할아버지 느낌이라면 더 안심되었겠지만 근육질에 장발, 수염까지 길렀다.

"아무래도... 좀 불편하신가요?"

"괜찮습니다."

그렇게 소연을 집에 들인 민수는 직접 커피를 내려주었다. 커피를 맛본 소연의 표정이 밝아졌다.

"와. 커피 맛있네요."

"감사합니다. 저도 제가 좀 부담스러운 모습이란 건 잘 알고 있습니다."

"아... 그런 것도... 없진 않은데... 헤어스타일도 독특하시고. 하하. 솔직히 이렇게 연배가 높으신 분인 줄은 몰랐어요. 보통 남자분들은 많아야 30대거든요. 대부분 학생들이고."

"그렇군요. 나이는 많지만 열심히 배우겠습니다, 선생님."

"제가 뭐라고 불러드려야 할지... 무슨 무슨 씨라고 이름을 부르는 건 너무 버릇없을 것 같고..."

"글쎄요. 실례지만 선생님은 올해 몇 살이십니까?"

"저요? 스물둘이요."

"음... 그럼 할아버지라고 부르셔도 되고요."

"에이, 할아버지는 아니죠!"

"내년에 환갑이니까 괜찮습니다. 환갑 넘으면 할아버지죠."

"그래요? 되게 젊어 보이시네요. 저희 아빠보다도 열 살 더 많으신데... 몸도 엄청 좋으시고. 헤헤. 그래도 환갑 되시기 전에는 할아버지는 좀 그렇고, 선생님이라고 할게요."

그 말에 민수는 정색하며 되물었다. "저는 학생인데요? 소연 씨가 제 선생님이죠."

"어... 그럼... 아저씨라고 불러도 실례가 안 될까요?"

"뭐 편할 대로 하시죠. 저는 다 괜찮습니다."

"네. 그럼..."

소연은 불쑥 손을 내밀며 악수를 청했다.

"잘 해봐요 아저씨."

민수는 잠시 망설이다가 손을 잡았다. 수많은 흉터가 아로새겨진 두터운 손 안으로 소연의 희고 작은 손이 쏙 들어가 버렸다.

커피를 마시고 바로 레슨을 시작했다. 피아노 방에 들어간 소연은 깜짝 놀랐다. 그리 크지 않은 방에 꼼꼼하게 방음 처리가 되어 있어서였다.

"와우. 방음장치까지 하셨네요."

"밤에도 연습을 하려고요."

"대단하세요."

족히 수십 년은 되어 보이는 업라이트 피아노도 소연의 탄성을 자아냈다. 옅은 갈색 피아노 몸체에는 'YOUNG CHANG'이라는 브랜드 이름이 선명하게 새겨져 있었다.

"와, 이거 완전 골동품인데요? 대박."

그녀는 피아노 뚜껑을 열고 건반을 두드려보았다. 꽤나 맑고 정확한 음이 울려 퍼졌다.

"조율하셨나 봐요?"

"네. 지난주에 미리 손봐뒀습니다."

"그럼 오늘 바로 첫 레슨 해도 되겠다."

"좋습니다."

소연은 피아노 의자를 빼고 민수에게 권했다.

"가운데 앉아보세요."

민수는 말 잘 듣는 학생처럼 자리에 앉았다.

"피아노를 끈기 있게 배우려면 목적을 잘 알아야 해요. 내가 왜 피아노를 배우려고 하는지. 아이들은 별 이유 없이도 피아노를 배우죠. 부모님이 시켜서도 배우고. 많이들 하는 얘기 있잖아요. 어릴 때 악기 하나쯤은 배워둬야 한다고. 하지만 성인은 달라요. 구체적인 목표가 있어야 끈기 있게 배울 수 있어요."

민수는 고개를 끄덕였다.

"아저씨가 피아노를 배우려고 하는 목적은 뭔가요?"

"연주회를 열고 싶습니다."

"네?" 소연은 고개를 갸웃했다.

"연주회를 열고 싶습니다."

"연주회라면... 피아노 연주회를 열고 싶다고요?"

"네."

"피아노를 한 번도 안 쳐보셨다면서요."

"네."

"아... 학원 같은 데서 하는 발표회에 참가하고 싶으시다는..."

"아니요. 연주회는 혼자 하고 싶습니다."

"단독 공연이라... 그러려면 레슨 기간이 한참 길어야 할 것 같은데요."

"연습을 많이 할 수 있습니다."

"하루에 연습할 수 있는 시간이 얼마나 되세요?"

민수는 잠시 생각하다가 대답했다.

"10시간? 12시간?"

"열 시간이요? 매일?" 소연의 입이 떡 벌어졌다.

"더 많이도 할 수 있습니다. 매일 그렇게 일 년 정도 연습하면 몇 곡이나 칠 수 있을까요?"

"그건... 해봐야 알겠네요. 단독 연주회라..."

"반드시 해야 합니다."

민수는 정색하고 강조했다. 소연의 얼굴에 남아있던 웃음기가 싹 사라졌다.

"네. 최선을 다해보겠습니다. 레슨은 일주일에 두 번, 괜찮으시겠어요?"

"더 자주 하고 싶은데요."

"더 자주요? 하긴 같은 동 주민이니. 그럼 3회로 할까요?"

"저는 매일도 가능합니다."

"헉. 그건 좀... 연습할 시간도 필요하니까요."

"하루에 10시간으로 부족합니까?"

터무니없는 연습량에 소연은 할 말을 잃었다. 그녀는 변명하듯 말했다.

"어... 저도 지금 학교 다니는 중이라서요. 다른 레슨도 있고요. 그럼 일단 1주일에 4번 정도 해보죠."

"알겠습니다. 최대한 자주 할수록 저는 좋습니다."

"네! 저도 최대한 시간 내 보겠습니다. 뭐 같은 동 주민이니까. 자, 그럼 간단한 음계 공부부터 시작하죠. 음... 도레미파솔라시도는 아시죠?"

"네."

"한번 짚어보시겠어요?"

민수는 서툴게 건반을 짚어보았다. 도레미파솔라시도, 여덟 개의 음이 채 날아오르지 못하고 비틀대다가 주저앉았다.

"잘하셨어요."

소연은 피아노 건반 가운데의 도 건반을 눌렀다.

"여기가 기준 도라고 불리는 음이에요. 음과 음 사이는 온음과 반음이 있어요."

도와 레를 짚으며 설명을 이었다.

"이건 온음 사이."

그리고 도와 검은 건반을 이어 눌렀다.

"이 둘 사이는 반음이에요. 짚어보세요."

민수도 건반을 짚어보았다. 생애 최초의 피아노 수업이었다.

삼만 원이면 둘이서 배부르게 고기를 먹고 소주도 한잔할 수 있는 무한리필 식당이 소연의 단골집이었다. 그녀는 특히 남자친구인 준혁과 함께 자주 그곳을 찾았다. 대학 앞에 있는 고깃집답게 평일 저녁이면 늘 단백질을 보충하려는 학생들로 붐볐다.

세상에는 두 종류의 남자가 있다. 여자에게 고기를 구워주는 남자와 그렇지 않은 남자. 준혁은 명백히 전자였다. 심지어 집게와 가위에는 아예 손도 대지 못하게 했다. 고기를 굽는 태도 또한 사뭇 진지한 데가 있었다. 한 점 한 점 제대로 익었나 살펴본 뒤 소연의 접시에 고기를 놓아주었다.

"우리 공주님, 무슨 생각을 그렇게 해요?"

태도만큼이나 부드러운 목소리에 소연은 정신을 차렸다.

"아. 아까 레슨하고 온 아저씨. 아니 할아버지라고 해야 하나?"

그녀가 잠시 정신이 팔려있던 대상은 민수였다. 그녀가 지금까지 가르친, 그리고 지금 가르치고 있는 학생들 중에서 가장 가까이 살고 가장 나이가 많은 학생.

"몇 살인데?"

"내년에 환갑이래."

"음... 그럼 할저씨네. 그 나이에 피아노 레슨을 배운다고?"

"신기하지? 게다가 목표가 연주회야. 그것도 독주회를 하고 싶대."

"뭐야... 원래 피아노 쳤대?"

"아니. 피아노는 처음 배우는 거래."

"그런데 언제 배워서 연주회를 해."

"내 말이. 그래서 이상하다는 거야."

"그 나이에 연주회는 왜 하려고 하는 거야? 버킷리스트, 뭐 그런 건가?"

"그걸 안 물어봤네. 다음 시간에 물어봐야겠다."

"특이하네."

"그치? 가족도 없는 것 같아. 할머니도 안 보이고, 가족사진 같은 것도 없고. 집이 그냥 휑해. 아, 정말 좋은 건 우리 옆집이라는 사실!"

"옆집 할아버지라고?"

"바로 옆집은 아니고, 같은 동 다른 층."

"레슨하러 가기는 편하겠다."

"그래서 일주일에 네 번씩 하기로 했어. 나야 레슨비 많이 받아서 좋지 뭐."

소연은 싱긋 웃었지만 준혁의 얼굴에는 걱정이 드리웠다.

"혹시 모르니까 조심해."

"뭘?"

"가족도 없다며. 둘이 있을 때 조심하라고."

"에이, 나이가 환갑인데."

"야! 노인네들이 더해! 나이 처먹고 변태 짓 하는 새끼들이 얼마나 많은데."

소연은 대답 대신 고기를 쌈에 싸서 준혁 앞에 내밀었다.

"쓸데없는 소리 하지 말고 고기나 드셔."

준혁은 쌈을 거부했다.

"명심해! 세상에 믿을 놈은 나 하나밖에 없는 거 알지?"

"네 서방님! 서방님만 믿을게요!"

소연이 애교 섞인 대답을 내놓고 나서야 비로소 준혁은 쌈을 받아먹었다. 그리고 소주잔을 들어 건배. 술잔 너머로 연인들의 눈빛이 초저녁 별들처럼 반짝였다.

술과 고기로 배를 채운 뒤 어린 연인들이 향한 곳은 사랑을 나눌 장소였다. 대학가 골목에 즐비한 호텔 중에서 소연은 그녀가 가입한 공동구매 사이트에서 할인쿠폰을 제공하는 모텔을 찾았다. 친절한 준혁 씨가 계산을 하려 했지만 소연이 먼저 지갑을 꺼냈다.

"레슨 시작했잖아. 기념으로 쏠게."

"오호. 이웃집 할저씨한테 고맙네."

소연은 카운터 직원에게 현금과 핸드폰 쿠폰을 함께 내밀었다.

"현금으로 하면 10프로, 저 여기 회원이어서 10프로. 삼만 사천 원 드리면 되죠?"

여자 친구가 알뜰하게 계산을 하는 모습을 준혁은 흐뭇하게 바라보고 있었다. 소연 역시 흐뭇한 마음이었다. 그녀에게 준혁은 어떤 의미에서 첫사랑이었다. 성관계가 있어야만 어른의 사랑이라고 인정하는 야박한 사람들의 기준으로 보자면, 그녀에게 준혁은 첫사랑이었다.

계산을 마친 소연은 준혁의 팔짱을 끼고 엘리베이터로 향했다. 이제 서로의 품으로 파고들 일만 남았다.

같은 시간. 민수는 피아노 연습으로 저녁 시간을 보냈다. 그래봤자 도레미파솔라시도 음계 연습에 기초적인 화음 공부였지만 무척이나 열중했다.

밤이 깊어지고 나서야 그는 집을 나왔다. 차를 몰고 어딘가로 내달렸다. 그의 모습은 절박해 보였으나, 밤의 절정이 되었을 무렵 그가 멈춘 곳은 아무 곳도 아니었다. 서울이라는 도시에서 가장 흔해빠진 모습의 길가에 차를 세우고 내렸다. 불 꺼진 아파트, 특색 없는 상가 건물, 어둠 속에 매달린 교통 표지판.

여기가 어딜까? 나는 왜 여기로 왔을까?

도저히 알 수 없었다.

이렇게 미지의 시공간에 내던져지는 날이면 어김없이 악몽을 꾸었다. 그것은 일그러진 기억의 초대이기도 했다.

그 꿈은 어렴풋이 들리는 기차 소리로 시작한다. 매끈하게 달리는 KTX가 아니라 옛날 80년대 후반, 통일호의 덜컹거리는 소리가 들리면 꿈이 시작된다.

무대 역시 후줄근한 통일호의 낡은 객차 안. 버려진 묘지의 비석들처럼 낡은 의자들이 늘어서 있다. 승객은 한 명도 없다. 창밖으로 희뿌연 연기 같은 것들이 지나간다. 전체적으로 뭔가 흐릿한 공간 속에 유일하게 살아있는 존재는 민수뿐이다. 그는 갓 서른이 되었을까 싶을 정도로 젊은 모습이다. 두 손으로 총을 꼭 쥔 채 객차의 복도를 걷는다. 조심스럽게 한 발 한 발. 다음 객차로 넘어가는 문 앞에서 멈춰 선다. 녹슨 손잡이를 당기고 문을 열어야 하는데, 그는 꼼짝도 하지 못한다. 마침내 손잡이를 잡는 순간 꿈은 끝난다.

악몽에서 현실로 돌아오는 모습도 언제나 비슷했다. 식은땀과 거친 호흡. 그렇게 또 하루가 시작되었다.

소연의 하루는 음악과 함께 시작했다. 임용고시를 준비하는 음대생이지만 일상에서 그녀가 찾는 음악은 클래식이 아닌 가요였다. 그녀는 일렉트로니카 장르가 대부분인 아이돌 음악보다는 록이나 어쿠스틱 장르를 좋아했다. 특히 '잔나비', '제8극장' 등의 인디밴드는 몇 년째 그녀의 고막 애인들이었다.

오늘도 그랬다. 제8극장의 노래를 들으며 등교 준비를 했다. 막상 집을 나선 뒤 버스에 오르고 나서는 음악 대신 토익 강의를 들었다. 임용고시의 벽은 높고도 높으니까.

학교에서도 누구보다 더 열심히 수업에 열중했다. 나른한 인상보다 더 나른한 음성으로 나른한 내용을 강의하는 교수를 보며 소연은 집중하고 또 집중했다.

"세 가지의 개념적 정의 중에 조작적 정의에 주목해봅시다. 이 경우 인간행동 특성의 변화에 관심을 두는 것이 중요합니다. 자연적인 인간행동의 변화가 아니라 교육을 통한 의도적인 행동 변화를 말하는 겁니다."

수업 중에 온 카톡은 쉬는 시간에 확인했다. 늘 그렇듯이 준혁의 말투는 다정하다.

- 우리 공주님 수업 열심히 듣고 있어요?

소연은 피식 웃으며 답장을 보냈다.

- 서방님도 힘내요! 시험 얼마 안 남았어!

준혁이 앞두고 있는 시험은 국가고시였다. 그중에서도 의사 자격증이 걸린 시험. 상대 평가가 아니기에 합격률은 높지만 그래도 시험은 시험이다.

바로 메시지가 들어와서 또 준혁인 줄 알았다. 은행 입금 내역을 알리는 메시지였다. 무려 이백만 원. 입금한 사람 이름은 강민수였다.

두 번째 레슨 시간. 피아노 앞에 나란히 앉아있는 소연과 민수 사이에 미묘하게 불편한 기류가 흘렀다. 소연은 수업을 시작하지 않고 뭔가 할 말이 있는 표정이었고 민수는 소연의 눈치를 보고 있었다. 먼저 입을 뗀 사람은 민수였다.

"선생님. 지난 시간에 배운 거 쳐볼까요?"

소연이 대답 대신 물었다.

"레슨비를 왜 그렇게 보내셨어요?"

민수는 그녀의 질문이 무슨 뜻인지 모르는 표정으로 눈을 껌벅였다.

"한꺼번에 이백만 원을 보내셨더라고요."

"아, 매번 입금하면 선생님도 번거로우실 것 같아서요."

"그러다가 제가 잠적이라도 하면요?"

"옆집에 사시잖습니까."

소연은 어이없어서 픽 웃었다.

"아저씨는 사기 같은 거 안 당해보셨나 봐요? 세상이 얼마나 험한데."

그 말에 민수는 어이가 없다는 식으로 입꼬리를 슬쩍 올렸다.

"세상 험한 건 제가 선생님보다 더 잘 알고 있습니다."

소연은 고개를 끄덕거릴 수밖에 없었다.

당연히 그렇겠지. 이 험한 세상에서 나보다 40년 더 살았으니.

"하여튼 전 목돈 받아서 감사한데... 레슨 할 때마다 주셔도 괜찮아요."

"아닙니다. 저도 매번 챙기는 게 더 번거롭습니다."

"뭐 그래요 그럼. 돈 많으신가 보다. 배운 거 한 번 쳐볼까요?"

소연의 지시에 민수는 기다렸다는 듯 손을 피아노 건반 위에 올렸다. 그리고 음계를 능숙하게 쳐냈다. 화음도 척척 짚어냈다. 소연은 진심으로 감탄했다. 박수까지 쳤다.

"잘 한 건가요?" 물어보는 민수의 표정이 수줍어 보였다.

"우와, 어떻게 하루 만에 이렇게 숙제를 잘하셨어요?"

"아까까지 전부 해서... 13시간 연습했습니다."

"손 모양도 아주 좋아요. 손목도 편안해 보이고."

"유튜브로 영상도 찾아봤습니다."

"대박... 그럼 진도를 좀 빨리 나가볼까요?"

"좋습니다."

"오늘은 악보 보는 법도 더 자세히 들어가 봅시다!"

탐색전이었던 첫 번째 수업과 달리 두 번째 수업은 이론과

실기 수업 모두 본격적으로 진행되었다. 민수는 최고의 집중력을 보였고 그걸로도 성에 안 차는지 50여 분의 레슨 전 과정을 핸드폰으로 녹화했다.

소연은 연신 속으로 감탄했다.

정말 이렇게 열심인 제자는 처음인데?

수업을 마치고 현관으로 나오면서 소연은 민수를 물끄러미 쳐다보았다.

"하실 말씀이라도?"

"어제 여쭤본다는 게 깜빡했어요."

"물어보십시오."

"연주회를 여는 게 목표라고 했는데, 혹시 특별한 이유라도 있나요? 아저씨 나이에, 그것도 지금까지 피아노를 한 번도 안 배운 사람이 반드시 피아노 연주회를 열겠다는 게... 드문 일이잖아요."

민수는 한참 동안 마주 보기만 했다.

"제가 괜한 걸 물어봤나요? 말씀하시기 불편하면..."

"커피 한잔하시겠습니까? 선생님?"

간단하게 대답할 수 있는 이유가 아닌가 보구나.

소연은 약간은 긴장한 채 부엌으로 따라갔다. 민수는 공들여 내린 커피 한 잔을 건네주었다.

"잘 마시겠습니다."

"제가 피아노를 배우는 이유는... 집사람 때문입니다. 그 사람이 소원이라고 해서요."

전혀 예상 못 한 대답. 소연은 흠칫 놀라서 혼잣말을 했다.

"아... 아내분이 계셨구나."

그녀는 집 안을 둘러보며 조심스럽게 물었다.

"같이 사세요?"

"사는 건 따로 삽니다."

"아..."

"집사람이 선생님처럼 음악을 전공했었거든요."

"와 그러셨어요? 피아노요?"

"집사람은 성악을 전공했습니다. 먹고 사느라 전혀 다른 일을 하긴 했지만... 같이 살 때 입버릇처럼 말했어요. 어쩜 그렇게 사람이 평생 음악하고 담을 쌓고 사냐고. 당신이 피아노 배우는 게 소원이라고. 제가 피아노로 반주를 하고 자기가 노래를 부르면 얼마나 좋겠냐고, 그런 얘길 자주 했습니다. 많이 늦긴 했지만, 더 늦기 전에 배우려고요."

그는 꽤나 긴 이야기를 침착하게 전했다.

"그럼 연주회도 아내분을 위해서?"

그는 천천히 고개를 끄덕였고 소연은 입이 딱 벌어졌다.

“와… 진짜 대박이다. 아저씨 진짜 로맨티스트네요.”

그녀는 손목을 내밀어 보여주었다.

“이것 보세요. 나 진짜 완전 소름 돋았어요.”

“아닙니다. 그동안 집사람한테 너무 못했어요.”

“아내분이 완전 감동하시겠는데요?”

“그랬으면 좋겠습니다.”

“와 진짜 대박이다. 멋있으세요.”

소연은 어제보다 더 맛있어진 것 같은 커피를 한 모금 더 마셨다.

“왜 떨어져 사는지 여쭤봐도 될까요? 너무 실례되는 질문인가요?”

“살다 보니 그렇게 되었습니다.”

그의 대답은 간단하면서도 더 이상 물어보지 못하게 만드는 힘이 있었다.

“네에…”

소연은 더 이상 묻지 않았다. 아빠보다도 10살이나 더 많은 어르신에게 이미 충분히 실례했다는 후회가 밀려들었다.

엄마의 음식은 언제나 짰다. 맛을 언어로 옮겨본다면 화가 난 맛이라고 생각했다. 아무래도 아빠 때문이겠지 싶었다.

오늘 오랜만에 상에 올라온 꽁치 김치찌개도 참 짰다.

식탁에 마주 앉아 밥을 먹으면서, 소연은 막 레슨을 마친 민수 이야기를 해주었다.

"그 아저씨 장난 아니지 엄마? 진짜 로맨틱하지 않아?"

"로맨틱은 개뿔. 주책이다. 환갑이 다 된 노인네가." 엄마의 반응은 시큰둥했다.

"그게 왜 주책이야!"

"보나 마나 젊었을 때 속 썩이고 이혼했을 거고. 이제 와서 뭐 아쉬운 게 있는지 개수작 부리는 거지 뭐. 장사 한두 번 하냐?"

"아니 엄마는 왜 그렇게 사람이 부정적이야?"

"니 아빠 같은 인간이랑 살아봐. 부정적이지 않을 수 있나."

역시 꽁치찌개가 짠 이유는 그거였어.

"아휴. 그 얘길 언제까지! 그럼 딴 남자 만나! 아직 40대고..."

소연은 엄마의 풍만한 가슴으로 시선을 내렸다. 딱 하나 닮고 싶은 신체 부위인데 하필 그것만 유전이 안 되었다.

"뭐 몸매도 쓸 만하고."

"됐다 됐어. 난 아주 남자라면 치가 떨리는 사람이야. 차라리 개를 믿지. 초코야!"

엄마가 이름을 부르자 강아지가 달려왔다. 강아지는 미친

듯이 꼬리를 흔들며 엄마의 품에 안겼다.

"아이고, 이놈도 수컷이라고 아주 달려드는 것 봐라. 힘도 좋지."

엄마는 초코에게 뺨을 비볐다.

"귀여운 녀석. 엄마는 니가 최고야."

"세상에 개보다 좋은 남자도 많아."

"왜? 또 니 남친 자랑하게?"

"준혁이는 내 남친이지만 엄마 사위 될 사람이기도 하잖아."

"사위는 개뿔. 니들이 몇 살인데 벌써 그런 소리야. 가봐야 알지. 10년 사귀다가도 헤어지는데."

"아니 무슨 엄마가 이래? 아주 악담을 하셔. 엄마 준혁이 싫어?"

"뭐 준혁이야... 애 괜찮더라."

소연은 피식 웃었다. 남자 혐오증이 있는 엄마의 기준을 통과할 사람은 준혁이밖에 없을 거야.

"준혁이는 나중에 결혼하면 엄마 모시고 살자고 하던데?"

"아이고, 됐다. 내가 싫어!"

그렇게 손사래를 치면서도 엄마는 싫지 않은 표정이었다.

다음날 세 번째 레슨이 있었다. 나란히 피아노에 앉아 소연은 '하농 연습곡집' 책을 폈다.

"원래 좀 더 이론을 배우고 들어가야 하는데 아저씨같이 무지막지한 연습벌레한테는 이 책이 최고죠."

"이게 뭡니까?"

"보통 하농이라고 부르는 책이에요. 사람 이름이죠. 샤를 하농. 이걸 그냥 음표대로 치면 되는 게 아니라."

말을 멈추고, 소연은 도, 레, 미를 음을 서로 잇듯이 짚어주었다.

"이게 레가토 주법이에요. 음과 음 사이를 끊지 말고 원활하게 연주하는 방법이죠. 한 번 해봐요."

민수가 소연을 따라서 건반을 이어서 쳐보았다. 긴장을 해서 그런지 우직한 손가락이 파르르 떨렸다.

"너무 힘줄 필요 없어요. 힘 빼고 다시 한 번."

소연의 작은 손이 두 배나 더 큰 민수의 손을 감싸고 흔들어주었다. 민수는 조금 더 자연스럽게 피아노를 쳐보았다.

"잘했어요! 그다음에는 도-미-파-솔-라-솔-파-미. 악보대로 이어서 쳐봐요."

민수는 악보를 보면서 기를 쓰고 피아노를 치려고 노력했다. 며칠 동안 하루 종일 악보 보는 법을 공부하고 연습을 해보았지만 아직 눈과 머리, 손가락이 바로 연결되지는 않았다.

"잘했어요. 그게 레가토에요. 이어 치기. 그다음은 스타카토. 이건 들어봤죠?"

"스타카토. 들어봤습니다."

"음표를 톡! 톡! 짧게 연주하는 방법이에요. 해보세요."

민수가 몇 개의 음을 연주하자 소연이 민수의 어깨를 주물러주었다. 민수는 흠칫 놀라 연주를 멈추었다.

"자자. 일단 어깨를 편히 내리고! 팔에도 힘을 풀고! 건반에 살포시 손을 얹은 후에 팔이 아니라 손목과 손가락으로 튕기듯 쳐야 해요. 다시 해봐요."

민수가 건반을 누르는데 이번에도 뭔가 어색했다. 소연이 다시 그의 손을 붙잡았다.

"아니 아니. 빨리 눌렀다 떼는 느낌이 아니고 순간적으로 손가락을 톡톡 튕기는 느낌이요. 요렇게. 한 번 느껴봐요."

소연은 민수의 손등에 자기 손가락을 튕겨서 느낌을 전해주었다.

그렇게 민수는 레가토와 스타카토 주법을 배웠다.

소연은 시범으로 하농 1번을 연주해주며 말했다.

"이런 식으로 하심 돼요. 레가토 주법으로 100번. 톡톡 스타카토 주법으로 100번."

"백 번이요?"

"좀 무식하지만 이렇게만 연습하면 실력이 확 늘 거예요."

"알겠습니다."

순순히 따라오는 민수를 보면서 소연은 놀랐다. 60살 남자도 귀여울 수 있구나.

레슨이 끝난 뒤, 민수는 꼼수를 부리지 않고 하농을 100번씩 반복해서 쳤다. 그뿐이 아니었다. 체육관에서 웨이트 운동을 할 때도 하농 연주를 듣고 세트 사이에 잠깐씩 쉴 때면 동영상을 시청했다.

다음 날 아침에도 마찬가지. 한강변을 달리는 수많은 사람들 중에 하농 연주를 듣는 사람은 오직 민수 한 명뿐이었다.

그런 노력은 다음 레슨에서의 칭찬으로 이어졌다. 소연은 바로 합격 사인을 줬다. 그리고 그다음에는 한 곡이 아니라 몇 곡씩 한꺼번에 숙제를 내주었다. 물론 민수는 숙제를 모두 해왔다. 레슨을 시작한 지 열흘도 안 되어 소연은 이런 소리를 했다.

"아주 모범 학생이네요. 겨우 열흘 만에 악보도 이렇게 잘 보고."

그녀는 하농 악보를 툭툭 치고는 엄지를 올렸다.

"하농이 벌써... 25번이에요. 25번!"

민수는 쑥스러운 듯 고개를 숙였다.

"요즘도 매일 열 시간씩 연습하세요?"

"네."

"안 힘드세요?"

"재미있습니다."

"진짜 신기하다."

"더 열심히 하겠습니다."

"아니요. 더 열심히 할 필요는 없어요. 우리 체르니 들어가도 될 것 같아요. 체르니 알죠?"

"얼핏 들어봤습니다."

소연은 가방에서 체르니 100번 악보 책을 꺼내 민수에게 건네주었다.

"선물이에요."

"어... 제가 사도 되는데."

"이 정도야 뭐. 레슨비도 팍팍 주시는데."

괜히 하는 말이 아니었다. 시작한 지 열흘 동안 레슨을 일곱 번이나 했다. 같은 동에 사는 이웃이라는 지리적 장점도 있었지만 민수의 성실함 덕분이었다. 레슨비로만 따져도 벌써 백만 원이었다.

“아저씨. 이런 식이라면 한 달에 삼백만 원 가까이 레슨비가 나갈 텐데... 괜찮으세요?”

“네. 괜찮습니다. 저도 실력이 빨리 늘어서 좋습니다.”

민수는 체르니 연습곡집의 표지를 넘겼다가 소연이 쓴 글을 발견했다. 그녀의 외모처럼 앙증맞은 글씨체였다.

‘내 최고의 제자 민수 아저씨에게’.

민수는 하염없이 소연의 글을 보고 또 보았다.

소연은 간단한 설명을 시작했다.

“이 연습곡들을 작곡한 칼 체르니는 오스트리아의 피아니스트이자 작곡가에요. 그 유명한 베토벤의 제자이기도 했고요. 피아노 연주자보다는 선생님으로 유명했는데 리스트 알죠?”

“리스트? 블랙리스트 화이트리스트 할 때 리스트요?”

소연은 잠시 당황했다가 정정해 주었다.

“아, 그 리스트 말고. 사람 이름이에요. 되게 유명한 피아니스트에요. 하튼 리스트도 체르니의 제자 출신이에요. 체르니는 연습곡을 진짜 많이 작곡했는데 아주아주 쉬운 것부터 상당히 난이도 높은 것들까지 한 천 곡 될 거예요. 그중에서 대표적인 곡들을 난이도 순으로 묶어서 책이 나와 있죠.”

소연은 악보를 손끝으로 톡톡 쳤다.

“바로 요게 그중에서도 제일 쉬운 곡들 100곡을 모아놓은 책이고요."

"그래서 체르니 100이군요."

"네. 100 다음에는 30. 그다음에 40번. 마지막으로 50. 이렇게 나가요."

"그걸 다 치려면 얼마나 걸릴까요?"

"보통 50번까지 다 치진 않아요. 100번만 떼도 소나티네 같은 곡은 쳐볼 만하니까."

"그렇군요."

비밀로 전해지는 소림사의 비서라도 마주한 듯, 민수는 책에서 눈을 떼지 못했다.

"하농이 재미있었다고 했죠?"

"네. 재미있었습니다."

"그렇다면 체르니는 신날 거예요. 이건 멜로디도 있으니깐. 물론 하농도 계속 같이 연습할 거예요."

"알겠습니다."

"자, 그러면 1번부터 쳐볼까요? 1분도 안 걸리는 짧은 곡이니까. 제가 먼저 시범을 보여줄게요."

그녀는 심호흡을 하더니 한숨에 체르니 1번을 연주했다.

소연이 피아노 치는 모습을 보는 민수의 표정은 늘 같았다. 매혹당한 사람의 표정.

*

일주일 후. 소연은 생일을 맞이했다.

월미도 놀이공원에 준혁과 함께 놀러 갔다. 딱 봐도 안전장치가 허술해 보이는데 그에 비해 너무나도 높이, 또 오래 배를 움직이는 월미도 바이킹을 탔다. 얼마나 소리를 질렀는지, 배에서 내릴 때쯤엔 허기가 질 지경이었다.

그다음으로 향한 곳은 유원지의 또 다른 명물인 사격장. 준혁은 나무 몸체의 총을 잡고 최선을 다해 조준했다. 그리 멀지 않은 정면에 인형들이 늘어서 있었다. 고무 총알에 맞고 떨어지는 인형은 갖고 갈 수 있었다. 소연은 키티 인형을 원했다.

“진짜 맞출 수 있어? 너 아직 군대도 안 갔잖아.”

소연은 괜히 돈 낭비하는 기분도 들었지만 준혁은 자신만만했다.

“제일 위에 키티 인형 맞지?”

“어어. 제발...”

소원이기도 하는 가운데, 준혁은 신중하게 방아쇠를 당겼다. 불발.

“에이 씨.”

준혁은 욕설을 탄피처럼 내뱉었다. 다시 장전하고 쏘지만 역시 불발. 키티는 물론이고 어떤 인형도 꿈쩍하지 않았다.

결국 스무 발을 모두 헛발로 날렸다. 준혁은 소연의 반대를 무릅쓰고 돈을 주고 키티 인형을 사버렸다. 홧김에 키티 머리띠까지 사서 소연에게 씌워주었다.

"나중에 군대 갔다 와서 다시 오자. 그때는 스무 발 다 맞춰야지."

"군의관이 군대 갔다 온다고 사격 실력이 얼마나 늘겠어?"

"난 배우는 게 빨라서 훈련소에서만 배워도 충분해."

"됐어. 인형 별로 좋아하지도 않는데 뭘. 왜 이런데 돈을 써. 안 사줘도 되는데."

"우리 공주님 생일이잖아. 이것저것 다 해주고 싶단 말이야."

소연은 준혁의 양 볼을 잡아당겼다.

"으휴. 정말 착해빠졌어."

칭찬을 들은 준혁은 소연의 뺨에 뽀뽀해주었다. 이럴 때면 너무 달콤해서 뺨이 설탕으로 변해 녹아버릴 것 같다. 비현실적인 스윗가이 남친을 볼 때마다 소연은 행운이라는 단어를 떠올리지 않을 수 없었다.

엄마가 핀잔을 준 것처럼, 이 아이와 결혼까지 가지 않을 수도 있다는 걸 잘 안다. 이별이란 언제든 불쑥 찾아올 수 있는 거니깐.

소연에게 이별이라는 개념은 교통사고와 비슷했다. 중학교에 다니던 어느 날, 신호에 맞춰 횡단보도를 건너는 중에 배달 오토바이가 달려와 그녀를 받아버렸다. 큰 부상은 없었지만 그 사건으로 몇 가지 추상적 개념을 몸에 새길 수 있었다. 불가항력, 죽음, 그리고 이별 같은 것들.

설령 우리가 어느 날 이별하게 된다 해도 감사하게 받아들이자. 이렇게 달콤하고 친절한 아이와 서로 사랑할 수 있었던 것만으로도 행운이라고 생각하자. 소연은 스스로를 세뇌하듯, 가끔 보이지도 않는 이별에 대처하는 자세를 점검하곤 했다.

어린 연인들은 팔짱을 끼고 걸었다. 노을 지는 해변 산책로를 걷고 또 걸었다. 경쟁이라도 하듯 서로의 뺨과 이마에 입을 맞추었다.

그들은 준혁이 미리 예약해 둔 모텔로 향했다. 어둠이 내리는 바다가 창밖으로 펼쳐졌다. 하트 모양의 침대 위에서 사랑을 나누었다. 준혁의 부탁으로 소연은 알몸에 키티 머리띠를 썼다. 일종의 에로틱한 이벤트였다.

“소연아... 생일 축하해...”

준혁은 맹렬하게 허리를 움직이는 가운데 몇 번이나 축하 인사를 건넸다.

“고마워. 아... 좋아.”

어느새 절정을 맞이한 소연이 준혁을 꽉 끌어안았다.

달이 부끄러워할 만큼 열정적인 사랑을 젊은 연인들이 나누는 동안, 민수는 피아노 연습에 한창이었다. 체르니 100번 중에서 3번. 연주도 매끄럽고 속도도 제법 빨랐다. 수십 번을 반복했으니 그럴 수밖에.

핸드폰이 울리고 있다는 사실을 연주를 끝내고서야 알았다. 액정에 뜬 이름은 '김홍파 대령'. 민수는 곧장 전화를 받았다.

"어 김 대령. 무슨 일이야."

"무슨 일이긴. 생사 확인차 전화했지."

민수는 피식 웃었다.

"민수야. 밥이나 한번 먹자. 얼굴 좀 보게."

"그러지."

"별일 없지?"

"내가 무슨 일이 있겠어."

"일요일 점심 어때?"

"그러지."

"알았네. 또 연락할게."

민수는 전화를 끊고 잠시 연주를 쉬었다. 멍하니 악보를 보고 있다가 책장을 넘겨 소연이 적어준 글을 보았다. 앙증맞은 글씨. 내 최고의 제자 민수 아저씨에게.

몇 번이나 글을 봤는지 그조차도 알 수 없었다. 가만히 보고 있노라면 기분이 좋아지는 부적이랄까. 그의 인생에 거의 존재하지 않았던 무엇이었다.

소연은 여전히 키티 머리띠를 머리에 쓴 채로 침대에 누워 있었다. 두 번이나 격정적인 사랑을 나누고, 준혁은 샤워를 하러 들어갔다. 소연은 기분 좋은 얼얼함을 여운으로 느끼면서 핸드폰을 만지작거렸다. 하필 가장 로맨틱한 시간에 가장 불편한 메시지가 도착했다.

- 우리 딸. 생일 재미있게 보냈어? 너 시간 될 때 맛있는 거라도 사주고 싶은데. 보고 싶구나 우리 딸.

소연은 읽고도 답장을 보내지 않았다. 대신 손가락으로 화면을 스크롤 해보았다. 아빠 혼자 보내고 딸은 답하지 않은 메시지들이 주르륵 이어졌다.

- 비 많이 온다. 감기 걸리지 않게 우산 잘 챙겨 다녀.

- 늘 너를 위해 기도한다. 우리 딸 사랑해.

소연은 무표정한 얼굴로 핸드폰을 보다가 카톡창에서 나가 버렸다.

아빠... 아빠... 내 인생에서 당신을 어떻게 해야 해?

심각해지려는 마음을 추스르고, 무의식적인 습관처럼 카카오톡 친구 목록을 쓱쓱 훑어보았다. 프로필 사진이 바뀐 친구가 있으면 사진 구경도 하다가 소연의 손이 딱 멈췄다.

'강민수_레슨'이라는 이름의 프로필 사진이 바뀌어 있었다. 원래는 아무 사진도 없었는데, 체르니 30번 표지가 설정되어 있었다. 그리고 글도 생겼다. 나의 목표.

소연의 얼굴에 절로 미소가 지어졌다.

"이 아저씨 귀엽네. 언제 30번까지 치려고."

그녀는 잠시 망설이다가 민수에게 톡을 보냈다.

- 프사가 인상적이네욬ㅋㅋㅋㅋ

- 설마 이 밤에도 연습 중인 건 아니겠죠?ㅋㅋㅋ

빙고. 민수는 피아노를 치다가 메시지를 받았다.

그는 고민하다가 답장을 썼다.

- 잘 가르쳐주셔서 감사합니다. 안녕히 주무십시오 선생님.

이렇게 썼다가 '주무십시오'를 '주무세요'라고 고쳤다. 어떤 사람들에게 카톡은 숨 쉬듯 자연스러운 행위지만 카톡을 하는 일이 거의 없는 민수에게는 심각하게 고민해야 하는 일이었다. 그는 한참 동안 고민하다가 메시지 끝에 웃는 얼굴 이모티콘을 하나 넣어서 전송했다.

*

생일을 맞아 선물 받았던 인천 여행의 달콤함은 뒤로하고, 다시 임용고시 준비생의 치열한 나날이 이어졌다. 빡빡하게 수업을 하고 도서관에서는 공부하다가 저녁 때 집에 와서 민수 아저씨를 레슨 하는 일과가 되풀이되었다. 그 속에서 벌어졌던 작고 위험한 징조를 소연은 눈치채지 못했다.

도서관에서 한참 '임용고시 한자 뽀개기' 문제지를 풀다가 졸음을 쫓기 위해 편의점에 들렀을 때였다. 스쳐 지나간 남학생들 중 한 명이 그녀를 유난히 의심스러운 눈으로 보았다. 소연은 무심하게 지나쳤다. 그리고 그 학생이 편의점 구석에서 친구에게 한 이야기는 너무 작아서 들리지 않았다.

그는 소연의 뒷모습을 보며 고개를 갸웃하더니, 물건을 고르던 친구를 툭툭 쳤다.

"왜?"

그는 목소리를 죽이고 소연을 턱짓으로 가리켰다.

"쟤. 카운터에서 계산하는 애. 걔 아냐? 키티녀?"

계산을 마치고 나가는 소연을 유심히 보던 친구의 입에서 탄성이 흘러나왔다.

"와 씨발 대박... 맞는 것 같은데?"

레슨은 계속 이어졌다. 레슨이 끝나고 민수가 직접 내리는 커피를 한 잔씩 마시는 일은 의식처럼 자리 잡았다.

"아저씨 100번은 금방 떼겠다. 이 속도라면 다음 달 안에 떼겠어요."

"빠른 건가요?"

"엄청 빠른 거죠."

"고맙습니다 선생님."

"고맙긴요. 이건 다 아저씨의 무지막지한 연습량 때문에 가능한 거예요. 아니 진짜, 하루 종일 피아노만 치세요?"

"운동도 합니다."

"운동하고 피아노?"

"그런 셈이죠."

"돈 많이 벌어놓으셨나 보다."

"부자는 아니지만, 혼자 지낼 만은 합니다."

"아저씨는... 뭐 하시는 분이세요?"

민수는 잠시 생각하다가 대답했다.

"피아노 치는 사람입니다."

"그전에는요?"

"공무원이었습니다."

전혀 예상하지 못했던 대답이었다. 소연은 눈을 크게 떴다.

공무원? 내가 아는 공무원? 내가 되려고 피똥 싸며 준비하는 그 공무원?

"공무원이었다고요? 계속이요?"

"네. 쭉 공무원이었습니다."

"그럼 정년퇴직하신 거예요?"

"네. 정년이라고 할 수 있죠. 나온 지 몇 년 안 되었습니다."

"아니, 어딜 봐서... 공무원 하실 때도 이렇게 머리랑 수염이 기셨어요?"

"그럴 리가요. 아주 짧았죠."

"그때는 어땠는지 보고 싶다. 그때 사진 같은 거 없으세요?"

"모르겠네요. 사진 찍는 걸 별로 안 좋아해서."

"말 나온 김에 저랑 셀카 한번 찍으실래요?"

민수는 당황하는데 소연은 장난기가 발동했다. 그녀는 민수 쪽으로 가서 나란히 머리를 붙이고 카메라를 치켜들었다.

"자, 찍을게요. 아저씨 웃어보세요!"

그리고 찰칵. 사진을 확인해보자 역시나 민수의 표정이 영 어색했다.

"에이, 이게 뭐예요. 좀 웃어 봐요. 자연스러운 표정이 힘들면 차라리 저를 따라 하시던가."

소연은 얼굴에 손을 대고 귀여운 표정을 지어 보였다. 민수는 어리바리 그녀를 따라 했다. 다시 찰칵.

오늘은 레슨이 일찍 있었다. 레슨이 끝나고 나서도 아직 완전히 어두워지지 않았다. 민수는 보통 레슨 전에 하던 운동을 뒤늦게 갔다. 원래 다니던 체육관이 문을 닫고, 집에서 좀 떨어진 체육관을 다닌 지 1년이 조금 안 되었다.

언제나 그랬듯 스트레칭과 줄넘기로 몸을 풀고, 샌드백을 두드리기 시작했다. 체육관 가운데의 링에서는 스파링이 벌어지고 있었다. 국내 최고의 격투기 단체에서 벌이는 대회에 출전하는 선수가 막바지 훈련에 한창이었다. 체급은 미들급. 185㎞의 키에 84kg의 몸무게를 맞춘 건장한 선수가 비슷한 체구의 스파링 상대를 두들겼다. 아무리 스파링이라고 해도 너무 수준 차이가 나서 훈련이 될 것 같지 않았다. 스파링을 시작한 지 2분도 되지 않아, 선수의 어퍼컷에 맞은 스파링 상대가 뻗어버렸다.

“에이 씨. 1분은 버텨줘야지.”

선수는 짜증을 냈다. 링 밖에서 보고 있던 관장은 난감한 표정이었다.

“야 김태민. 니가 좀 살살했어야지.”

“다음 주에 시합인데 어떻게 스파링을 살살해요. 다른 사람

없어요?"

"경량급 애들은 많은데, 니가 체급이 커서... 사람 찾기가 쉽지 않아."

"아니 내가 무슨 100kg짜리 헤비급도 아니고 미들급인데. 84kg짜리가 그렇게 없어요?"

관장은 입술을 깨문 채 체육관을 둘러보았다. 링에서 멀지 않은 곳에서 혼자 샌드백을 치고 있는 민수가 눈에 들어왔다.

"저분이랑 한번 해볼래?"

선수는 민수를 보고 허탈하게 웃었다.

"관장님. 할아버지 초상 치를 일 있어요?"

"야. 내가 몇 달 봤는데 기본기 좋고 체력도 좋아. 체급도 맞고."

"아 진짜 장난하지 말고. 어르신 한 대 맞으면 바로 잠드실 거 같은데."

"태민아. 물어나 보자."

그렇게 민수에게 스파링 요청이 들어왔다. 수고비는 20만 원이었지만 민수는 돈은 거절했다. 대신 스파링 제안은 받아들였다.

그는 헤드기어와 글러브를 착용하고 링 위에 섰다. 이렇게 기어를 쓴 건 정말 오랜만이었다. 민수는 본능처럼 끓어오르는 흥분을 느꼈다.

상대 선수는 키도 덩치도 민수보다 조금씩 더 컸다. 나이는 무려 34살 차이. 딱 아빠와 아들이 맞선 느낌이었다.

"괜찮으시겠어요? 저 시합 전이라 제대로 쳐야 하는데. 돈도 안 받으셨으니까 지금이라도..."

선수가 마지막으로 걱정했지만 민수는 무덤덤하게 대답했다.

"실전처럼 하세요."

그리고 어서 들어오라는 손짓을 했다.

"그럼 갑니다 어르신!"

젊은 선수는 묵직한 주먹과 킥을 연속해서 뻗었다. 민수는 침착하게 방어를 하면서 몇 대를 맞았다. 얼핏 보면 선수가 일방적으로 주먹을 휘두르고 킥을 날리는 것처럼 보이지만, 민수는 상대의 공격 패턴을 분석하는 중이었다.

링 밖에서 관장이 조마조마한 표정으로 지켜보았다. 다른 사람들도 재미있는 구경거리에 몰려들었다. 젊은 선수의 바디샷이 배에 꽂히자 민수는 휘청했다. 펀치력은 대단하다.

"어르신, 괜찮으세요?"

선수가 걱정했지만 이번에도 민수는 괜찮다고 들어오라는 손짓을 했다. 그러자 선수는 번개같이 하이킥을 뻗었다. 날카로운 발끝이 아슬아슬하게 턱 앞을 스치고 물러나는 찰나,

민수는 선수의 발을 낚아채더니 휙 밀어버렸다. 선수는 그대로 바닥에 나뒹굴었다.

구경하던 이들이 놀라서 탄성을 질렀다. 민수는 쓰러진 선수에게 달려들지 않고 자리에서 일어나라고 손짓했다. 선수는 약이 바짝 올랐다. 그는 있는 힘껏 민수에게 달려들었다. 그러나 민수는 연이은 펀치를 안면과 바디에 정확하게 꽂아 넣은 뒤, 비틀거리는 선수를 케이지로 몰아붙였다. 그 힘과 속도에 구경꾼들이 깜짝 놀랐다.

"와아..."

탄성이 사라지기도 전에 민수는 선수를 바닥에 쓰러뜨렸다. 경기 용어로 테이크다운. 여기서 선수의 몸에 올라타고 주먹을 퍼붓는 것이 보통인데, 이번에도 민수는 선수를 더 공격하지 않고 철저하게 스파링 상대로서의 자세를 지켰다.

"일어나요."

젊은 선수는 민망함을 감추지 못하고 일어섰다.

"이런 씨발..."

그의 욕설에 민수는 침착하게 응대했다.

"실전처럼 하세요."

덤비라는 민수의 손짓에 상대 선수는 다시 달려들었다. 민수는 가볍게 몸을 숙이며 왼손 주먹을 선수의 턱에 꽂아 넣었다.

그것으로 끝이었다. 선수는 다리에 힘이 풀리며 쓰러져버렸다.

"이런 미친!"

구경하던 사람들이 경악했다. 민수는 가쁜 숨을 내쉬며 헤드기어를 벗었다. 주름진 얼굴 전체에 흥건하던 땀이 턱을 타고 뚝뚝 흘러내렸다.

아직 안 죽었구나. 다행인지 불행인지는 모르겠다.

스파링 소동이 끝나고, 체육관 관장은 민수를 관장실로 불렀다.

"저기... 선생님. 예전에 선수 생활하셨어요?"

"옛날에 조금 했습니다. 연습은 계속해왔고요."

"옛날이라면..."

"40년 전에 그만뒀으니까... 관장님이 태어나기 전일 겁니다."

"40년 전에... 그만두셨다고요?" 30대 후반의 관장은 혀를 내둘렀다.

민수는 자기 이야기를 멈추고 아까 선수 이야기로 화제를 바꾸었다.

"아까 그 친구 테이크다운 디펜스가 약하더군요. 펀치는 나쁘지 않은데, 왼쪽으로 파고들 때 커버가 많이 열려요. 그리고 스텝도 너무 급해요."

민수는 주먹을 가볍게 쥐고 동작을 취해주면서 계속 설명했다.

"잡히면 바로 빠져주면서 흐름을 끊어줘야 하는데 같이 붙으려고 하니까. 아니면 차라리 옆으로 흘려주던가. 그게 안 되고 있어요. 안 좋은 상황에서 자꾸 부딪치면서 필요 없는 데미지가 쌓이지요. 경험이 없는 친구들이 종종 그러지요."

듣고 있던 관장은 멍한 얼굴로 고개를 끄덕였다.

"어르신. 혹시 코치 생각 없으십니까?"

민수는 정색하고 고개를 내저었다.

"아닙니다."

"하아... 정말로 탐나네요."

"요즘 좀 바빠서요."

정말 바빴다. 하루에 열 시간씩 피아노를 연습하려면.

소연도 점점 바빠졌다. 시험이 6개월 앞으로 다가오면서 그녀는 다른 레슨은 다 그만두었다. 이제 민수가 그녀의 유일한 제자였다. 민수는 한 달 안에 체르니 100번을 다 끝낼 기세였다. 100곡 전부를 다 칠 필요가 없었기에 이대로라면 한 달까지 걸릴 것 같지도 않았다.

제법 친해져서 사진을 주고받기도 했다. 소연이 장난으로 같이 찍은 셀카 사진을 전송해 주자 민수는 보답으로 젊은 시절의 사진을 보내주었다. 머리도 짧고, 수염도 깨끗하게 면도한 청년의 모습은 꽤나 미남이었다. 소연은 준혁에게 잘 생긴 제자 자랑을 했다.

엄마한테도 자랑을 했다. 같이 동네 목욕탕에 갔던 날이었다. 탈의실에서 옷을 벗고 핸드폰을 옷장에 넣으려다가, 민수의 사진을 찾아서 엄마에게 보여주었다. 브래지어를 막 벗은 엄마는 기절할 듯 놀랐다.

"깜짝이야!"

"내 제자야. 젊었을 때 모습."

"아오 왜 남자 사진을 남사스럽게 홀딱 벗고 있을 때 보여줘!"

"평생 공무원이었대. 안 믿어지지? 유부남만 아니었으면 우리 엄마 소개시켜 주는 건데."

"나보다 열 살도 더 많다며!"

"어차피 유부남이야."

"됐어. 유부남이고 뭐고 간에 난 젊은 남자가 좋아."

"이 아저씨는 전혀 할아버지 같지 않아. 뭐랄까 좀... 멋있어."

"징그러운 소리 자꾸 해라."

"난 나이 차이 엄청 나는 남자랑 만나는 여자들 이해 안 갔는데..."

소연은 핸드폰 화면의 민수 얼굴을 손가락으로 톡톡 두드렸다.

"아저씨 보면 이해가 가기도 해."

"미친년!"

엄마는 소연의 머리를 쥐어박았다.

탕에 들어와서도 둘의 티격태격 수다는 계속 이어졌다. 엄마가 먼저 소연의 등을 밀어주고, 소연이 등을 밀어주고 있는데 엄마가 물었다.

"윤소연. 너 아빠한테 연락했어?"

"응? 왜?"

"어제 아빠 생일이었잖아. 너랑 딱 한 달 차이."

"아... 몰랐어."

"엄마한테는 원수지만 너한테는 아빠잖아. 연락드리라니깐."

"연락해도 뭐... 할 말도 없어."

"그 인간, 살았는지 죽었는지 알아나 봐."

"알았어. 연락해볼게."

소연은 잠자코 등을 밀다가 잠시 멈췄다.

"엄마."

"왜? 다 밀었어? 아직 위쪽에 좀 남은 거 같은데?"

"엄마는 아빠 안 보고 싶어?"
"내가 왜. 난 그 인간 하나도 안 보고 싶지. 너는?"
"뭐... 나도 그닥."
"때 좀 박박 밀어!"
엄마의 목소리가 괜히 커졌다.

민수는 몇 달 만에 친구를 만났다. 이제 친구라고 해봤자 유일하게 한 명만 남았다. 아직도 김 대령이라고 부르는 홍파와 함께 중국 식당에서 술잔을 기울였다. 각자 좋아하는 요리를 하나씩 시켜놓고.
"뭐 하느라 연락도 없이 그렇게 바빠?"
첫 잔을 비우자마자 홍파가 다그쳤다.
"배우는 게 있어서."
"아이고 나이 육십에 뭘 그렇게 열심히 배워? 닭이라도 튀기려고?"
"돈 되는 건 아닌데. 나중에 알게 될 거야."
홍파는 어딘가 슬픈 시선으로 민수를 응시했다.
"건강해 보여서 다행이다. 별일 없었지?"
민수가 고개를 끄덕이자 홍파가 다시 물었다.
"최근에 병원은 가봤어?"

"어. 다 괜찮대."

"무슨 일 있으면 나한테라도 연락해."

"제수 씨는 잘 있고?" 민수가 화제를 돌렸다.

"그 사람도 맨날 뭐 배운다고 문화센터 다녀. 노래에 미술에."

"참, 찬웅이 결혼한다고 하더니?"

"안 그래도 그것 땜에 겸사겸사 보자고 했어."

홍파는 멋쩍게 웃고는 청첩장을 꺼냈다. 민수는 반가운 얼굴로 청첩장을 열어보았다. 친구의 아들이지만 친아들처럼 크는 모습을 봐왔기에 감회가 남달랐다.

"꼭 와주게."

"당연히 가야지. 찬웅이 애기 때 모습이 생생한데, 대단하다. 벌써..."

"자네도 강아지 한 마리 키우는 건 어때?"

"강아지?"

"우리도 찬웅이 내보내면 바로 한 놈 입양하려고 보러 다니고 있어. 자네 것도 하나 같이 봐줄까?"

"내가 잘 키울 수 있을까? 뭘 진득하게 키워본 적이 없어서."

"밥만 잘 챙겨주면 되지 뭐."

민수는 잠시 생각하다가 고개를 갸웃했다.

"아직은 잘 모르겠다. 하여튼 결혼식 준비 잘하고. 주현이한테도 얘기해볼게. 주현이도 찬웅이 예뻐했으니까."

"그래. 제수씨도 같이 오면 좋지..."

홍파는 말꼬리를 흐렸다. 그러면서 특별한 시선으로 민수를 보았다. 그것은 관찰의 눈빛이었다.

레슨 시간. 낭랑한 음들이 피아노 방에서 춤을 추었다. 민수는 체르니 100번 중 39번을 연주했고 소연은 눈과 귀로 그의 연주를 점검했다. 연주가 끝나자 소연이 고개를 끄덕였다.

"잘했어요. 아주 잘했어요."

"고맙습니다 선생님."

"이제 슬슬 연주회 때 칠 곡을 연습해봅시다."

"네? 이제 겨우 39번인데요?"

"말씀드렸잖아요. 원래 체르니 100번 모든 곡을 다 치는 경우는 많지 않아요. 지금까지도 스킵하면서 쳤잖아요. 하농하고 체르니 100번은 계속 진도 나가면서 연주회 준비도 하셔야죠."

"전 체르니 100번을 마치고 30번을 치고 싶은데요."

"체르니는 과정일 뿐이에요. 연주회 때 체르니를 칠 수는 없잖아요."

"저는 체르니가 좋은데요."

"이렇게 해요. 연주회 한 번 하고 계속 피아노를 배우고 싶으시다면 그때 체르니 30번을 들어가도록 할게요."

"네, 선생님." 민수의 대답 소리에 별로 힘이 없었다.

"본격적인 연주회 준비에 앞서서 기념으로 맛있는 거나 먹으러 갈까요?"

"어... 그럴까요?"

"보통 어린 학생들한테는 피자나 치킨 사주는데. 아저씨는 뭐 좋아하세요?"

"저도 뭐. 피자. 치킨. 다 좋습니다."

"아하! 아저씨하고는 술도 마실 수 있겠다. 술 드시죠?"

"네. 조금."

"조금? 주량이 어떻게 되세요?"

"그냥 조금... 소주 다섯 병정도?"

소연은 처음에 입을 딱 벌렸다가 어이없이 웃었다.

"장난해요?"

"요즘은 취할 때까지 안 마셔 봐서 모르겠습니다."

"와 진짜 대박이다. 알겠어요. 참고하겠습니다. 오늘은 일단 39번!"

소연은 체르니 100번 교본에서 39번 악보를 펼쳤다.

"조금 빠르고 스킬도 필요한 곡이니까 먼저 제가 한 번 쳐볼게요. 보세요."

소연이 연주를 시작했다. 지켜보는 민수의 눈동자는 어김없이 매혹의 빛으로 차올랐다.

*

아침을 맞이하는 표정을 보면 삶을 대하는 그 사람의 태도를 알 수 있다. 민수의 아침 표정은 늘 텅 비어 있었다. 피아노 레슨을 시작한 다음에도 아침의 표정만큼은 변하지 않았다. 그러나 그날만큼은 달랐다.

침대에서 눈을 뜨고부터 샤워를 하고 깔끔한 정장을 차려입고 머리를 손질할 때까지 그의 얼굴에는 생기가 흘렀다. 아르마니 슈트 모델처럼 완벽한 핏으로 넥타이까지 세련되게 골라 맨 그는 집을 나서자마자 아파트 상가 꽃집에 들렀다. 미리 전날 주문해놓은 큼직한 꽃다발을 찾았다.

주인과 꼭 닮은 지프 랭글러를 타고 그가 향한 곳은 서래마을에 있는 스테이크 하우스였다.

민수도 약속시간에 늦은 건 아니지만 주현이 먼저 와서 기다리고 있었다. 그녀는 희끗한 머리칼을 염색하지 않고 단정하게 뒤로 묶었다. 성형수술은커녕 그 흔한 시술 한 번 하지 않고 평생을 버틴 그녀다웠다. 옷차림도 표정도 자연스러운 그녀에 비하면, 완벽하게 정장을 입고 긴 머리를 완전히 넘긴 민수의 모습은 강렬하기까지 했다. 그래서인지 손님들이 민수의 테이블을 자꾸 쳐다보았다.

"잘 지냈어?"

간단한 인사였지만 민수의 목소리가 떨렸다.

"응."

주현의 목소리는 표정만큼 차분하게 가라앉아 있었다.

민수는 꽃다발을 내밀며 말했다.

"생일 축하해."

주현은 피식 웃으면서 꽃다발을 받고 테이블에 내려놓았다. 그녀는 담담한데 오히려 주변 손님들이 계속 민수를 힐긋거렸다.

왜? 나이 육십에 꽃다발 주고받고 하니 이상들 하신가?

민수는 주변에 신경을 거두고 주현에게만 집중했다.

"나 요즘 피아노 연습 중이야."

시큰둥한 표정으로 앉아있던 주현이 그제야 솔깃한 눈빛을 보냈다.

"피아노? 당신이?"

"어. 벌써 두 달 가까이 됐어. 일주일에 세 번 네 번 레슨 받고. 매일 하루 종일 연습해. 벌써 체르니 100번 반 넘게 끝냈어."

민수는 엄마한테 숙제 많이 했다고 자랑하는 아이 같았다.

"와아. 대단하네?"

주현의 가벼운 반응에도 민수는 감격해서 말을 쉽게 잇지 못했다. 그는 떨리는 음성으로 물었다.

"나중에 작은 연주회라도 열까 하는데, 그럼 와줄래?"

주현은 소리 내어 웃었다.

"당신이? 연주회를?"

"어. 한 번 해보려고."

"진작 배우지. 그래서 내 반주나 좀 해주지."

"이제라도 하면 되잖아."

그 말에 주현의 표정이 다시 어두워졌다.

"미안." 민수 역시 다시 움츠러들었다.

때마침 웨이터가 다가왔다.

"실례합니다. 스테이크 나왔습니다. 접시가 뜨거우니 조심하십시오."

웨이터는 큼직한 스테이크 접시를 테이블 위에 올렸다.

어느새 주현의 온도는 차갑게 식어버렸다. 민수는 그녀와 눈도 맞추지 못한 채 또 하나의 용건을 꺼냈다.

"참. 김 대령을 만났는데 다음 달에 찬웅이가 결혼한대. 당신도 찬웅이 예뻐했잖아. 같이 갈래?"

주현은 대답하지 않았다. 그저 민수를 빤히 보고만 있었다.

같이 스테이크를 먹고 디저트도 먹고 싶었지만, 주현은 피곤하다며 먼저 돌아갔다.

아침부터 들떠있던 민수의 표정은 완전히 사라졌다. 그는 여느 때처럼 공허한 표정으로 차를 몰았다. 신호대기에 멈춰 선 그의 차는 신호가 파란 불로 바뀌었는데도 움직일 줄을 몰랐다. 뒤에서 경적 소리가 막 울리는데도, 마치 심근경색이라도 온 사람처럼 꼼짝하지 못했다.

집에 돌아와서도 그랬다. 편한 옷으로 갈아입고 피아노 방에 들어와 건반 위에 손을 얹었는데도 손가락을 움직일 수 없었다. 모든 것이 멈추어버렸다.

그 순간, 마치 구원의 손길처럼 메시지가 도착했다. 소연이었다. 경적 소리에도 풀리지 않던 마비가 메시지 알림에 풀렸다.

민수는 겨우겨우 손가락을 움직여 메시지를 확인했다.

- 영상 하나 보내드려요. 피아노라는 악기를 위해 작곡한 음악 중에서 가장 유명한 음악을 꼽으라면 이 곡일 거예요. 베토벤의 '월광 소나타'에요. 유명한 만큼 위대한 음악이지만 기교적으로는 그렇게 어렵지 않으니 1악장 정도는 아저씨 연주회 후보로 꼽아볼 만할 것 같아요.

그리고 유튜브 링크를 보내주었다. '발렌티나 리시차'라는 이름의 낯선 피아니스트가 연주하는 월광 소나타였다. 민수는 눈과 귀를 활짝 열고 연주를 감상했다. 5분 남짓한 1악장이 끝나갈 무렵 그의 눈 가득 눈물이 차올랐다.

아직 2악장은 시작도 안 했는데 감정이 너무 격해져서 계속 볼 수가 없었다. 그는 영상을 잠시 멈추고 소연에게 전화를 걸었다.

"어, 아저씨."

소연이 당황하는 것도 당연하다. 레슨을 시작한 후로 메시지로만 연락을 주고받았지 통화를 한 적은 한 번도 없었으니까.

"지금 연주 영상 보고 있습니다. 월광 소나타요."

"아, 그러셨구나."

"정말 많이 감동받았습니다. 그래서... 이 음악에 대해 더 잘 알고 싶어서요."

참지 못하고 전화를 걸었다는 말까지는 하지 못했다.

"그러셨구나. 우리 아저씨 이제 정말 제대로 피아노의 세계에 흠뻑 빠지신 것 같은데요? 하하."

불쑥 전화해서 무례를 끼쳤나 싶었던 걱정을 환한 웃음소리로 씻어주는 소연이었다.

"제가 아는 것만 말씀드릴게요. 일단 베토벤이라는 작곡가는 너무 유명하고 또 할 얘기도 많아서 생략하고 월광 소나타 이야기만. 음... 어디서부터 얘기해야 할까요? 베토벤은 인류 역사상 최고의 천재 작곡가이기도 하지만 동시에 아주 뛰어난 피아노 연주자였어요. 특히 당시에는 그리 흔하지 않았던 즉흥연주에 뛰어났어요. 요즘으로 치면 프리스타일 랩이라고 해야 하나? 하하."

소연은 자기 전공이 나오자 말하면서 신이 났다.

실제로 베토벤은 스무 살이 갓 넘어 빈에 정착하자마자 피아노 즉흥 연주로 상당한 인기를 얻었다. 귀족들의 연회나 사교모임에 초청되는 일이 빈번했다. 그 실력이 어느 정도였냐 하면, 그가 작곡한 피아노 협주곡 3번(op. 37)의 경우에는 첫 연주회 전날까지도 관현악 부분만 완성시켜놓고 피아노 파트는 악보를 완성하지 못해서 자신이 직접 즉흥 연주를 해서 공연을 마쳤다.

월광 소나타 역시 베토벤의 즉흥 연주 능력이 빛을 발한 작품이다. 기존의 고전주의 틀에서 완전히 벗어났다. 오직 작곡자와 연주자, 그리고 듣는 이의 감정을 증폭시키는 데 초점을 맞춘다. 덕분에 실제로 1악장 같은 경우는 피아노 초심자도 악보의 음만을 연주하는 데는 별 어려움이 없다. 그런 동시에 세계 정상급의 피아노 연주자들조차도 가장 깊이 빠져드는 연주이기도 하다.

소연이 한참 설명을 하고 있는데 민수가 물었다.

"달을 보면서 작곡해서 월광 소나타가 된 겁니까?"

"다들 그렇게 착각하는데 전혀 그렇지 않아요. 사실 달하고는 아무 상관도 없고요. 당시에 좋아하던 여자에게 헌정한 곡이에요. 월광 소나타라는 제목은 베토벤이 죽고 나서 후대 사람이 붙인 이름이에요. 어떤 평론가가 쓴 표현인 걸로 아는데, 1악장의 분위기가 달이 비친 스위스 루체른 호수 같다고 했나? 하여튼 그래요."

"저는 달이 비추는 바다를 생각했는데요."

"사람마다 모두 다르겠죠. 사실 이 작품을 만들 때 베토벤의 상황은 최악이었어요. 베토벤이 청각 장애가 심했다는 건 아시죠? 월광 소나타를 작곡할 시기가 청각장애가 최악으로 치닫고 있던 때였거든요. 그래서 더 상상력이 깊어졌을지도 모르겠네요. 기존의 작곡 양식이나 피아노의 기교에 의존하지 않고 오직 인간의 감정을 파고 또 파는 식으로."

소연은 거기까지 설명했다. 충분했다. 민수는 진심을 담아 말했다.

"감사합니다 선생님."

"감사까지야! 이 정도는 음악 교과서에도 나오는 이야기인데요 뭐."

민수는 이제 완전히 마비가 풀린 것 같았다. 그는 소연이 보내준 월광 소나타 영상을 몇 번이고 돌려보았다. 자정이 다가올 때쯤 절망의 감정은 사라지고 특별한 감정이 마음 가득 흘러넘쳤다. 그 감정 역시 슬픔이긴 했다. 넓게 보면 같은 슬픔의 영역에 있을지라도, 낮에 느낀 슬픔이 고통스러운 슬픔이라면 지금 느끼는 슬픔은 아름다웠다. 더 나아가 치유의 슬픔이었다.

그는 깨달았다. 이 밤 베토벤에게 구원받았음을.

*

금요일 밤의 홍대 거리는 젊은이들로 북적였다. 끝도 없이 늘어선 간판은 저마다의 색으로 반짝였다. 여러 언어와 피부색이 섞인 인파 속에 소연과 민수가 있었다.

그들은 어쩌면 가장 특이한 커플이었다. 적어도 나이 차에 있어서만큼은 1등이었다. 약간의 거리를 두고 나란히 걷는 둘 사이에는 어색함이 감돌았다. 지금까지 그들이 함께 있었던 공간은 민수의 집뿐이었는데 처음으로 집이 아닌 다른 공간에 함께 있는 것이었다.

"아저씨는 뭐 좋아하세요?"

"선생님 드시고 싶은 거 드십시오. 전 다 잘 먹습니다."

서로 존대하는 말투만큼은 공간이 바뀌어도 달라지지 않았다.

"음... 그럼 회?"

"네. 좋습니다."

민수는 주위를 돌아보다가 난감해했다.

"제가 이 동네는 낯설어서..."

"하하. 제가 안내할게요."

소연이 이끈 곳은 이자카야였다. 거리와 마찬가지로 청춘의 몸짓과 소음이 가득했다. 탐스럽게 세팅된 모둠회 한 접시가 나오자 소연은 환호했다.

"와, 맛있겠다!"

"선생님이 사기엔 너무 비싸지 않습니까? 제가..."

"에이. 제가 나오자고 했잖아요. 원래 이럴 때는 선생님이 제자한테 맛있는 거 사주는 거예요."

"알겠습니다. 그럼 맛있게 먹겠습니다."

"자 그럼 먹어볼까요? 배고프다."

소연은 젓가락을 들고 뭘 먹을까 고민했다.

"음... 종류가 많네요. 전 뭐가 뭔지도 모르겠네요."

그 말에 민수는 회 종류를 하나씩 가리키며 이름을 알려주었다.

“이건 광어, 우럭, 도미.”

그의 두꺼운 손가락이 연어를 가리킬 때 소연이 낚아챘다.

“이건 알아요! 연어.”

“네. 맞아요.”

소연은 마지막 남은 한 가지를 가리키며 망설였다.

“이건... 이건...”

“이건 난이도가 좀 높죠.”

“아 진짜 모르겠다.”

“도다리에요.”

“도다리? 들어보긴 했는데.”

“드셔보세요. 맛있습니다.”

소연은 혀를 내둘렀다.

“연어 말고 다른 애들은 색깔도 똑같고 비슷하게 생겼는데. 어떻게 다 구별해요? 진짜 신기하다.”

민수는 덤덤하게 말했다.

“40년이 넘게 회를 먹었는데 뭐가 뭔지 모르면 그게 더 이상하죠.”

“하... 하하하하. 듣고 보니 그러네요. 하하하.”

그렇게 회를 먹기 시작했다. 여전히 분위기는 어딘가 어색했다. 민수가 눈치를 보다가 입을 열었다.

"제가 재미있는 이야기 하나 해드릴까요?"

"네. 아재 개그에요?"

"할배 개그라고 하죠."

"해보세요."

"수십 년 동안 안 보고 살던 친구가 우연히 만나 회를 먹게 되었습니다. 둘 다 제각기 다른 분야에서 오랫동안 사회생활을 하다가 만난 터라, 얼굴도 가물가물하고 반말을 할지 존댓말을 할지도 애매한 그런 분위기였어요. 마치 저희 둘처럼 어색하게 대화를 나누고 있는데 일식집 룸의 문이 열리고 종업원이 회를 테이블 위에 올렸죠. 그러자 이때다 싶어 한 친구가 이렇게 말했답니다."

민수는 젓가락으로 회 한 점을 들고 말했다.

"어서 우리 씹새."

이야기가 끝났지만 소연은 여전히 멍한 얼굴이었다.

"그게... 끝인가요?"

"죄송합니다. 남을 웃기는 일이 서툴러서." 민수가 정색하고 사과했다.

"어서 우리 씹새..."

중얼거리던 소연이 갑자기 웃음을 터뜨렸다.

"아 뒤늦게 터지네. 씹새... 중독성 있네요. 하하하."

그녀는 잔을 들고 건배를 청했다.

"우리도 씹새!"

민수도 진지하게 건배하며 말했다.

"씹새."

열심히 회를 씹고 매운탕이 나왔다. 소연은 가스버너에 불을 올리고 물었다.

"아내분한테 얘기하셨어요? 연주회 한다고?"

"네. 며칠 전에 만났습니다."

"사모님이 엄청 좋아하셨겠다."

"좋아할 겁니다."

"다시 같이 사시면 좋을 텐데."

민수는 빙긋 웃으며 고개를 끄덕였다. 그 모습이 어딘가 슬퍼 보였다.

"제가 괜한 얘기를 했나요?"

"아닙니다 선생님."

"그거 아세요? 저 다른 레슨 하던 거 다 끊었어요."

"제가 시간을 너무 많이 뺏고 있죠?"

"그런 것도 있지만, 시험이 얼마 안 남아서요."

"시험? 무슨 시험이죠?"

"얼마 안 있다가 임용고시를 보거든요."

아직 민수는 모르고 있었다.

"그렇군요. 그거 무척 힘들다고 하던데."

"나름 열심히 한다고 했는데. 모르겠어요."

"저도 잘 되기를 빌어드리겠습니다."

"고마워요 아저씨."

민수는 매운탕을 그릇에 담아서 소연에게 건네주었다.

"고맙습니다 아저씨. 제가 떠드려야 하는데."

"괜찮습니다."

"아저씨. 저는 남자친구 있을 것 같아요 없을 것 같아요?"

"있을 거라고 생각했습니다."

"왜요?"

"너무 예쁘시니까." 민수의 태도는 조심스러웠다.

"헤헤. 빙고. 있어요. 1년 넘게 사귄 친구예요."

민수는 소연의 얼굴을 보며 미소 지었다.

"선생님이 많이 좋아하는 것 같네요."

"그럼요. 준혁이도 절 엄청 좋아해요."

"남자친구분 이름이 준혁이?"

"네. 그런데 고민이에요."

"서로 그렇게 좋아하는데 뭐가 고민이죠?"

"그 친구는 의대생이거든요. 자기가 돈을 많이 벌 테니까 저 보고 일하지 말라고, 자기가 다 먹여 살리겠다고 하는데 전 남자한테 기대서 사는 거 진짜 싫거든요. 저는 꼭 선생님이 되고 싶어요."

"이미 선생님입니다. 저한테는."

대수롭지 않은 말투였으나 소연은 뭐라고 반응을 하지 못할 정도로 감동했다. 게다가 민수가 조용히 덧붙였다.

"최고의 선생님."

왠지 눈물이 나올 것 같았다. 지금까지 들은 응원의 말 중에서 최고였다. 하지만 이런 감동적인 분위기는 별로였다. 소연은 심호흡을 하고 잔을 들었다.

"최고의 선생님과 최고의 제자가 만났으니, 어서 우리 씹새!"

민수도 건배하며 중얼거렸다.

"씹새."

배를 채우고 알코올의 기운도 얻은 둘은 이자카야에서 나와 다시 홍대 거리를 걸었다. 나란한 걸음 속에서 소연이 물었다.

"아저씨는 저한테 궁금한 거 없어요?"

"이것저것 물어보는 게 실례가 될 것 같아서요."

"괜찮으니까 물어보세요. 오늘 저만 계속 물어본 것 같아서요."

"선생님은 가족관계가 어떻게 되십니까?"

"음... 엄마하고 둘이 살아요."

"아..."

"제가 중학교 때 두 분이 이혼하셨어요."

"그랬군요."

"아빠는..."

소연은 말을 잇지 못했다. 머릿속으로는 이미 말을 다 했다.

아빠는 하는 사업마다 말아 드셨어요. 그걸로도 모자라 도박에 손을 댔죠. 우리 가족은 길거리에 나앉을 판이었는데, 이혼을 하고 엄마가 외할아버지한테서 받은 집 하나를 지킨 덕에 굶어 죽지 않고 살고 있는 거죠.

그러나 가슴 아픈 가족사는 좀처럼 입 밖으로 나오지 않았다. 민수는 고백을 재촉하지 않고 계속 걷기만 했다. 캐묻지 않을 것 같았지만, 소연은 왠지 털어놓고 싶었다. 그래서 다 말해버렸다.

"게다가 아빠가 바람까지 났거든요. 빈털터리가 되어서도 끝까지 망설이던 엄마로선 정말 이혼밖에는 답이 없었죠."

"그럼 아버님은 다른 분하고 살고 계시고?"

"아뇨. 그 여자하고도 헤어진 걸로 알고 있어요."

"많이 쓸쓸하시겠네요."

소연은 고개만 끄덕였다.

"아버님을 가끔 보긴 하십니까?"

"안 본 지 몇 년 됐네요."

그 말에 민수는 꽤나 놀랐다.

"몇 년이요? 아버님이 무척 보고 싶어 하시겠네요."

소연은 아빠라는 단어만 들어도 마음이 불편했고, 민수도 더 이상 묻지 않았다.

그즈음 골목 앞에서 시끄러운 소리가 들렸다. 클럽에 입장하려는 젊은이들이 몰려있었다. 소연과 민수도 언저리에서 걸음을 멈추었다.

"아저씨. 클럽 가봤어요?"

"클럽이요?" 민수가 황당한 표정으로 되물었다.

"네. 술 마시고 춤추는데."

"어... 옛날에... 나이트클럽에는 가봤는데. 그것도 한 30년 전이네요."

"30년 만에 클럽 한번 가보실래요?"

조금 전까지 아빠 이야기를 하면서 심각했던 소연의 눈에 어느새 장난기가 가득했다.

민수는 놀란 표정으로 클럽 간판을 가리켰다. '썰스데이 파티(Thursday Party)'.

"저길요?" 민수는 잘못 들었나 싶은 표정으로 되물었다.

"뭐 입뺀 당할 수도 있지만."

"이뺀?"

"입뺀이요. 입장 뺀찌."

"아... 뺀찌라는 말은 아직도 쓰는군요."

얼떨떨해하는 민수의 손을 소연이 잡아끌었다.

"일단 도전!"

클럽 입구는 검은 유니폼을 입은 가드들이 지키고 있었다. 백 퍼센트 신분증 검사를 했다. 줄에 서 있다가 차례가 되자 소연이 신분증을 보여주었다. 1998년생이라고 찍혀있는 신분증을 확인하고 소연의 얼굴을 얼핏 본 뒤, 가드는 들어가라는 고갯짓을 하며 신분증을 돌려주었다.

문제는 민수였다. 소연 바로 뒤에 서 있던 그는 떨리는 손으로 가드에게 신분증을 건넸다. 신분증에 적힌 나이는 1960년생. 충격받은 가드는 고개 들어 민수의 얼굴을 살폈다. 민수는 포기하고 눈을 감았다. 그런데,

"들어가세요."

가드의 목소리가 들렸다. 민수는 신분증을 받아들고 소연의

뒤를 따랐다.

"와우! 아저씨 대박! 설마 했는데 진짜로 뚫었어!"

소연이 흥분하며 민수와 하이터치를 했다.

"저는 통과 못할 거라고 생각했는데요."

"저도 재미 삼아 한 번 해본 건데!"

"아마 클럽에 가고 싶은 딸을 보호하려고 따라온 아빠인 줄 안 모양입니다."

"에이 설마요."

"안 그러면 저같이 늙은 사람을 이런 곳에 들여보내겠습니까?"

소연은 민수를 아래위로 훑어보고는 어깨를 으쓱했다.

"치이. 스타일은 아저씨가 제일 좋은데요? 간지나요. 뭐라고 할까... 중년 패션모델 같은 느낌?"

가드가 민수를 통과시켜 준 이유가 뭐든 상관없었다. 성공했다는 사실이 중요했다.

소연은 민수의 손을 잡고 클럽에 입장했다. 몸이 떨릴 정도로 쿵쿵거리는 음악, 아찔한 조명, 그 속에서 춤을 추는 청춘들. 금요일 밤에 가장 잘 어울리는 곳이었다.

바에 가서 칵테일을 한 잔씩 받아온 뒤 소연은 가볍게 몸을 흔들었다. 민수는 어떻게 반응해야 할지 몰라 괜히 시선을 다른 곳으로 돌렸다. 그러자 소연이 민수의 귀에 입을 갖다 댔다. 음악 소리 때문에 소리를 지를 수밖에 없었다.

"같이 춤춰요 아저씨."

어쩔 수 없이 민수도 가볍게 몸을 흔들었다. 그 모습을 보고 소연이 흐뭇하게 웃었다.

"아저씨가 제일 멋있어요."

그렇게 말했지만 민수에게는 들리지 않고 비트 속으로 흩어졌다. 시간이 지나자 민수도 긴장이 풀렸고 술도 더 마셨다.

선생님과 제자의 금요일 밤 나들이는 꽤나 성공적이었다. 새벽 한 시가 넘어서야 둘은 클럽에서 나왔다. 어렵사리 잡은 택시에 소연을 태우고 민수가 따라 탔다. 같은 아파트니까 행선지도 같았다.

택시가 출발하고 나서도 소연은 흥분을 가라앉히지 못했다.

"아저씨 오늘 진짜 재미있었어요."

"저도... 재미있었습니다."

"아 진짜 대박이었어요."

"고맙습니다."

"에이. 고맙긴요. 제가 고맙죠. 솔직히 아저씨처럼 네고 안 치고 돈 팍팍 주는 사람도 없어요. 진짜 엄청 엄청 열심히 하시고. 어린애들도 아저씨만큼은 못해요."

"더 열심히 하겠습니다."

"더 열심히 하지 마요! 내가 못 따라가겠어!!"

그 말에 민수는 빙긋이 웃었지만, 룸미러를 통해 둘을 보는 택시기사의 시선은 짙은 의심을 품고 있었다. 눈이 마주친 민수는 왜 이렇게 볼까 싶었지만 조금 전에 소연과 나눈 대화를 곱씹어보니 오해를 할 수도 있겠다 싶었다.

원조교제로 의심받는 상황에서 소연이 꾸벅꾸벅 졸기 시작했다. 민수는 소연을 편하게 해주려고 어깨를 빌려주었다. 너른 어깨 위에서 소연은 더 깊이 잠들었다.

룸미러를 통해 날아드는 택시 기사의 시선은 더욱 심각해졌다. 이러다가 경찰서로 직행하면 어쩌나 싶을 정도. 민수는 해명을 할까 하다가 그냥 내버려 두었다.

어차피 이 세상은 오해로 가득한데 뭘. 내 꼴을 봐.

그는 창밖으로 고개를 돌렸다. 양화대교 너머 야경이 괜히 슬퍼 보였다. 그는 깨달았다.

아마도 오늘이 마지막이겠지. 이제 죽을 때까지 클럽에 갈 일은 없겠지.

예순이라는 나이가 닥쳐오니 이런 생각이 들 때가 많아졌다. 이를테면, 젊었을 때는 벚꽃은 그냥 벚꽃이었다. 매년 봄이 되면 피고 금방 져버리는 꽃. 그러나 언젠가부터 벚꽃을 보면 이런 생각을 피할 수 없었다.

앞으로 이 화려한 야단법석을 몇 번이나 더 볼 수 있을까?

*

또 같은 악몽을 꾸었다. 어렴풋한 기차 소리로 시작하는 꿈.

80년대 통일호 기차의 후줄근한 객실 안에서 승객은 아무도 없이 오직 민수만 있다. 지금 현재의 모습이 아니라 서른 정도의 젊은 시절 모습이다. 그는 낡은 의자들 사이 복도로 걸어간다. 누군가를 쫓는 듯 양손으로 권총을 쥐고 신중하게 걸음을 떼고 있다. 조심스럽게 한 발 한 발. 다음 객차로 넘어가는 문 앞에서 멈춰 선다. 녹슨 손잡이를 당기고 문을 열어야 하는데, 그는 꼼짝도 하지 못한다.

보통은 손잡이를 잡는 순간 꿈이 끝나지만, 오늘은 조금 달랐다. 객차 사이를 가로막은 문 유리창에 누군가의 희뿌연 형체가 어른거렸다. 문을 열어야 한다. 민수는 겨우 손잡이를 잡았다. 이를 악물고 손잡이를 돌리려는 순간,

"크헉!" 신음과 함께 잠에서 깼다.

식은땀으로 시작한 하루. 오늘은 특별한 행사가 있다. 뜸하게나마 그가 유일하게 만나는 친구 김홍파 대령의 아들 결혼식이

있다. 결혼식은 오전 11시였지만 민수는 아침 아홉 시부터 준비를 시작했다. 옷장에서 가장 깔끔한 양복을 찾아 입고 무난한 넥타이를 골라 맸다. 정말 오랜만에 면도도 하고 머리도 최대한 단정하게 정리했다.

그러나 그는 집을 나가지 못했다. 정작 준비는 한참 일찍 마쳐놓고서도 청첩장을 들여다보며 시간만 확인할 뿐이었다. 아내와 나눈 메시지 창을 열어보았다. 그가 마지막으로 보낸 메시지는 어제.

- 지난번에 얘기했었지? 내일 찬웅이 결혼식 있는데. 시간 괜찮으면 같이 갈까?

아내는 아직도 답이 없었다. 전화를 걸었지만 전화를 받지도 않았다. 어제도 그저께도 전화를 했지만 받지 않았다.

무슨 일이라도 있는 걸까? 화가 난 걸까?

아내는 종종 연락을 다 끊고 혼자 여행을 떠난다. 이번에도 여행을 간 거겠지?

민수는 도저히 나갈 수 없었고 결국 김 대령에게 메시지를 남겼다.

- 사정이 생겨서 못 가게 되었어. 찬웅이한테는 축하한다고 전해주게. 미안하네.

옷을 갈아입지 않고, 그는 양복 차림으로 피아노 방에 들어갔다. 연주가 아니라 건반을 깨져라 두드리는 식이었다. 한바탕 건반 위로 불안을 쏟아내고 나니 겨우 마음이 진정되었다. 그날 저녁 레슨 시간에는 티가 전혀 나지 않을 만큼.

"이제 슬슬 연주회 준비를 해야겠네요."

민수의 연주 실력을 점검한 소연이 말했다.

"그래도 될까요?"

"어차피 아저씨가 라흐마니노프를 연주할 것도 아니잖아요. 사모님 마음을 돌리기 위해서라면 연주회에서 연주할 만한 소품을 연습해 봐요. 평소에 좋아하는 피아노곡 있으세요?"

"레슨받기 전에는 전혀 몰랐고요. 레슨받으면서 유튜브로 이것저것 찾아 들었는데. 저는... 아무래도 체르니가 제일 좋더라고요."

"아 진짜."

소연은 웃느라 잠시 말을 끊었다.

"아저씨. 얘기했잖아요. 체르니는 연습곡이라고. 다른 곡들 안 들어봤어요? 제가 이것저것 보내드렸잖아요."

그동안 소연은 베토벤의 월광 소나타부터 시작해 비교적 기교가 어렵지 않은 피아노곡들의 연주 영상을 민수에게 보내주었다.

"저는 역시 베토벤이 좋더라고요. 월광 소나타요. 아무래도 첫 경험이라서 인상적이었을 지도 모르겠네요. 지금까지 베토벤 하면 엘리제를 위하여 밖에 못 들어봤거든요. 부끄럽지만... 그때 선생님이 보내준 월광 소나타가 생애 처음으로 전곡을 들은 피아노 소나타였습니다."

"부끄럽긴요. 죽을 때까지 피아노 소나타 제대로 못 들어보고 세상을 떠나는 사람들도 많은데요. 정말 안타까운 일이죠. 이렇게 아름다운 경험을 하지 못하고 생을 마감하다니. 어려운 일도 아닌데 말이죠. 유튜브만 검색하면 되는데!"

민수도 고개를 끄덕였다. 레슨을 한 지 몇 달밖에 안 되었지만, 이제 피아노가 없는 그의 삶은 상상할 수 없었다. 그는 피아노를 통해 구원받았다는 생각을 하곤 했다.

"선생님은 어떤 작곡가를 제일 좋아하십니까?"

"다 좋지만 그중 최애를 꼽자면 라흐마니노프하고 쇼팽이에요."

"쇼팽을 들어봤는데 라흐마니노프는 낯설군요."

"클래식 음악에도 수많은 종류가 있어요. 모든 악기가 총출동하는 교향곡도 있고, 피아노 소나타처럼 특정 악기 혼자 연주하는 곡도 있죠. 가수가 중심이 되는 오페라도 있고요. 몇 개의 악기로 앙상블을 이루는 실내악도 있고. 협주곡은 솔로 악기와 관현악이 함께 어우러지는 장르에요. 사실 베토벤이나 모차르트 같은 넘사벽 천재들은 거의 전 장르에서 최고를 찍지만 적어도 피아노에 있어서만큼은 쇼팽이 신이라고 생각해요. 또 피아노와 관현악이 어우러지는 협주곡에 있어서만큼은 라흐마니노프가 끝판왕이라고 생각하고요."

"정말 안타깝네요."

"뭐가요?"

"제가 더 일찍 피아노를 알게 되었더라면... 아니 음악을 좋아하게 되었더라면..."

민수는 주현의 얼굴을 떠올렸다가 지웠다.

"인생 100세 시대잖아요! 아직 안 늦었다고요. 게다가 아저씨 연습량을 보건대, 이런 미친 스케줄로 1년만 치면 월광 소나타 정도는 3악장까지 완전히 칠 수 있을 거예요."

"정말입니까?"

"그럼요. 기교적으로 보자면 열정 소나타가 상급이지 월광은 칠만 해요. 감정을 충분히 담아내는 일이 문제지. 하여튼 이번 연주회에서는 월광 소나타 1악장을 연주하기로 해요."

"라흐마니노프를 치려면 체르니 몇 번 정도를 쳐야 합니까?"

소연이 배를 잡고 웃었다.

"아 정말 아저씨 너무 귀여워. 체르니는 기준이 아니라고 몇 번을 말해요. 하하하. 음... 이렇게 말하면 어떨까요? 피아노를 전공한 저도 라흐마니노프 피아노 협주곡은 자신 없어요. 아니 못 쳐요."

"그럼 쇼팽은요?"

"쇼팽은 외워서도 치죠. 소품 위주니까. 한 번 쳐볼까요?"

"네." 짧은 대답은 기대를 가득 품고 있었다.

"음... 뭘 쳐볼까?"

소연은 손톱으로 건반을 톡톡톡 두드리다가 연주를 시작했다.

기쁨에 가득 찬 선율이 춤을 추었다. 민수는 환희의 음률에 하염없이 빠져들었다. 소연의 가느다란 손가락이 하나의 세계를 창조하는 것만 같았다. 중간 정도 치던 소연은 건반에서 손을 떼고 헤헤 웃었다.

"오랜만에 쳤더니 좀 헛갈리네요."

"정말... 엄청난데요."

"폴로네즈라는 곡이에요."

"제 실력으로는 몇 달을 그것만 연습해도 어림없겠는데요?"

"폴로네즈 말고 녹턴을 해보죠. 월광 소나타 1악장하고 비슷해요. 음, 녹턴 중에서 2번이 괜찮겠다. 이따가 연주 영상 보내드릴 테니까 들어보세요."

"알겠습니다. 쇼팽은 무척 행복한 삶을 살았나 봅니다."

"왜 그런 생각이 드세요?"

"아까 그 연주, 폴로네즈... 환희로 가득한 느낌이었습니다."

"그 곡만 들어보면 그럴 수도 있죠. 하지만 가장 쇼팽스럽다고 할 수 있는 녹턴 시리즈는 슬픔으로 가득해요. 실제 쇼팽의 진짜 삶 역시 슬픔 그 자체였고요. 평생을 병마에 시달렸고, 음... 성생활이 불가능해서 육체적으로는 남자로서 기능을 전혀 못했다고 해요. 평생 동안 좋아했던 여자와도 오직 정신적인 사랑만이 가능했죠. 그래서 그런지 특히 녹턴을 들어보면 도저히 남자가 작곡한 음악이라는 생각이 들지 않죠. 남자 여자를 떠나서 사람이 어떻게 이토록 섬세하고 예민할 수 있을까 싶어요."

좋아하는 작곡가 이야기가 나오자 소연은 열정적으로 설명을 이어갔다. 그 모습이 아까 연주하던 모습과 겹쳐 보였다. 민수의 한쪽 눈에는 애정이, 다른 한쪽 눈에는 존경심이 차올랐다.

"이런 얘기 좀 지루한가요?"

"지루하다니요. 너무 흥미롭습니다. 아까도 말씀드렸듯이 선생님을 만나기 전에 유일하게 아는 피아노곡이라고 해봤자 엘리제를 위하여 정도였으니까요."

"엘리제를 위하여 역시 마찬가지예요. 사람들이 완전히 잘못 알고 있죠."

"엘리제라는 여자를 위해 작곡한 노래 아닌가요?"

"아니에요."

"그럼 왜 그런 제목이..."

"베토벤은 정말 대책 없는 악필이었어요. 생전에도 주변 사람들이 그의 글자를 못 알아봐서 별별 해프닝이 다 있었거든요. 이 음악 역시 마찬가지예요. 원래는 테레즈(Therese)라는 여자에게 바치는 곡이었는데 글씨를 하도 못 써서 엘리제(Elise)로 알려진 거죠."

"베토벤이 정정하지 않았나요?"

"또 하나의 알려지지 않은 사실. 엘리제를 위하여는 요즘으로 치면 미발표곡, 그러니까 유작이었어요. 베토벤이 죽고 나서 40년이 지난 뒤에야 악보가 발견되었죠. 그래서 이런 일이 생긴 거죠."

민수가 위대한 음악가들의 이야기에 푹 빠져 있는 사이, 소연은 다시 연주회로 화제를 돌렸다.

"몇 곡을 더 해야 할 텐데. 아! 테마를 달로 잡으면 어떨까요?"

"달이요? 하늘의 달?"

"네. 월광 소나타도 있지만 녹턴도 달의 느낌이 있고. 아저씨가 칠만한 노래 중에 드뷔시의 달빛이라는 곡이 있어요.

들어 보셨어요?"

드뷔시? 드비쉬? 무슨 보석 브랜드 같군.

민수는 고개를 내저었다.

"드뷔시는 프랑스에서 태어난 작곡가에요. 얼마 전에 서거 100주년이었으니까 베토벤이나 쇼팽보다 나중에 활동한 사람이죠. 사생활은 믿을 수 없을 만큼 난잡했던 반면, 거침없는 성격답게 인상주의 음악의 선구자이자 최고 거장이라고 할 만하죠."

"인상주의?"

"미술에서 인상주의와 크게 다르지 않아요. 사물을 있는 그대로 그리지 않고 작가가 느낀 감정을 투영해서 예술로 승화시키는 거죠. 드뷔시는 그전까지 확립된 작곡 기법을 무시했어요. 조성음계, 대위법 등등은 물론이고 심지어 박자까지도."

"그렇게 파격적인 작곡가의 곡을 제가 연주할 수 있을까요?"

"제가 추천하는 곡은 소품이에요. 영화에도 많이 나왔던 곡이라서 익숙할 거예요."

"달빛... 결국 한자어로는 그것도 월광이네요."

"네. 베토벤의 월광이 사후에 붙여진 이름인데 반해 드뷔시의 달빛은 원래부터 그 제목이 붙어 있었어요. 어쩌면 진짜 월광인 셈이죠."

"들어보겠습니다."

"제가 앞부분은 좀 외우는데."

소연은 서너 번 심호흡을 하고 감정을 잡더니 연주를 시작했다. 깊은 밤 호수의 표면 위로 달빛이 내려앉듯 하얀 손가락이 건반 위를 어른거렸다. 민수는 지그시 눈을 감았다. 시공간을 이탈하는 기분이었다. 마치 백 년쯤 전 어느 신비로운 호숫가에서 홀로 달빛을 관조하는 기분이었다. 그 남자 역시 사랑을 잃었을까?

갑자기 뚝 끊긴 연주에 민수도 눈을 떴다.

"어때요?"

"아름답네요. 정말..."

"지금까지 하신 것처럼만 연습하면 충분히 가능해요. 그럼 지금 얘기한 곡들 제가 보내드릴게요."

"네. 들어보겠습니다."

이건 숙제가 아니었다. 민수는 소연이 추천하는 음악을 얼른 들어보고 싶어 조바심이 날 지경이었다.

"연주회에는 몇 명이나 올까요?" 소연이 물었다.

"그건 생각 안 해봤는데요."

"사모님을 위한 연주회이긴 하지만 다른 관객도 있어야죠. 장소도 대여해야 하고."

"그건 그런데..."

"연주회 오실 분들. 친구분들이나 친척, 예전 동료들, 대충 몇 분 정도 되실까요?"

오래 생각할 필요도 없었다. 민수는 홍파와 그의 가족을 떠올렸다.

"글쎄요. 한... 서너 명?"

소연은 어이가 없어 말을 잇지 못했다.

서너 명이 전부라고? 60년 동안 살아왔는데 지인이 서너 명? 어떻게 사람이 이럴 수 있지?

그녀의 속마음을 들은 듯, 민수가 고개를 숙였다.

"죄송합니다. 제가 가족이나 친구가 없습니다."

"아니 뭐 그게 저한테 사과하실 일은 아니지만... 관객이 없이 공연을 할 순 없는데요."

"그 생각까진 못해봤습니다."

"흠... 어떡하지? 흠..."

소연은 생각에 잠겼다. 물론 아내만을 위한 공연을 해도 된다. 그러나 몇 곡씩 연습을 해서 장소까지 대여할 거라면, 그건 엄청난 낭비다. 처음부터 민수 아저씨가 원하던 그림도 아니고.

핸드폰을 만지작거리던 소연이 손가락을 딱 튕겼다. 그분이

오셨다!

"아저씨. 우리 유튜브 하나 팔까요?"

"유튜브를... 판다고요?"

"유튜브 채널을 개설하자고요."

민수는 전혀 감을 못 잡고 있었다.

"무슨 말씀인지 모르겠습니다."

"솔직히 유튜브라는 게 캐릭터 싸움인데, 아저씨 진짜 캐릭터 있거든요. 피아노 배우는 터프가이 할아버지. 멋지지 않아요?"

"전에는 아직 할아버지가 아니고 아저씨라고 하더니."

"유튜브는 튀어야 하니까요. 아저씨라는 호칭은 어중간해요."

소연은 민수의 머리를 손가락으로 슬쩍 만져보았다.

"머리는 백발이니까 간지 나고. 묶지 말고 길게 풀어서..."

"선생님. 호칭이 아저씨고 할아버지고 간에... 제 실력으로 무슨..."

"실력은 중요한 게 아니라니까요."

"그런데 유튜브하고 공연하고 무슨 상관이 있을까요?"

"일반 채널이 인기가 많아지면 사람들이 보러 올 테니까요. 아저씬 아는 사람들이 별로 없다니까, 그렇게라도 사람을 모아야 해요."

"전 어떻게 하는지 전혀 모르는데..."

"너무너무 쉬워요. 체르니 1번 치는 것보다 더 쉬워요. 콜?"

민수는 여전히 이해를 못하면서도 소연을 믿고 따라가 보기로 했다.

"알겠습니다."

소연이 손을 들고 하이터치를 유도했다.

"우리 잘 해봐요!"

민수는 얼떨떨하게 손바닥을 마주쳤다. 짝.

채널 이름은 소연이 정했다. '체르니 치는 할배'.

민수는 소연의 지시대로 말하고, 웃고, 손을 흔들고, 피아노를 쳤다. 그들의 첫 번째 영상은 이렇게 시작했다.

"안녕하세요? 체르니 할배입니다. 제가 요즘 피아노를 배우고 있는데요, 선생님의 권유로 피아노 치는 모습을 유튜브에 올리게 되었습니다."

옆에 있던 소연이 쓱 끼어들어 손을 흔들었다.

"안녕하세요! 제가 피아노 쌤입니다!"

그녀는 잽싸게 사라지고 다시 민수가 등장했다.

"저는 육십 살이고요. 태어나서 한 번도 피아노를 쳐 본 적이 없습니다. 그런데 제가 뒤늦게 피아노를 배우기 시작한 이유는... 아내 때문입니다."

주름진 피부 속에 파묻힌 그의 눈에 세월의 핏발이 얽혀 있었음에도 눈빛만은 형형했다.

"제 잘못 때문에 아내가 화가 많이 나 있습니다. 지금은 떨어져 살고 있습니다. 제가 피아노를 배우는 건... 우리가 같이 살 때... 음악을 전공했던 아내의 소원이었습니다. 그래서 뒤늦게나마 아내의 마음을 돌리기 위해 작은 연주회를 열려고 합니다. 연주회를 할 때까지 제가 연습하는 모습을 올리도록 하겠습니다."

민수와 소연은 카메라 앞에 나란히 서서 허리 굽혀 인사했다.

"잘 부탁드립니다."

두 번째 영상부터 본격적인 연주 화면이 소개되었다. 먼저 민수가 잔뜩 긴장한 얼굴로 소개했다.

"오늘 연주할 곡은 체르니 100번 중에서 40번입니다."

꾸벅 인사한 뒤 연주를 시작했다. 건반 하나에 다 들어갈까 싶을 정도로 굵은 손가락이 힘차게 행진했다. 평소에는 묶고 다니던 머리를 풀어놓았더니, 마치 베토벤 마냥 길게 헝클어진 백발이 춤을 추는 듯했다.

그렇게 매일 영상을 올렸다. 하농과 체르니, 그리고 간단한 소나티네 곡들. 연주회를 위해 고른 곡을 연습하는 영상도 올렸다.

하루에 서너 명씩 늘어나던 구독자는 어느 음대 교수가 학생들에게 채널을 공유하면서 100명대로 진입했다. 그리고 구독자 20만 명을 거느린 유튜버 '훈남 음대생'이 열광적인 팬심을 보인 후 금방 만 명대에 진입했다. 댓글도 수백 개씩 달리기 시작했다.

- 우와 진짜 할배님 짱!!! 우리 할아버지도 피아노 배우라고 해야겠어요.

- 지금껏 이렇게 로맨틱한 할배는 없었다.

- 할배님 몸도 엄청 좋은 듯

- 염색만 하시면 50살로 보일 듯

- 공연 안 해도 할머니가 이 영상 보면 감동해서 돌아오실 듯

- 할머니 돌아오시라고 청와대 청원 갑시다!!!

- 체르니의 환생이다!!!

가능성을 본 소연은 흥분했고 민수의 일상을 담은 영상도 올리라고 지시했다. 제자는 선생님의 지시를 충실히 따랐다. 가만히 앉아서 몇 시간이고 책을 보는 스트리밍 영상은 학생들의 폭발적인 지지를 받았고, 체육관에서 운동하는 모습은 열성팬을 양산했다. 그리고 석 달 만에 십만 구독자를 돌파하는

기적이 일어났다.

소연은 남자친구 준혁과도 기쁨을 나누었다. 평화로운 일요일 오후에 햄버거를 먹으면서 영상을 본 그는 감탄을 연발했다.

"와 이거 대박 나겠는데?"

"벌써 대박 났어. 따로 홍보도 안 했는데 구독자가 10만 명이야. 체르니 39번 친 영상은 조회 수 30만 넘었고."

"진짜 그러네. 그런데 이 할아버지 은근 카리스마 있다."

"그치?"

"근데 할머니하고는 왜 이혼하셨대?"

"그건 말씀 안 해주시더라고. 이혼인지 별거인지도 아직 확실히 모르겠어."

"바람피웠나? 아님 도박이나 알코올 중독 같은 거?"

"뭔지는 모르겠지만 꼭 다시 합치셨으면 좋겠어."

"와... 댓글도 몇백 개씩 달리네?"

영상 아래 달린 댓글을 읽어 내려가던 준혁의 시선이 흔들렸다. 비슷비슷한 댓글 사이에서 얼핏 보면 광고처럼 보이는 댓글이 끼어 있었다.

- 피아노 쌤. 여기 한 번 가서 '키티녀'를 검색해보세요.

그리고 링크가 적혀있었다. 준혁은 링크를 누르지 않았다.

누르지 않아도 어떤 사이트인지 알고 있었으니까. 그는 소연의 눈치를 봤다. 그녀는 아직 모르는 듯했다.

*

유튜브에서 분 바람은 엉뚱한 곳으로 번졌다. 방송국에서 연락이 왔다. 화제의 인물로 민수를 취재하고 싶다고 했고, 소연은 거절할 이유가 없었고, 민수는 소연의 지시를 따르지 않을 이유가 없었다.

촬영 당일. 잠깐 인터뷰를 부탁받은 소연도 최대한 예쁘게 차려입고 민수의 집에 도착했다. 침실에 딸린 드레스 룸에서 민수가 옷을 갈아입는 동안 소연은 벽에 걸린 액자에 시선을 빼앗겼다. 외국 여행지에서 찍은 것 같은 사진이었다. 30대 중반 정도로 보이는 민수와 주현의 모습이었다. 하늘처럼 파랗게 웃고 있는 둘을 보면 지금 이렇게 헤어져 사는 현실이 거짓말처럼 느껴졌다.

"안녕하세요? 곧 뵐게요."

소연은 사진 속 주현을 보며 혼잣말로 인사했다.

잠시 후 민수가 드레스 룸에서 나왔다. 블랙 슈트에 흰색 넥타이의 강렬한 조합은 소연의 의견이었다.

"우와, 우리 아저씨 멋있다!"

소연은 매니저처럼 민수의 머리와 넥타이를 손질해 주었다.

"우리 아저씨 정말 슈트발 최고라니까! 나비넥타이랑 턱시도를 입을 걸 그랬나?"

"뭘 그렇게까지요. 전 아직도 얼떨떨하네요. 방송국에서 온다니."

"왜요. 나올 만하지. 유명한 유튜버들 티브이에 자주 나와요."

벨 소리가 들리자 소연이 소리를 질렀다.

"왔다! 대박!! 제가 나가볼게요!"

그녀는 안주인이라도 된 양 방송국 스태프를 집안으로 안내했다. 그들은 피아노 방에 간단한 조명을 설치하고 민수를 피아노 의자에 앉힌 뒤 인터뷰를 시작했다. 카메라 앞에서 얼어버린 민수를 기자가 안심시켰다.

"틀리면 다시 말씀하시면 되니까요. 긴장하지 말고 편안하게 말씀해주세요."

민수는 고개를 끄덕였다.

"자, 그럼 인터뷰 시작하겠습니다."

소연이 카메라 뒤에서 응원하듯 엄지를 치켜들어 보였다.

그날 저녁, 홍파의 집 거실에서는 여느 날과 비슷한 일상이 펼쳐졌다. 아들을 출가시킨 뒤 나이 든 부부의 풍경은 조금 쓸쓸해졌다. 둘이서 밥을 먹고 TV 앞에서 과일을 먹으면서 저녁 뉴스를 보았다. 매일 뉴스가 달라지고 과일 종류가 조금씩 바뀔 뿐이었다.

홍파 아내는 오렌지 한 알을 집어먹고는 미간을 잔뜩 찌푸렸다.

"오렌지는 먹지 마요. 아직 너무 시다."

홍파는 아랑곳하지 않고 오렌지에 손을 댔다.

"오렌지가 시어야 제맛이지."

"앞에 과일가게 주인이 바뀌더니 과일 단맛이 떨어진 거 같아요. 역시 뭐든 사람 손을 탄다니까."

아내가 뭐라고 하든 무심하게 TV를 보던 홍파의 눈이 커졌다. 잔뜩 인상 쓴 채 정치권의 아전투구를 연이어 보도하던 앵커는 휴식이라도 취하듯 미소 띤 얼굴로 훈훈한 소식을 전하고 있었다.

"체르니 할배, 들어보셨습니까? 헤어진 아내의 마음을 돌리기 위해 피아노를 배우기 시작한 육십 살 젊은 할아버지가 만든 유튜브 채널이 선풍적인 인기를 얻으며 구독자 십만 명을 돌파했습니다. 순정이 사라진 이 시대에 적지 않은 감동을 주고 있습니다."

뒤이어 민수가 체르니 100번 중 한 곡을 연주하는 모습이 나왔다.

얼이 빠져 TV를 보던 홍파가 중얼거렸다.

"여보. 저거... 민수 맞지?"

홍파의 아내도 놀란 토끼 눈이 되었다.

"아니, 민수 씨가 어떻게 된 일이래요? 체르니 할배?"

연주 화면이 잠시 나오다가 민수가 기자와 인터뷰를 했다. 카메라를 보지 못하고 시선을 피한 채 더듬더듬 대답했다.

"저는 유튜브니 이런 거 잘 모르고요. 전에 집사람 소원이 제가 피아노를 배우는 거여서... 사실 이렇게 빨리 피아노를 배울 거라고는 예상 못했는데 이게 다 선생님 덕분입니다."

"아내분도 유튜브를 보셨나요? 연락이 오셨는지요?"

"아직 연락은 없습니다."

다시 민수가 피아노 치는 화면 위로 기자의 멘트가 이어졌다.

"체르니 할아버지가 적지 않은 나이에 몇 달 만에 이런 실력을 갖게 된 배경에는 하루에 열 시간 넘게 이어진 끈질긴 연습 그리고 선생님의 열정적인 지도가 있었습니다."

그리고 화면에 소연이 등장했다. 소개하는 자막은 '체르니 할아버지 피아노 선생님'.

"정말 열심히 하세요. 개인 레슨을 많이 해봤지만 입시 준비하는 학생들도 이 정도로 하진 못하거든요. 저도 할아버지한테 많이 배워요."

마지막으로 기자가 등장했다.

"현재 체르니 100번을 거의 다 끝내가는 체르니 할배. 할아버지의 최종 목표는 성공적으로 피아노 연주회를 열어 할머니의 마음을 돌리는 것이라고 합니다. 할아버지의 꿈과 사랑이 이루어질지 십만 구독자의 관심이 뜨거워지고 있습니다."

보도가 끝날 때쯤 홍파의 얼굴은 완전히 구겨져 있었다.

다음날, 소연은 일어나자마자 유튜브를 확인했다. 뉴스가 나가기 전 10만 명이었던 구독자 숫자는 하룻밤 사이 16만 명까지 폭발적으로 늘어났다.

"아저씨! 이제 됐어요! 연주회 흥행은 예약된 거나 마찬가지라고요!"

기분 좋게 아침을 시작해서 그런지 학교에 가서 공부도 잘됐다. 도서관에서 맹렬히 문제를 풀고 있는데 전화가 걸려왔다. 모르는 번호여서 안 받았더니 문자가 왔다.

- 윤소연 씨 핸드폰 맞습니까?

소연은 망설이다가 답장을 보냈다.

- 누구시죠?

- 강민수 씨 친구 김홍파라고 합니다.

약속 장소는 지하철역 근처의 커피숍이었다. 같은 나이라고 했지만 홍파는 민수 아저씨보다 훨씬 더 나이 들어 보였다.

"민수한테는 얘기 안 했죠? 저한테 연락 왔다고."

"네. 일단은요. 그런데 제 연락처는 어떻게 아셨어요?"

"그 부분은 제가 사과드리겠습니다. 먼저 제 소개를 하자면... 저는 군에서 오랫동안 정보 수집, 특히 해킹 분야에서 일했습니다. 지금은 예편해서 관련된 사업을 하고 있고요. 소연 씨 연락처도 그래서 알아낼 수 있었습니다."

소연은 머리가 띵했다. 윙윙 소리를 내며 주변이 도는 것만 같았다.

"잠깐만요. 그럼 제 개인정보를 해킹해서 알아냈다는 거예요?"

"제 말씀을 끝까지 듣고, 그래도 그 부분을 문제 삼으시겠다면 법에 따라 처벌받고 보상해드리겠습니다."

"아... 진짜 당황스럽네요. 일단 계속 말씀해보세요. 어쨌든 문제는 삼아야겠어요."

"뉴스에서 민수를 보고 무척 놀랐습니다. 상황이... 문제가 더 커지기 전에 말씀드려야 할 것 같아서 실례와 불법을 무릅쓰고 선생님을 급히 찾았습니다."

"빨리 본론부터 말씀해주시죠. 저 지금 뛰쳐나가서 아저씨를 신고하고 싶은 마음이 굴뚝같거든요?"

"민수 말입니다. 민수... 그러니까 민수가 찾겠다고 하는 아내는 이 세상에 없습니다."

뭐라고? 지금 이 사람이 무슨 소릴 하는 거야?

소연은 입을 열지 못했다. 눈동자만 불안하게 흔들릴 뿐.

"제수씨... 주현 씨는 3년 전에 죽었습니다."

"그게 무슨 얘기에요?"

"민수하고 저는 일종의 파트너였습니다. 저는 작전 지역에 침투해 정보를 캐는 일을 했고 민수는 현장을 장악하는 전투 부대를 지휘했습니다. 민수는... 최고의 군인이었습니다. 미국에서 용병으로 일하라는 제안을 받을 정도였으니... 민수하고 제수씨가 헤어지게 된 것도 우리 일 때문입니다. 들으셨습니까?"

소연은 고개를 내저었다. 공무원이라고만 했지, 이렇게 무시무시한 작전을 수행하는 군인이라는 말은 하지 않았으니까.

"그게 벌써 14년... 15년 전이네요. 제수씨가 몸이 좋지 않아서 아이를 계속 갖지 못하다가 마흔이 넘어서 어렵게 임신이 되었어요. 제수씨는 민수가 덜 위험한 일을 하기를 원했고 민수도 귀국해서 제수씨 곁에 있으려고 했죠. 그런데... 저 때문에...”

한국으로 돌아오지 않으면 헤어지겠다는 아내의 최종 통보를 받고 민수는 한국행 비행기를 타려고 했다. 그런데 귀국하기 전날, 홍파가 적군에 포로로 잡혔다. 정보 장교였던 까닭에 고문을 당하다가 죽을 수도 있는 운명이었다. 그 사실을 전해 들은 민수는 비행기를 타는 대신 군용 헬기를 탔다. 구출 작전을 진두지휘했다. 특수부대원을 이끌고 적진을 뚫고, 적군들을 사살하고 기지를 파고들었다. 포로 감옥에 갇혀있던 홍파를 구해냈다.

거기까지는 좋았다. 탈출 과정에서 거센 반격에 직면했고, 민수는 홍파를 비롯한 다른 부대원들을 모두 헬기에 태운 후 홀로 엄호사격을 하다가 총에 맞았다. 그리고 1년을 포로 감옥에서 지냈다. 구타와 고문이 일상이었다. 지상에 지옥이 있다면 바로 그곳이었다.

“우리는 다들 민수가 죽은 줄 알았습니다. 그 소식을 들은 제수씨는 충격으로 뱃속의 아이를 잃었지요. 나중에 포로 협상에서 겨우 민수를 되찾았고 민수는 귀국했지만... 결국 제수씨하고는 헤어지게 되었습니다.”

길고 긴 이야기였으나 소연은 숨소리조차 내지 않고 들었다.

"그... 그래서요?"

"민수도 제수씨도 많이 방황했어요. 서로를 이해하지 못하고 원망했죠. 그러다가 제수씨는 아무도 없는 곳에서 홀로 세상을 떠났어요."

"하아... 어떡해..."

"그게 끝이 아니었습니다. 민수는 어릴 때 권투를 했고, 평생을 전쟁터에 있었고... 1년 동안 지옥 같은 포로 생활도 했고. 원래도 특수 치매와 외상 후유증 고위험군이었죠. 그런 상황에서 제수씨가 그렇게 되고 충격을 받으면서 갑자기 치매가 진행되었어요."

"치매요? 기억이 사라지는?"

"작년부터 시작이 된 걸로 알고 있습니다. 제가 보호자로 의사를 만나봤는데... 일반 치매하고 다르다고 하더군요. 특정 기억들부터 지워지고 현실 부정이 극도로 심해지고... 특히 제수씨와 관련해서는 망상증세도 아주 심각하고요. 민수는 제수씨가 살아있다고 확신하고 있습니다. 혼자 제수씨하고 대화도 하고 엉뚱한 번호로 문자도 보내고 전화도 걸고 그러죠."

"아..."

"정신을 차리게 하려고 충격요법도 써봤지만 소용이 없었습니다. 그래서 저도 언젠가부터는 그냥 맞장구쳐주면서 보고만 있었는데... 선생님을 만나서 일이 이렇게 커져버린 겁니다."

"말도 안 돼요. 피아노 배우는 거 보면 도저히 치매 환자라고..."

"아까 말씀드렸잖습니까. 일반적인 치매하고는 완전히 다르다고요. 민수의 경우에는 기억이 선택적으로 왜곡되고 사라지고 있어요. 새로 배우는 걸 기억하는 데는 문제가 없는데 과거의 일들은 지금 뒤죽박죽이 되어가고 있어요. 이미 서른 전의 일들은 하나도 기억을 못하고 있는 상황입니다. 자기 고향도 몰라요. 부모님도 기억 못하고, 학교 다닌 기억도 전혀 없어요."

소연은 주먹으로 뒤통수를 거세게 얻어맞은 기분이었다. 민수와 공연 관련해서 이야기를 나눈 기억이 났다. 연주회에 오실 분들이 전부 얼마나 되냐고 물었더니 겨우 서너 명이라고 했었지. 어이가 없어 말을 잇지 못했던 일이 떠올랐다. 60년을 살았는데 지인이 서너 명밖에 없는 이유가 따로 있었던 것이다.

- 죄송합니다. 제가 가족이나 친구가 없습니다.

소연의 가슴은 피가 흐르는 듯 아팠다.

"그래서... 아무도 없었구나. 그래서..."

"간단히 말하자면 민수의 뇌는 뒤죽박죽 섞이고 있는 겁니다. 앞으로 어떻게 진행이 될지도 짐작할 수 없고요. 그러니..."

소연은 고개를 내저으며 중얼거렸다.

"안 돼..."

"유튜브... 공연... 계속할 수가 없습니다. 벌써 TV까지 나가고 일이 커졌지만, 지금이라도 수습을 해야 합니다. 제수씨는 이미 이 세상에 없어요. 그러니 제수씨를 위한 공연도 할 수 없죠."

그날 밤 소연은 집에 들어가지 않고 아파트 건물을 바라보며 하염없이 앉아있었다. 민수의 집은 자정이 다 되었는데도 불이 켜져 있었다. 소연은 울면서 중얼거렸다.

"아저씨. 아직도 피아노 치고 있어요? 우리 이제 어떡해요?"

비가 내리기 시작했다.

*

한 달 뒤. 대학로의 소극장 앞으로 긴 줄이 늘어섰다. 1984년에 극장이 지어진 이래 가장 긴 줄이었다. 오늘 저녁에 펼쳐질 연주회의 이름은 '체르니 할배의 첫 번째 연주회'. 입구에

세워진 입간판에는 공연 제목과 함께 민수의 사진이 큼직했다. 백발과 거친 수염, 그리고 턱시도가 묘한 조화를 이루는 모습이었다.

정확히 그 복장으로 민수는 지하 극장 옆 대기실에 앉아 있었다. 무척이나 긴장한 표정이었다. 옆에서 홍파 부부가 민수를 챙겨주었다.

"자식. 군복만 잘 어울리는 줄 알았더니. 턱시도 체질이네."

"그러게요. 민수 씨 너무 멋있다."

"선생님은?" 민수는 초조하게 물었다.

"아, 조금 늦으신대. 연주 시작하기 전에 도착할 거라고 하니까. 관객석에서 보실 거야. 그러니까 너무 긴장하지 말고 편안하게 연주해. 너 인마 사람이 얼마나 많이 왔는지 알아?"

민수는 핸드폰을 열어 메시지를 확인했다.

- 우리 아저씨 파이팅!!! 시험 끝나자마자 달려갈게요!!! 신나게 뒤풀이하기!!!!

임용고시가 열흘밖에 남지 않았다. 오늘은 마지막 모의고사가 있다고 했다. 그녀의 인생에서 가장 중요한 시험이니 어쩔 수 없다. 뒤늦게라도 와주는 게 고마울 뿐.

민수는 재차 메시지를 확인하고 핸드폰을 내려놓았다. 그리고 옛 친구에게 물었다.

"주현이가... 올까?"

홍파는 민수의 어깨를 주물러주었다.

"오겠지. 이렇게 멋진 공연인데."

"홍파야. 나 지금 떨고 있니?"

홍파는 빙긋 웃었다. 속으로는 눈물을 참으면서.

마침내 공연이 시작되었다. 체르니 할배의 팬들이 객석을 가득 메운 가운데 커튼이 열리고 민수가 무대 위로 등장했다. 우레와 같은 박수와 함성, 심지어 휘파람 소리까지 객석에서 터져 나왔다. 민수는 놀라서 잠시 걸음을 멈추고 객석으로 눈을 돌렸다. 그는 누군가를 찾고 있었다. 이미 세상을 떠났지만 그는 차마 보내지 않은 사람을.

그 사람은 그를 찾아왔다. 앞쪽 자리 가운데, 주현이 앉아 있었다. 평소 그녀가 즐겨 입던 원피스에 카디건 차림으로. 그녀는 민수를 보며 손을 흔들어주었다.

왔구나. 주현아. 와줬구나!

민수는 움직이지 못했다. 여기서 움직이면 그녀가 사라질 것 같아서. 여기서 굳어 돌이 되어버리더라도 그녀를 계속 볼 수만 있다면 좋을 것 같았다.

주현이 손을 들어 피아노 연주하는 흉내를 냈다. 어서 가서 연주하라는 뜻이었다. 그제야 민수는 안심하고 다시 걸음을 옮겼다.

그는 피아노에 앉기 전, 객석을 보며 허리 굽혀 인사했다. 선생님이 가르쳐주신 대로. 다시 박수가 쏟아졌다. 그는 두근두근하게 만드는 환호 속에 피아노 의자에 앉아 건반에 손을 올렸다. 체르니 할배라는 닉네임답게 연주회 첫 곡은 체르니 100번 중에서 45번이었다.

어쩌면 체르니 연습곡이 연주회장에서 울려 퍼진 일이 처음일지도 몰랐다. 겨우 1분 남짓한 연주가 끝나고 민수는 다시 객석으로 고개를 돌렸다. 주현은 도망가지 않고 여전히 자리에 앉아 있었다. 그가 그토록 사랑하던, 다정한 시선으로 그를 보면서.

됐다. 이제 됐다. 이제 정말 남은 생에 여한이 없다.

민수는 감격으로 터질 것 같은 가슴을 여러 차례 심호흡으로 진정시켰다. 그리고 객석도 마음도 완전히 조용해졌을 때 드뷔시의 '달빛'을 연주하기 시작했다.

오래전 기억으로 빠져들었다. 지금으로부터 30년도 더 지난 1980년대의 기억.

후줄근한 통일호의 낡은 객차 안. 낡은 의자에 앉은 승객들은 겁에 질려 있었다. 그럴 수밖에. 간첩이 타고 있다는 첩보를 입수한 군 특수부대원들이 사복을 입고 잠복했다가 모습을 드러냈으니까. 민수는 두 손으로 총을 꼭 쥔 채 객차의 복도를 걸었다. 다른 부대원들은 승객들이 소란을 피우지 않게 통제하고 있었다.

조심스럽게 한 발 한 발. 민수는 다음 객차로 넘어가는 문 앞에서 멈춰 섰다. 객차 사이를 가로막은 문 유리창에 누군가의 희뿌연 형체가 어른거렸다. 간첩일까? 빨리 판단해야 한다! 민수는 재빨리 문을 열고 총을 겨누었다. 간첩이 아니었다. 이제 앳된 얼굴의 여대생이 전공 서적을 가슴에 안고 서 있었다. 태어나서 처음으로 총 든 사람과 마주친 그녀는 그대로 얼어붙어 버렸다. 하나 둘 셋, 그녀는 실신해서 쓰러져 버렸다. 그 순간 민수는 방아쇠를 당겼다.

"타앙!"

반대편 객차 복도에서 다가오던 남자가 총에 맞고 쓰러졌다. 민수 뒤에 있던 부대원들이 달려가 쓰러진 남자의 몸을 수색했다. 남자의 몸에서는 북한 권총이 나왔다.

민수는 바닥에 쓰러진 여자를 부축해 올렸다. 그녀의 목덜미에서 처음 맡는 샴푸 냄새가 났다.

그렇게 연애를 시작했다. 민수가 휴가를 나오면 종종 롤러

스케이트를 타러 다녔다. 주현은 음대생이었고 클래식만이 아니라 모든 종류의 음악을 다 좋아했다. 모던 토킹, 조이, 아하, 듀란듀란 등등 롤러스케이트장에 흘러나오는 팝 가수들을 다 알았다. 총기에 대해서는 누구 못지않은 전문가였던 민수는 음악에 대해서는 아무것도 몰랐다. 그래도 그녀와 함께라면 뭐든 좋았다.

같이 소풍을 가도 좋고, 자전거를 타도 좋고, 한가롭게 김밥을 먹을 때면 천국이 따로 없다고 생각했다. 그러니 그녀와 결혼하지 않을 이유가 없었다.

인생은 원하는 대로 흘러가지 않았다. 그들은 상상도 하지 못한 곳을 헤매었고...

30년 뒤, 여기에 있다.

드뷔시의 달빛 연주가 끝날 무렵, 민수의 눈에는 눈물이 고여 있었다. 마지막 음을 누르고서는 건반에서 손을 떼지 못하고 있었다. 소극장을 연 뒤 가장 긴 줄을 자랑했던 만큼, 이 공간에서 한 번도 울린 적 없는 거대한 박수 소리가 쩌렁쩌렁 울렸다. 그 울림이 눈꺼풀에 맺혀있던 민수의 눈물을 떨어뜨렸다.

공연은 대성공이었다. 준비한 곡들을 다 연주했고 기계적으로는 몇 번 틀리긴 했어도 감정은 넘치면 넘쳤지 모자라지 않았다. 관객들의 반응도 넘쳐흘렀고, 환호와 박수 소리는 극장 지붕을 날려버릴 것만 같았다.

연주를 모두 마치고, 앙코르곡으로 체르니 연습곡을 한 곡 더 연주하고, 오늘의 주인공은 대기실로 들어왔다.

"후우."

민수는 긴 한숨을 몇 번 몰아쉬었다.

다 끝났다. 이제 다 끝났어.

지그시 눈을 감고 있는 그의 등 뒤로 소연이 다가왔다. 그녀는 특수 분장의 힘을 빌려 생전의 주현과 똑같은 모습을 하고 있었다. 일부러 스무 살은 더 많아 보이는 화장을 하고, 가발도 쓰고, 옷도 그렇게 입었다.

"정말 잘했어요."

그녀는 빙긋이 웃으며 민수의 어깨에 손을 올렸다. 그는 천천히 눈을 떴다. 거울을 통해 그녀의 얼굴을 확인했다. 그렇게 둘은 거울 속에서 오랫동안 침묵을 지켰다. 눈빛으로 오직 둘만이 알 수 있는 대화를 나누었다.

민수는 자리에서 일어나 소연을 마주했다. 그녀는 차마 그를 보지 못하고 고개를 숙였다. 그는 그녀의 턱을 부드럽게 들어 올렸다. 그리고 또렷하게 말했다.

"고맙습니다 선생님."

"아아..."

소연의 눈에 눈물이 차오르는 순간, 제자는 선생님을 와락 안아버렸다.

"고맙습니다. 고맙습니다 선생님."

선생님은 아무 말도 하지 못했다. 그저 늙은 제자의 등을 쓸어줄 뿐이었다.

*

3개의 메모를 소개한다.

'D-7'.

소연의 책상에 붙어있는 숫자였다. 외출지수가 80과 90 사이를 오가는 환상적인 날씨였지만 그녀는 꼼짝없이 임용고시 마무리 공부에 열을 올려야 했다. 유일하게 그녀가 공부를 쉬는 시간은 가끔 남자친구 준혁과 데이트를 하거나 민수 아저씨의 집에 레슨을 갈 때였다.

'치매를 이기는 마법의 레시피'.

민수 냉장고에 붙어있는 메모지였다. 그 아래 간단하게 해 먹을 수 있는 레시피들이 잔뜩 붙어있었다.

'이렇게 하면 널 가질 수 있을 거라 생각했어.'

서울 근교의 추모공원. 주현의 유골함 주변에 고인이 외롭지 않게 여러 장의 사진이 놓여 있었다. 주현의 예전 모습은 물론이고, 민수와 연애 시절에 찍은 사진들, 그리고 얼마 전 피아노 연주회 때 찍은 민수의 사진도 있었다. 그 사진 위에 붙어있는 메모였다.

*

연주회는 끝났지만 레슨은 계속되었다. 오늘은 무척이나 특별한 날이었다.

민수와 피아노 의자에 나란히 앉은 소연은 체르니 100번 책의 마지막 페이지를 펼쳤다.

"오늘이 체르니 100번 마지막 곡이네요. 100번! 공연도 끝났는데 진짜로 30번 들어가실 거예요?"

"네. 30번도 떼고, 40번, 50번까지 해야죠."

"그럴 필요 없어요. 예전에나 체르니에 목을 맸지. 요즘은 좋은 교재가 많이 나와서 아예 체르니로 연습 안 하는 경우도 많아요."

"연습이 아니라... 저는 체르니가 좋습니다."

"하아... 참 취향 특이해."

"치매 걸려서 취향도 이상해졌나 봅니다."

이제는 자신의 처지를 인정하고 자학 개그마저 서슴지 않는 민수였다. 그럴 때마다 소연은 민수를 흘겨보았다.

"빨리 시작합시다. 머리 더 나빠지기 전에." 민수가 재촉했다.

"제가 챙겨드린 식단은 잘 지키고 계세요?"

"견과류를 하도 먹어서 다람쥐가 된 기분입니다."

"진짜 애가 됐나 봐. 어쩜 그렇게 점점 유치해져요?"

민수는 건반 위에서 손가락을 놀리며 빨리 치고 싶다는 표시를 했다.

"자, 그럼 체르니 100번의 100번. 제가 먼저 쳐볼게요. 이건 템포가 좀 빨라요."

소연이 경쾌하게 시범 연주를 하고 있는 그때, 같은 102동에서 4층 아래 704호에서는 여자의 교성이 울려 퍼지고 있었다.

고막을 후벼 파는, 누가 들어도 연기가 아닌 실제 상황에서 내는 교성임이 분명한 그 소리는 핸드폰에서 흘러나오고 있었다. 소연의 엄마는 식탁에 앉아 딸이 등장하는 섹스 동영상을 보는 중이었다.

영상 속에 키티 머리띠를 한 소연이 어떤 남자와 적나라하게 사랑을 나누고 있었다. 소연의 얼굴은 그대로 노출된 반면,

남자의 얼굴은 철저하게 모자이크로 가려져 있었다. 심지어 잠이 든 소연의 얼굴을 클로즈업해서 찍은 장면도 나왔다. 영상 제목은 '질질 싸는 키티녀'. 주인공 키티녀는 누가 봐도 그녀의 딸 소연이 확실했다.

엄마는 딸의 몰카 동영상을 끝까지 볼 수 없었다. 떨리는 손으로 핸드폰을 집어던지고 비명을 지르며 머리를 쥐어뜯었다. 그녀는 미쳐버린 사람처럼 절규하고 바닥을 뒹굴었다. 딸이 집에 올 때까지.

"다녀왔습니다."

철컥 문 열리는 소리와 함께 소연이 들어왔다. 집 안에 인기척이 없자 그녀는 신발을 벗으며 중얼거렸다.

"엄마? 나갔나?"

몇 걸음 옮기기 전에 그녀는 엄마를 발견했다. 머리는 산발, 눈은 하도 울어서 퉁퉁 부은 채로 바닥에 주저앉은 그녀의 눈동자에 초점이 전혀 없었다.

"엄마 왜 그래? 무슨 일이야?"

소연이 엄마를 잡고 흔들었다. 그제야 엄마의 정신이 돌아왔다. 그녀는 소연을 붙잡고 통곡했다.

"소연아. 아이구 소연아. 큰일 났다."

통곡은 비명으로 이어졌다. 대체 무슨 일인가 싶어 주위를 둘러보던 소연은 바닥에 나뒹구는 엄마의 핸드폰을 발견했다. 화면을 띄우자 멈춰진 동영상이 나왔다. 제목도 보였다. '질질 싸는 키티녀'.

그녀는 떨리는 손으로 재생 버튼을 눌렀다. 그러나 10초도 보지 못하고 눈을 감아버렸다. 그녀의 세계가 무너져 내리는 순간이었다.

준혁은 전화를 받지 않았다. 소연은 전화 거는 기계라도 된 것처럼 수십 번 반복해서 통화를 시도했지만 헛수고였다.

"아니야... 아니야... 준혁아..."

바싹 마른 입술 그녀의 입술에서 뭉개진 발음이 툭툭 떨어졌다.

우리 서방님이 그럴 리가 없다. 세상에서 그 누구보다 나를 아끼던 사람이었는데. 더 이상 달콤할 수 없는 남친이었는데. 결혼하면 엄마까지 모시고 살고 싶다던 착해빠진 아이였는데. 뭔가 잘못되었다.

머리와 가슴과 손이 모두 따로 놀고 있는 상황에서 방문이 벌컥 열렸다. 엄마는 이런 식으로 문을 열지 않는다.

"소연아!"

아빠였다. 몇 년 동안 어색해서 피하기만 했던 아빠였다. 그는 갈기갈기 찢어진 딸을 품에 안았다.

"소연아. 우리 소연아."

찢어진 영혼의 조각을 붙이려는 듯 연신 딸의 등과 머리를 쓸었다.

"아빠… 준혁이가 전화를 안 받아… 나 이제 어떡해…"

딸은 아빠의 품 안에서 오열했다.

아직은 몸과 마음을 추스를 수 있는 상황이 아니었다. 아빠는 소연을 부축하다시피 해서 경찰서로 향했다. 사건 접수를 맡은 형사는 동영상 공유 사이트를 확인했다.

"바로 업체에 연락해서 동영상을 내리라고 하겠습니다."

"빨리 조치해주십시오. 벌써 수만 명이 본 것 같습니다." 아빠는 다급했다.

"알겠습니다."

그는 다른 경찰관을 불러 업체에 연락하고 지시하고 소연과 아빠를 상대로 간단한 조사를 실시했다. 그리고 잠시 자리를 떴다가 돌아왔다.

"그… 따님분 남자친구 말입니다. 준혁이라는 친구 말이에요. 한국대학교에 확인해봤는데, 의과대학에 그런 학생이 없답니다."

멍하니 허공을 응시하던 소연의 눈에 반짝 빛이 돌아왔다.

"뭐라고요?"

"다른 과도 찾아봤는데, 같은 이름은 있는데 다른 애들이에요."

"그럴 리가 없어요!"

찢어지는 소리를 지르며 또 정신이 나갈 것 같은 딸을 아빠가 감싸 안았다. 형사는 아빠에게 말했다.

"그 녀석이 신분을 속이고 따님에게 접근한 것 같습니다. 불법 파일 업로드하는 조직하고 연관이 있을 수도 있고요. 일단 사진이 여러 장 있으니까, 수배 내려놓겠습니다."

"아..." 아버지는 탄식했다. 무너지지 않기 위해 두 발에 힘을 꼭 주었다.

"일반인 같은 경우 이렇게 빨리 안 번지는데 아무래도 그 할아버지 유튜브가 워낙 인기 있다 보니 따님이 화제가 되어서 더 찾아보는 모양입니다."

소연의 귀에는 경찰의 이야기가 제대로 들리지 않았다. 세상의 모든 소리가 비웃음으로만 들렸다. 세상의 모든 사람들이 그녀의 알몸을 보고 머릿속으로 그녀를 강간한 것 같았다. 태어나서 처음으로 이런 생각을 했다.

차라리 내가 사라졌으면 좋겠어.

웹하드 업계의 큰손이라고 불리는 양 회장은 밖에는 알려지지 않은 여러 가지 불법 사업으로 상상을 초월하는 거액을 벌어들였다. 천억이 넘는 자본력을 바탕으로 빌딩을 사 모으고 마약을 하고 온갖 악행을 저질렀다. 그렇게 해서 점점 더 많은 돈을 벌고 그 돈으로 또 점점 더 나쁜 짓을 저질렀다.

그는 두 가지 방법으로 자신의 안위를 지켰다. 정치권과 검찰, 경찰에 막대한 로비를 했다. 자신의 범죄행각이 드러났을 때 수사를 피하기 위해서였다. 그리고 사설 경호원들을 주변에 여럿 배치했다. 물리적인 위협을 피하기 위해서였다.

양 회장의 사업은 겉으로는 IT 업체였으나 사채업부터 성매매 업소 운영까지 불법적인 비즈니스도 다양했다. 심지어 폭력조직과 결탁하기까지 했다. 그런 일들 중 하나가 불법 촬영물 유통이었다. 웹하드에서 가장 잘 팔리는 영상이 음란물이고 그중에서 몰카 종류가 최고의 베스트셀러였다.

그는 일반인들의 몰카 영상을 업로드 하는 데서 그치지 않았다. 몰카를 전문적으로 찍는 사람들을 직접 키웠다. 다른 업체에 올라와 있는 몰카들은 화질도 구리고 러닝타임도 짧았지만 양 회장의 웹하드 위디스크에 올라오는 몰카들은 고성능 장비를 이용해 화질도 선명하고 시간도 길었다. 영상 속 피해자가 입게 될 피해는 막심했지만, 그에 비례해 다운로드

횟수도 늘어나고 수입도 커졌다.

준혁은 양 회장과 거래하는 전문 몰카꾼 중 한 명이었다. 이제 20대 중반인 그는 고등학교에 다닐 때부터 몰카를 찍었다. 그의 수법은 날로 진화해서 이제는 이름과 출신, 가족관계 등 모든 것을 속이고 여자를 만났다. 어떤 여자를 만날 때는 평범한 복학생이었다가, 또 어떤 경우엔 금융회사의 신입사원, 때로는 유학생, 이번에는 의대생의 신분으로 소연을 만났다. 그는 재욱이었다가 용준이었다가 인규였다가 석훈이었다가 이번에는 준혁이었다. 그의 진짜 이름은 동민이었다.

평택의 버려진 물류창고 안에 갖춰진 비밀 사무실에서 양 회장과 동민이 축배를 들었다.

"잘했어. 키티년으로 1년은 잘 뽑아먹겠다."

소연의 몰카 동영상이 화제를 모으며 수익을 올리자 양 회장은 흡족해했다. 오늘 경찰에서 연락이 와서 일단 내려놓긴 했지만 본격적인 장사는 이제 시작이다.

"언제 또 올리실 겁니까?"

"당장은 좀 그렇고, 며칠 뒤에 다른 아이디로 올려야지. 마카오에서 성식이 팀이 준비하고 있어."

아이피 추적을 피해 해외 곳곳에 부하들이 있었다. 몰카는 그들에게 사업이었다. 양 회장은 자기 핸드폰으로 소연의 몰카 영상을 보며 킬킬거렸다.

"우리나라에서 물 빠지면 일본이랑 중국으로도 돌리고. 우리 소연이 아주 제대로 월드스타 만들어 주자 흐흐."

"회장님. 지금쯤 저 수배 떨어졌을지도 모르는데. 오늘 중으로 움직여야 하지 않을까요?"

"어디 있을래? 펜션 하나 잡아줄까? 불안하면 외국 나가 있던가. 밤에 배 타고 나가도 되고."

"외국에 며칠 있다가 들어올까요?"

"며칠 나가 있다가 들어온다고? 하하하."

양 회장은 환하게 웃다가 갑자기 돌변해서 동민의 뺨을 후려쳤다. 그 힘이 얼마나 셌는지 동민이 주저앉아버릴 정도였다.

"하튼 덜 떨어지는 새끼들은 조금만 잘한다 잘한다 해주면 아주 정신을 못 차려요. 왔다리 갔다리... 씨발 무슨 관광객이냐? 펜션이든 외국이든 한 곳 정해서 몇 달은 얌전히 처박혀 있어야지."

동민은 황급히 일어서서 차렷 자세로 고개를 숙였다.

"죄송합니다 회장님."

"들락거리다가 너 꼬리 밟혀서 나까지 타고 올라오면..."

양 회장은 동민의 성기를 콱 움켜쥐었다.

"내 손으로 좆대가리 잘라버린다."

동민의 얼굴이 고통과 공포로 일그러졌다.

"만에 하나 잡히더라도 제 선에서 입 다물겠습니다."

"다들 말은 그렇게 하지 씨발."

양 회장은 동민의 귀에 한 마디 한 마디를 내뱉었다.

"난 빈말 안 해. 내 이름이 니 입에서 나오는 순간, 넌 뒈지는 거야."

"네 회장님!"

"한 몇 달은 죽었다고 생각하고 숨소리도 내지 말고 있어. 알았냐?"

"네에... 회장님..."

그제야 양 회장은 동민의 아랫도리를 놓아주었다.

민수도 모든 것을 알게 되었다. 소연의 동영상이 유명해지면서 유튜브 채널에도 걱정하는 댓글이 줄지어 달렸다. 영상의 캡처 화면을 올리는 나쁜 사람들도 있었다.

소연이 레슨 시간에 펑크를 낸 것도 처음이었다. 민수가 몇 번이나 전화를 걸었지만 소연은 받지 않았다. 민수는 소연의 집까지 찾아갔지만 차마 벨을 누르지는 못했다. 한 시간도 넘게 서성이다가 집으로 돌아왔다.

그녀에게 연락이 온 건 자정이 다 된 시간이었다. 민수는 바로 전화를 받았다.

"선생님?"

소연은 말을 하지 못하고 흐느끼기만 했다.

"선생님. 괜찮으십니까?"

"아저씨... 아저씨..."

"선생님. 힘드시겠지만 이럴 때일수록 냉정하게..."

민수는 말하다가 그만두고 지그시 눈을 감았다. 자신이 하는 소리가 얼마나 공허한지를 깨달았다. 냉정하게? 이 상황에서 어떻게?

소연은 구슬프게 흐느끼다가 말했다.

"동영상이 다른 아이디로 또 올라갔어요. 다른 사이트에서도 돌고 있다고 하고... 전 이제 끝났어요. 전 이제..."

민수는 이를 꽉 물었다. 턱이 실룩거릴 정도의 힘이었다.

몇 년 만에 찾아간 홍파의 사무실은 그대로였다. 일반적인 사무실하고는 풍경이 좀 달랐다. 직원 수보다 몇 배로 많은 컴퓨터와 모니터, 그리고 크지 않은 사무실에 고성능 서버를 보관하는 방이 따로 있다는 점이 특이했다.

민수의 이야기를 듣고 홍파가 잠시 나가서 직접 상황을 파악했다. 돌아온 그는 심각한 얼굴로 말했다.

"지금 영상 올리는 아이피는 대부분 외국이야."

"잡을 방법은 없고?"

"희박하지. 내가 좀 알아봤는데..."

홍파는 양 회장의 사진을 민수에게 보여주었다.

"이놈이 파일공유 업계에서 제일 큰 손인데 아주 악질이야. 불법 야동, 몰카 영상으로 수백억을 벌었어. 기업형으로 카르텔을 만들어놨는데 심지어 몰카를 삭제해 준다는 업체들까지 알고 보면 다 이놈이 실소유주나 마찬가지더라고."

그는 동민의 사진을 민수에게 보여주었다.

"이동민. 이놈은 조직원 중의 한 명이고."

사진을 보고 민수는 분노가 폭발했다. 그러나 그 폭발은 밖으로 분출하지 않고 내면에서 더 큰 에너지로 응축되었다.

이놈이 선생님을 짓밟았다. 너는 내 손에 죽는다.

"소연 씨 영상도 삭제하는 척만 하고 다른 아이디를 동원해서 계속 올릴 거야. 돈이 되니까."

홍파의 설명을 들은 민수는 좌절했다.

"그럼 대체 어떻게 해야 영상을 없앨 수 있나?"

"완전히 없애는 건 불가능하지. 이미 다운받은 사람들이 주변에 돌리는 건 막을 방법이 없고. 대신..."

홍파는 사진 속 양 회장을 짚었다.

"이놈을 잡으면 조직적으로 올리는 건 막을 수 있겠지."

"경찰에서도 알고 있나? 이놈이 어떤 놈인지?"

민수의 목소리가 부르르 떨렸다.

"이놈이 경찰 검찰, 전부 돈을 엄청 뿌려놓은 거 같아. 예전에도 이런저런 혐의로 몇 번 수사가 들어갔는데, 계속 무혐의가 나왔어. 조폭도 부리는 것 같고. 한 마디로 엮여서 좋을 게 없는 놈이야."

민수는 두 장의 사진을 쏘아보고 있었다. 양 회장과 이동민.

"좌표 줘라."

"민수야."

"내가 지금까지 김 대령한테 부탁을 한 적이 있었나?"

"없지... 항상 신세는 내가 졌지."

홍파는 늘 빚진 기분으로 살아왔다. 민수와 주현이 헤어지고, 주현이 결국 그렇게 된 것도 다 자기 탓인 것만 같은 죄책감으로 십수 년을 살아왔다.

"처음이자 마지막으로 부탁한다." 민수의 목소리는 그 어느 때보다도 비장했다.

"민수야. 지금 니 상황에서..."

"좌표."

민수의 눈은 인간의 눈이라기보다는 맹수의 눈으로 변해

가고 있었다.

*

항구의 밤은 아름다울 수도 있지만 새벽은 쓸쓸할 뿐이다. 파도가 만들어내는 동요 외에는 그 어떤 움직임도 없다. 드나드는 배도 사람도 없는 시간, 오직 한 척의 배만 낮게 불을 켠 채 항구를 떠났다.

공식적으로는 이 나라를 드나들 수 없는 자들을 실은 밀항선이었다. 주로 불법 노동자와 도박꾼들이 탄 배에 동민도 한 자리를 차지했다.

네 명이 함께 쓰는 선실은 서너 종류의 악취를 뒤섞어 뿜어냈다. 땀 냄새, 기름 냄새, 먼지 냄새, 그리고 비린내. 함께 객실을 쓰게 된 조선족 밀항자 두 명과 가볍게 눈인사를 나눈 뒤, 동민은 침상에 누워 핸드폰 게임을 시작했다. 와이파이가 될 턱이 없는 터라 핸드폰 안에 내장된 단순한 슈팅 게임으로 시간을 죽였다. 딱 십 분만 하고 눈을 붙일 생각이었다.

나직한 엔진 소리 외에는 아무 소리도 나지 않던 배에서 이상한 소리가 들리기 시작했다. 뭔가 시끄러운 소리다. 쿵쿵 부딪히고 깨지고, 사람들이 비명을 지르는 것 같기도 했다.

"뭐야... 이 밤에..."

동민의 중얼거림이 채 끝나기도 전에 갑자기 선실 문이 벌컥 열리고 민수가 들어왔다. 선실 안의 조명이 워낙 어두워서 얼굴은 잘 보이지 않고 그저 시커먼 그림자로 보였다. 그림자가 바로 앞에 멈춰 선 다음에야 건장한 남자라는 사실을 알 수 있었다.

"깜짝이야! 누굽니까?"

민수는 대답 대신 얼굴을 들이밀었다. 얼굴을 확인한 동민은 소스라치게 놀랐다.

"이동민. 왜 전화를 안 받아?"

동민이 대답할 틈도 없었다. 심지어 민수가 자기 이름을 어떻게 알게 되었는지 궁금해할 새도 없었다. 민수의 주먹은 찰나의 망설임도 없이 동민의 얼굴에 꽂혔다. 동민이 태어나서 맞아본 주먹 중에서 가장 강한 주먹이었다. 잠시 정신이 혼미해진 그의 몸은 그대로 선실 바닥에 내팽개쳐졌다. 시끄러운 일에 휘말리는 상황을 죽기만큼 싫어하는 밀항자들은 말릴 생각은 하지 않고 선실을 도망쳐나갔다.

"으윽! 아저씨! 할아버지! 잠깐만요..."

동민은 애원 혹은 타협을 하려고 했으나 아직 그럴 타이밍이 아니었다.

민수는 기계처럼 정확한 동작으로 동민의 오른팔 팔꿈치를 완전히 비틀어 버렸다. 우두둑 뼈 부러지는 소리가 선명하게 들렸다.

"끄어어어억."

인내의 범위를 벗어나는 고통에 동민은 눈이 돌아갔다. 그리고 칼 맞은 돼지처럼 꽥꽥거리며 발버둥 쳤다. 반면 민수는 수학자처럼 침착하게 다음 과정으로 넘어갔다. 그는 동민이 선실 바닥에 벗어놓은 신발에 들어있던 양말을 꺼내 주인의 입을 막았다. 소리를 밖으로 지르지 못하게 되자 동민의 눈이 터질 듯이 부풀어 올랐다.

"반성하니?" 민수는 부드럽게 물었다.

"움움! 움움움!!" 동민이 세차게 고개를 끄덕였다.

"후회하니?"

동민은 더욱 다급하게 의사를 표시했다.

"그럼 사과해. 우리 선생님한테."

민수는 소연에게 전화를 걸었다. 벨이 세 번 울린 뒤 그녀가 전화를 받았다.

"여보세요? 아저씨?"

민수가 동민의 입에서 양말을 빼준 뒤 전화기를 갖다 댔다.

"소연아..."

얼마나 비명을 질러댔는지 동민은 목소리가 제대로 나오지 않았다. 그러나 더욱 고통받은 소연은 아예 얼어붙어서 대답도 하지 못했다.

"소연아... 아저씨한테 얘기해서 나 좀..."

동민이 부탁을 하려는데 민수가 핸드폰을 빼앗아간 뒤 전화를 끊어버렸다. 그는 동민의 왼쪽 무릎과 발목을 잡으며 말했다.

"사과하라고 했지, 부탁하라고 했어?"

"할아버지! 아저씨! 제발요! 제발 살려주세요!"

"제대로 사과했으면 다리는 지켰을 텐데."

"아저씨!"

동민은 부러지지 않은 왼팔로 허우적댔지만 소용없었다. 민수는 왼손으로는 동민의 발끝을 잡고 오른손으로는 무릎을 잡고 반대 방향으로 틀어버렸다. 아까 팔이 부러질 때보다 더 큰 소리가 났다. 더 큰 뼈가 부러졌으니까. 이제 뛰기는커녕 똑바로 걷기도 글렀다. 동민은 기절해버렸다.

민수는 축 늘어진 그를 끌고 선실에서 나갔다. 그리 넓지 않은 갑판을 지나 난간에 이르렀을 때쯤 동민이 정신을 차렸다.

"아저씨... 아저씨 살려주세요..."

배는 무심하게 항해 중이었다. 민수도 무심하게 동민의 몸을 잡았다.

"너무 쫄지 마. 팔 하나, 다리 하나는 멀쩡하니까. 나도 똑같이 해봤는데 일 킬로를 갔어. 넌..."

그는 배와 항구의 거리를 눈으로 가늠했다. 항구를 출발한 지 얼마 안 되어서 뭍의 불빛이 보였다.

"오백 미터만 가면 산다."

"제발 살려주세요... 제발..." 동민이 눈물을 줄줄 흘렸다.

민수는 아랑곳하지 않고 동민의 몸을 난간 위로 들어 올렸다.

"안 돼! 안 돼!! 으아아아악!!!"

동민이 괴성을 질러댔지만 민수는 들은 척도 하지 않았다.

"행운을 빈다."

그는 배 밖으로 동민을 던져버렸다. 바다는 그를 삼켰고 어둠은 물보라를 삼켰다. 한쪽 팔과 다리가 부러진 고통을 이기고, 나머지 팔과 다리로 헤엄쳐서 육지에 닿을 수 있다면, 그는 산다.

끝이 아니다. 이제 진짜 복수가 남았다.

*

오랜 세월 아무도 찾지 않던 공간이었다. 빛조차 들지 않았던 밀실의 문이 묵직한 파열음과 함께 열렸다. 발길보다 손이 먼저 들어와 문 옆을 잠시 더듬다가 스위치를 올렸다. 잠들어 있던 괴물이 눈을 뜨듯이 불이 켜지고 비밀의 공간이 모습을 드러냈다.

그곳은 무기고였다. 밀리터리 덕후들이라면 환호성을 지를 만한 자동화기들이 가득했다. 권총과 라이플, 심지어 폭약까지. 무기의 생산연도가 1990년도에 멈춰있다는 점만 빼면, 시가전을 벌이고도 남을 정도로 무기도 탄환도 충분했다.

영원히 폐쇄될 운명이었던 비밀 무기고에 들어온 민수는 아래위 모두 검은색 점퍼와 데님을 입고 검은 군화까지 신었다. 이라크에서 야간 침투 작전을 할 때 즐겨 입던 복장이었다. 그는 총을 고르기 시작했다. 수십 년 동안 배를 탄 어부가 그물을 다루듯 능숙하게 총을 만지고 상태를 확인했다.

베레타 92 권총을 들고 허공을 조준해보았다. 백열등 아래 빛나는 그의 시선은 총알처럼 치명적이었다.

사자가 백수의 왕이라는 사실을 굳이 설명할 필요 없듯이 베레타가 좋은 권총이라는 사실을 설명할 필요도 없다. 어느 책에서 읽은 구절을 떠올리며 권총 손잡이를 잡은 손에 힘을 주었다. 오랜만에 느끼는 감촉이 반갑다. 십수 년 동안 편안하게 늘어뜨려져 있던 신경의 고삐가 팽팽하게 당겨진다.

베레타 권총을 비롯해 여러 개의 총기류와 수백 발의 탄약을 챙긴 민수는 무기고를 떠났다. 구식 자물쇠로 철문을 잠그고, 벽으로 위장한 2중문을 닫고 마지막으로 폐광을 빠져나왔다. 폐쇄된 지 반세기가 넘은 구리광산 입구는 따로 막아놓지 않아도 그 모습만으로도 들어갈 마음을 싹 가시게 할 정도로 음험한 기운을 내뿜고 있었다.

민수는 무기고에서 갖고 나온 것들을 차에 실었다. 오프로드 전문 자동차 브랜드 지프 랭글러 중에서도 지옥의 강 루비콘마저도 건널 수 있다는 뜻에서 붙여진 차 이름 '루비콘' 검은색이었다. 33인치의 거대한 타이어는 돌투성이 산길도 거뜬히 오르내릴 수 있었다. 시동을 걸고 출발하기 전에 민수는 마지막으로 폐광 입구를 돌아보았다.

다시 올 일은 없겠지?

그는 전에도 그렇게 생각했다는 사실을 떠올렸다. 14년 전이었나? 다시 여기 올 일은 없을 거라고 믿었지. 이곳은 지구가 멸망할 때까지 영원히 감춰져 있을 거라고 믿었지.

시동을 걸었다. 루비콘의 심장이 뛰기 시작했다.

네 시간 후. 자정이 훌쩍 넘은 도시 속으로 검은색 루비콘이 질주했다. 운전대를 잡은 민수는 음악도 라디오도 듣지 않고 그저 가속페달을 밟을 뿐이었다.

콘솔박스에 놔둔 핸드폰이 또 울리기 시작했다. 선생님의 전화. 벌써 여섯 번째였지만 민수는 받지 않았다. 선생님의 전화를 받지 않은 건 오늘이 처음이었다.

산속에서 무기를 싣고 출발한 그는 서울을 가로질러 인천 외곽의 창고까지 내달렸다. '좌표'에 의하면 바로 이곳이 악마의 본거지다. 창고를 지키는 철문을 차로 밀어버리고, CCTV 카메라도 무시하고 민수는 계속 돌진했다.

창고 건물 앞에 멈춰선 뒤에야 그는 핸드폰을 들었다. 계속 전화를 받지 않는 그에게 메시지가 도착해있었다.

- 아저씨 전화 좀 받아요

- 아저씨 어디에요?

- 아저씨... 제발 그만 해요... 어쩌려고 그래요.....

그는 잠시 메시지를 보다가 답장을 남겼다.

- 체르니 30번은 못 들어가겠네요

망설이다가 'ㅠ'를 붙여 메시지를 전송했다.

핸드폰을 내려놓는 순간, 창고 밖으로 악마의 수하들이 튀어나오는 모습이 보였다. 몇몇은 총을 들고 있었다.

민수는 천천히 심호흡을 하고, 미리 장전해둔 우지 기관단총을 빼 들었다. 차에서 나가지 않고 자동차 핸들을 거치대 삼아 조준을 하고 방아쇠를 당겼다. 차 유리가 박살나고 멀리 적들이 쓰러졌다.

차 안에 오래 있으면 위험하다. 민수는 개인화기를 장착한 후 차에서 나갔다. 창고를 향해 다가가는 사이 밖으로 튀어나오는 적들에겐 모조리 총알 세례를 퍼부어 주었다.

창고 안에 들어가서도 마찬가지였다. 실탄 훈련도 몇 번 해보지 않은 사설 경호원들은 그의 상대가 되지 못했다. 겁을 먹어서 그에게 달려드는 놈도 없었다. 그저 몰래 숨어 있다가 우물쭈물 고개를 내밀고 총을 맞는 식이었다. 마치 슈팅게임을 하듯 민수는 거침없이 안으로 안으로 진격했다. 이미 홍파가 해킹한 상세정보를 받은 터라 창고의 구조는 외우다시피 했다. 창고 안은 피바다로 변해갔다.

그 모습을 양 회장도 보고 있었다. 사무실에서 CCTV를 보던 그의 얼굴이 일그러졌다.

"저 미친놈은 누구야?"

양옆에 있던 보디가드들 중에서 키가 크고 피부가 검게 그을린 남자가 나섰다.

"제가 나가볼까요?"

그는 특전사 출신으로 대북 간첩으로도 활동했던 암살자였다. 민수에게 맞서보지도 못한 사설 경호원들하고는 차원이 달랐다.

양 회장이 고개를 끄덕이자 그는 망설임 없이 사무실을 나갔다.

조직원들을 거의 다 학살해 버린 민수는 여전히 경계태세를 풀지 않고 전진했다. 이제 모퉁이만 돌면 사무실이 나온다. 갑자기 엉뚱한 곳에서 총알이 날아왔다. 팔에 맞았다. 불로 지지는, 오랜만에 느껴보는 아픔이 타올랐다. 총에 여러 번 맞아본 적 있는 그는 안다. 총알이 스쳤는지 혹은 박혔는지 아니면 관통했는지. 이번에는 행운의 여신이 그를 구해주었다.

그는 단박에 총이 날아온 위치를 파악했다. 몸을 숨기고 다음 공격에 대비했다. 서로의 위치를 알게 된 두 전사는 신중하면서도 치명적인 총격전을 벌였다. 탄창이 먼저 비어버린 쪽은 민수였다. 딸깍 빈 방아쇠 소리가 들리자마자 양 회장의 보디가드가 달려들었다. 민수는 옆으로 구르면서 동시에 새 탄창으로 바꿔 끼웠다. 그러나 다시 총을 쏠 시간은 주어지지 않았다. 육탄전에 자신이 있었던 놈은 칼을 들고 민수를 덮쳤다. 휙 소리와 함께 베어 들어오는 일격에 민수는 또 당했다. 이번에는 아까 총에 맞았을 때보다 더 깊게 다쳤다.

놈의 눈빛을 보았다. 상대를 죽이겠다는 살기 외에는 아무것도 느껴지지 않는다. 그러니 허점을 노리기도 어려울 터. 밀리지 말고 힘에는 힘으로, 살기에는 살기로 맞서야 산다. 민수는 괴성을 지르며 달려들었다. 몸과 몸이 부딪칠 때 녀석의 진짜 힘을 가늠했다. 강하다. 주먹 대 주먹으로는 못 이긴다. 민수는 재빨리 복부를 강타하고 칼을 빼들었다. 놈이 다시 달려들 때 칼을 찔러 넣었다. 근육이 칼날을 콱 무는 느낌이 난다. 깊이를 가늠할 수 있다. 녀석의 장기까지 닿은 모양이다. 민수는 칼을 빼고 물러섰다.

"읍…"

기세등등하던 놈이 비틀거렸다. 칼이 제대로 들어간 것이 확실했다. 민수는 기회를 놓치지 않고 녀석을 어깨로 들이받고, 다시 칼을 찔러 넣었다. 이번에는 옆구리. 녀석의 갈비뼈에 칼날이 부딪치는 느낌이 손목에 그대로 전해졌다. 아마 칼끝이 몸 안에서 부러졌을 거다. 그 통증은 견디기 힘들 테지.

예상대로였다. 놈은 끔찍한 신음을 흘리며 무릎을 꿇었다. 당장 병원으로 가지 않으면 어차피 출혈 때문에 죽는다. 민수는 녀석의 머리를 붙잡고 그대로 목을 그어버렸다. 사람의 몸에 피가 얼마나 많은지는 대동맥이 잘렸을 때를 보면 안다. 펌프로 물을 뿜어대듯이 목의 열린 부분에서 붉은 피가 죽죽 뿜어져 나왔다.

이놈뿐일까?

싸움에 정신을 팔았던 민수가 다시 경계 태세를 갖추기도 전에 총성이 울렸다. 이번에는 안 맞았다. 다시 총격전이 이어졌다. 근접 거리에서의 총격전은 멘탈 게임이다. 몸싸움을 하느라 한껏 치솟은 아드레날린을 진정시켜야 한다. 민수는 상대와도 싸우고 자신과도 싸워야 했다. 정신을 집중하자 총소리가 사라지면서 정적이 찾아오는 착각이 들었다. 삶과 죽음. 이 세상에 오직 두 가지만 남는 순간.

어쩌면 그는 오랜 세월 동안 이 순간에 중독되어 있었던 것일지도 몰랐다. 이제 그만하고 싶다고, 돌아가고 싶다고, 남들처럼 소소한 일상의 행복을 찾으면서 너와 함께 살고 싶다고 그녀에게 말했지만… 거짓말이었을까? 나는 삶과 죽음을 저울질하는 50% 확률의 러시안룰렛 게임에 중독되어 있었던 걸까?

이번에는 놈의 탄창이 먼저 비었다. 민수는 그 순간을 놓치지 않고 달려가 놈을 겨누고 방아쇠를 당겼다. 그러나 총알은 나가지 않고, 그저 딸깍 방아쇠 소리만 들렸다. 하필 그때 민수의 탄창도 비어버린 것이었다. 쓰러져 있던 놈은 비릿한 미소를 지으며 일어섰다.

"할배요. 꽤 치던데, 한번 다이다이 붙어볼랍니까?"

투박한 경상도 사투리로 물어본 녀석은 대답을 듣지 않고 주먹을 날렸다. 아까 붙었던 키가 큰 녀석과는 싸움 스타일이 완전히 달랐다. 민수는 이미 힘이 빠져있었다. 녀석에게 계속 밀릴 수밖에. 수십 번의 러시안룰렛에서 그를 살려주었던 행운이 마침내 다한 것일까? 놈이 뒤에서 그의 목을 조를 때, 그는 마지막까지 잡고 있는 생의 의지를 놓아버렸다. 그저 가만히 있을 수는 없어서 온 힘을 다해 뒷걸음질을 했다. 그건 공격도 방어도 아닌 무의식적인 몸부림이었다.

숨이 끊어지기 직전에 뭔가 심상치 않은 흔들림이 느껴졌다. 그리고 그의 목을 조르던 손이 스르륵 풀려버렸다. 뒷걸음질 치던 녀석이 민수를 안고 넘어진 것이었다. 그의 뒤통수가 기둥에 부딪치면서 기절해버렸다. 민수는 겨우 의식을 회복하고, 부르르 경련을 일으키고 있는 녀석의 목덜미에 칼을 꽂아주었다.

대동맥을 찾아내는 데는 외과 의사만큼 자신이 있었다. 이번에도 붉은 분수가 뿜어져 나왔다. 민수는 피할 새도 없이 피를 뒤집어썼다. 지옥에서 온 전사의 모습으로 변해버렸다.

아직 끝나지 않았다. 진짜 악마를 찾아내야 한다. 민수는 바닥에 떨어진 총을 줍고 피를 뚝뚝 흘리며 걸음을 옮겼다. 서너 발자국 떼었을까. 그는 신음소리를 토해내며 무너졌다. 분명히 몸에 뭔가가 들어왔는데, 총알도 아니고 칼날도 아니다. 낯선 고통이었다.

"워어 씨발. 내가 이걸 사람한테 쏠 줄은 몰랐네. 연습하길 잘했어."

양 회장이 석궁을 들고 다가왔다. 민수는 팔다리를 움직이기 빠근했다. 아무래도 등에 화살이 박힌 모양이었다.

"뭐야 씨발. 니가 키티년 아빠야? 딸 같은 년하고 떡이라도 쳤어? 니미 친딸도 아닌데 뭘 이렇게까지 성실하게 복수를 하고 그래?"

양 회장은 비아냥대며 앞에 섰다. 민수는 힘을 아꼈다. 지금은 반항해봤자 소용이 없다. 그는 바닥에 떨어진 총을 집으려고 손을 뻗었지만 양 회장이 멀리 차버렸다.

"체르니 할배. 유명 인사를 만나서 반갑습니다. 허허. 정당방위하게 해줘서 고마워요."

양 회장은 다시 화살을 꽂고 시위를 당겼다. 석궁을 민수의 얼굴에 겨눴다.

"하늘나라 가서 할머니 만나서 잘 사쇼."

양 회장이 석궁을 쏘기 직전이었다. 민수가 허리에 찬 칼을 빼내 발목을 그어버렸다. 아킬레스건이 잘리는 고통에 양 회장은 비명을 지르며 쓰러졌다. 그 바람에 석궁은 엉뚱한 곳으로 날아갔다. 아까 기둥에 뒤통수를 처박고 죽은 보디가드의 이마 한복판에 화살이 꽂혔다.

"우욱!!!"

양 회장의 발꿈치에서 피가 주룩주룩 흘러나왔다.

"이런 개 같은 할배가... 이 새끼... 씨발..."

민수는 겨우 몸을 일으켰다. 등에 화살이 박힌 채로.

"넌 할배한테 반말하냐?"

그는 양 회장의 배에 칼을 박아 넣었다. 커억, 안으로 빨려드는 신음과 함께 양 회장은 죽을 듯이 눈을 껌벅였다.

민수는 손을 등으로 뻗어 박혀있던 석궁을 빼냈다. 고통이 쌓이면 감각이 무뎌진다. 그래도 얼얼한 통증은 상처가 꽤나 심각함을 알려주었다. 한 손에는 칼을, 한 손에는 등에서 뽑아낸 화살을 든 민수를 본 양 회장은 입을 딱 벌렸다.

"빨리 죽고 싶니 천천히 죽고 싶니?" 민수가 물었다.

"제발... 십억 드리겠습니다! 아니 백억 드리겠습니다!"

민수는 어이없는 표정으로 웃었다.

"십억... 백억... 치매환자한테 할 소리냐?"

그는 피 묻은 화살을 석궁에 장전하고 시위를 당겼다. 양 회장의 코앞에서.

"아저씨! 할아버지! 선생님! 선생님!!"

생각이 바뀌었다. 민수는 활을 내려 양 회장의 사타구니에 쏴버렸다. 양 회장은 숨이 넘어갈 듯 비명을 지르며 발작을 일으켰다. 그가 살 수 있을지 없을지는 모르겠지만, 최소한 한쪽 다리는 평생 쓸 수 없다. 그리고 남자 구실도 이제 끝. 죽음보다 더 적당한 복수라는 생각이 들었다.

이제 끝났다. 민수는 천천히 창고 안을 걸어 나왔다. 곳곳에 시체들이 널브러진 모습이 지옥이나 마찬가지였다. 죽음의 신이 잠시 머물렀다 간 풍경. 오랜만에 보는 풍경이었다.

*

1년 후.

상암 중학교 운동장에는 아이들 떠드는 소리가 가득했다. 체육 시간을 맞아 뛰노는 아이들을 지나 운동장을 가로질러 가면, 학교에서 가장 예쁘게 지은 건물인 음악실이 나왔다. 교실과 합창실, 합주실로 이루어진 그 건물이 윤소연 선생님이 주로 일하는 곳이었다.

"그를 따르리. 그가 가는 곳은 어디든 따르리. 그리고 언제나 그의 곁에 있으리. 무엇도 날 그와 떼어 놓지 못하리니. 그는 나의 운명."

영화에 등장해서 많은 사람들의 사랑을 받았고, 이제는 전 세계 아이들의 합창곡으로 가장 많이 불리는 노래 '그를 따르리(I Will Follow Him)'. 그 곡이 상암중학교 음악실에서도 불리고 있었다. 소연은 반주를 하면서 아이들과 함께 노래를 불렀다.

원래 노래 가사에서 '그'는 예수 그리스도를 의미했지만 이 노래를 부를 때면 아저씨를 생각했다. 그리고 일기를 쓰듯 그에 대한 감정을 또렷하게 머리에 새겼다.

누가 그랬더라? 노병은 죽지 않고 사라질 뿐이라고. 아저씨는 사라져버렸다. 의사의 말에 따르면 이미 치매가 중증으로 진행되었을 거라고 하지만 난 왠지 아저씨가 기적적으로 회복했을 거라 믿는다.

소연은 저녁 약속을 잘 잡지 않았다. 학교에서 퇴근하면 집으로 바로 가는 날이 대부분이었다. 1년이 지났지만, 아직 몰카 사건으로부터 완전히 회복하지 못했다. 여전히 낯선 사람들이 얼굴을 알아볼 것 같았다. 그리고 혼자 생각하거나 옆 사람과 수군거릴 것 같았다.

'키티녀 맞지?'

일당이 모두 소탕되었지만 막연한 공포도 아직 남아있었다.

아마도 아저씨가 옆집에 계속 살았다면 훨씬 나았을 테지만. 하긴, 그랬다간 아저씨는 벌써 잡혀가서 교도소에 갇혔을 거다. 아저씨가 죽인 사람만 열 명이 넘었으니.

아저씨가 양 회장과 그 일당을 모조리 쓸어버린 일은 한동안 메인 뉴스에 오르내릴 정도로 떠들썩한 사건이었다. 게다가 아저씨는 흔적도 남기지 않고 사라져버렸다. 수사당국은 당황했지만 그를 놓친 검찰과 경찰을 비난하는 여론은 별로 없었다. 오히려 체르니 할배를 찬양하는 사람들이 팬클럽을 만들기까지 했다. 소연도 덩달아 이름이 같이 오르내렸고, 그래서 몰카 사건의 상처로부터 벗어나기가 더 어렵기도 했다. 그래도 아저씨를 원망한 적은 한 번도 없었다.

"다녀왔습니다."

현관문을 열자마자 고소한 냄새가 코를 가득 메웠다. 오늘 메뉴는 삼겹살. 집에 고기 냄새가 남는다며 엄마는 밖에 나가서 먹자고 했지만 아빠가 고집을 부렸다. 재결합을 한 뒤, 아빠는 어떻게든 엄마한테 뭔가를 해주고 싶어 했다. 그래서 오늘 저녁도 기름을 튀겨가며 삼겹살을 구웠다. 굳이 식탁에 신문지를 잔뜩 깔고, 버너까지 동원해서 말이다.

"요게 바로 황금 비율이라고."

아빠가 폭탄주를 타서 엄마와 소연에게 건넸다.

"뭔 놈의 술을 자꾸 줘. 건강에 좋지도 않은 거를."

엄마는 투덜거리면서도 잘도 받아먹는다. 소연도 오늘은 술이 잘 들어갔다.

그녀는 배부르게 저녁을 먹고, 엄마와 아빠 둘만 남겨두고 방에 들어왔다. 그리고 일기를 썼다. 그 사건 이후, 몇 달 동안 정신과 의사에게 상담을 받았는데 그때 의사가 권유한 방법 중 하나가 일기였다.

아저씨는 기적을 부르는 사람이니까.

다만 지금까지 연락도 없는 건 조금 서운하다.

쌤한테 안부 인사 정도는 해야 하는 거 아닌가?

경찰에서도 검거를 포기한 것 같던데.

잠깐 일기를 멈추고 핸드폰을 뒤적였다. 아저씨 생각이 날 때마다 유튜브 채널을 열어본다. 사건이 있기 전, 연주회 때 찍은 영상을 마지막으로 업로드가 안 되고 있지만, 아저씨가 영웅 취급을 받으며 구독자가 100만 명까지 늘었다.

영상에 광고가 붙으면서 광고료가 무척 쏠쏠했다. 소연의 이름으로 개설한 계정이기에 그녀의 통장에 수천만 원의 돈이 쌓였다. 언젠가 수익 배분을 할 날이 올 거라고 믿고 아직

한 푼도 쓰지 않았다.

아저씨와 주고받은 카톡, 함께 찍은 사진도 다 그대로였다. 그녀가 제일 좋아하는 사진은 연주회 대기실에서 찍은 사진이었다. 아저씨의 유일한 사랑, 주현 아줌마의 분장을 하고 찍은 사진. 적어도 이 사진 속에서만큼은 비슷한 나이의 연인처럼 보인다.

그녀는 핸드폰을 내려놓고 일기를 마무리했다.

하긴 이제는 아저씨도 아니다.

환갑 넘었으니 약속한 대로 할아버지라고 불러야지.

할아버지. 어디 계세요? 보고 싶어요.

미치도록 보고 싶습니다.

그리움이 견딜 수 없을 만큼 차오르면, 그녀는 아저씨의 집에 간다. 갑자기 사라져버린 터라 집은 그대로 비워져 있다. 소연은 가끔 청소도 하고, 레슨을 하던 방에서 피아노도 친다. 낮잠을 자기도 했다. 그러다 보면 아저씨가 불쑥 들어와 말을 걸 것만 같았다.

“선생님, 수업할까요?”

*

크리스마스를 이틀 앞둔 날이었다. 학생들도 선생님도 가장 좋아하는 시기가 바로 그때였다. 기말고사도 끝나고 긴 방학에 막 접어드는 무렵.

지난겨울은 너무나도 힘들게 보냈다. 몰카 사건, 학살 사건, 그리고 아저씨에 대한 그리움까지 겹쳐서 그저 하루하루 견뎌내는 것만으로도 스스로가 대견할 정도였다. 짐승이 살아남기 위해 겨울잠을 자듯, 잔뜩 웅크리고 숨어서 견뎌낸 겨울이었다.

이번 겨울은 좀 더 나가볼 생각이었다.

용기를 내어 동굴 밖으로 나가보자.

아침마다 그녀가 거울을 보면서 자신에게 하는 말이었다. 아직은 택배가 오면 잠깐 문을 열고 나갔다가 들어오는 정도지만.

오늘 아침에 갖고 온 택배 상자는 뭔가 달랐다. 일단 오스트리아 빈에서 왔다. 소연은 물론이고 엄마나 아빠도 외국에서 직구를 하는 스타일이 아닌데. 그렇다고 오스트리아는커녕 유럽 어디에도 친척이 있는 것도 아니고. 보내는 사람의 주소는 영어인 데다가 불분명했다. 사람 이름도 이상했다. Mr. C.

뭐지?

받는 사람은 분명히 한글로 적혀있었다. 소연의 집 주소와 이름 모두 정확하다. 알 수 없는 발신인은 무시하고, 소연은 택배 상자를 뜯었다. 머나먼 나라에서 온 택배 상자치고는 너무 작다. 박스를 뜯고 안에 들어 있는 완충재를 빼고 나니 겨우 손톱만 한 물건이 나왔다. USB. 뭐지? 파일 공유를 지나 스트리밍이 대세인 시대에 USB라고? 박스를 다 뒤져보지만 다른 건 없었다.

"뭐야..."

소연은 방에 들어가서 USB를 노트북에 꽂았다. USB 안에 들어 있는 파일을 실행시키는 행위 자체가 참 오랜만이었다. CD를 보기 힘들어진 것처럼 USB가 레어템, 추억 돋는 물건이 되는 날도 오겠지? 엉뚱한 생각을 하면서 기다리다 보니 동영상이 시작되었다.

"아아..." 소연이 탄식했다.

화면에는 손이 등장했다. 체르니 30번 중에서 21번을 연주하는 손이었다. 주름진 손의 주인 얼굴은 보이지 않지만 소연은 누군지 알 수 있다. 영상을 보지 않고 피아노 소리만 들어도 알 수 있다.

그녀의 눈에 눈물이 고였다. 동시에 입가에는 미소가 걸렸다.

피아노 옆에서 손과 건반이 보이는 각도에서 찍은 영상이라 동영상을 찍은 장소는 알 수 없지만, 배경이 되는 창밖으로 뭔가 이국적인 건물이 보였다. 택배에 찍힌 주소를 추정컨대 오스트리아 빈일까? 지금쯤은 또 다른 곳으로 이사했을까?

"안 배워도 잘 치네."

혼잣말을 하는 그녀의 뺨 위로 눈물이 주르륵 흘러내렸다.

결국 체르니 30번을 들어가셨군요.

"참 잘했어요."

선생님은 먼 곳에 있는 제자를 칭찬했다.

같은 시간. 바다 건너 어느 먼 나라 오스트리아의 수도 빈. 작곡가이자 교육자였던 칼 체르니의 고향이기도 한 아름다운 도시 구도심에는 지은 지 백 년도 넘은 옛날 건물들이 수두룩했다. 그중 한 이층집에서 피아노 소리가 흘러나왔다.

눈부시게 파란 하늘이 쏟아내는 햇살과 산들바람은 열린 창을 타고 커튼을 흔들며 방으로 들어간다. 물 빠진 데님과 하얀 셔츠를 입은 남자가 피아노를 치고 있다. 일주일에 한 번도 채 울리지 않는 그의 핸드폰으로 전화가 걸려온다. 그는 연주를 멈추고 핸드폰을 들어 발신인을 확인한다. 국제전화다.

치렁치렁한 백발이 바람에 흔들리는 가운데 그의 눈도 흔들리고 있다.

누굴까. 받을까 말까.